FREMDSPRACHENTEXTE · FRANZÖSISCH

## Samuel Benchetrit

# Le cœur en dehors

Herausgegeben von
Helmut Keil



Philipp Reclam jun. Stuttgart

Diese Ausgabe darf nur in der Bundesrepublik Deutschland, in Österreich und in der Schweiz vertrieben werden.

Vente autorisée en Allemagne, Autriche et Suisse uniquement.

RECLAMS UNIVERSAL-BIBLIOTHEK Nr. 19832

Gesamtherstellung: Reclam, Ditzingen. Printed in Germany 2012
RECLAM, UNIVERSAL-BIBLIOTHEK und RECLAMS
UNIVERSAL-BIBLIOTHEK sind eingetragene Marken
der Philipp Reclam jun. GmbH & Co. KG, Stuttgart
ISBN 978-3-15-019832-2

www.reclam.de

*à Anna*
*pour Dan*

[Titel] **en dehors:** nach außen.

**Chapitre un**

# La vie

Au début, je croyais que Rimbaud c'était une tour. Parce qu'on dit la tour Rimbaud. Et puis mon copain Yéyé m'a raconté que Rimbaud était un poète. Je voyais pas trop pourquoi on avait donné le nom d'un poète à ma tour. Yéyé a dit que c'était parce qu'il était connu et mort depuis longtemps. Je lui ai demandé s'il était mort après avoir vu la tour. Yéyé a dit que non, il était mort vraiment avant. J'ai dit que valait mieux pour lui, parce que la tour est sacrément moche et qu'il aurait eu drôlement les boules d'avoir son nom sur un truc pareil. Yéyé a dit que lui aimerait bien qu'on donne son nom à des machins. Je lui ai dit que je trouvais débile d'habiter tour Yéyé. Il

3 **Rimbaud:** Jean-Arthur Rimbaud (1854–91), französischer Dichter.
5f. **je (ne) voyais pas trop:** ich verstand nicht ganz (in der Umgangssprache wird oft das *ne* weggelassen; s. Editorische Notiz, S. 274).
10f. **valoir mieux:** besser sein; mehr Wert haben.
11 **sacrément** (fam.): verdammt, verflucht (im Sinne von *sehr*).
12 **moche** (fam.): hässlich, scheußlich.
**drôlement:** hier (fam.): enorm, ungeheuer, echt (*drôle:* lustig, spaßig; sonderbar).
**avoir les boules** (fam.): genervt sein, ausrasten (*la boule:* Kugel; *les boules*, f., pop.: Hoden, ‚Eier').
13 **sur un truc pareil** (fam.): auf einem solchen Ding (*le truc:* Sache, Ding[s]).
14 **le machin** (fam.): Dingsda, Zeugs.
15 **débile:** schwachsinnig, geistig behindert; schwächlich; blöd (*le/la débile:* der/die geistig Behinderte).

m'a dit d'aller me faire foutre et que mon nom c'était pas mieux.

Je m'appelle Charly.

– Tour Charly ça fait encore plus con que tour Yéyé.

J'étais d'accord mais je lui ai quand même dit d'aller se faire foutre.

On a continué à parler comme ça, parce qu'il y a un paquet de poètes qui ont des choses à leur nom dans le quartier. Tour Verlaine. Cité Hugo. Centre d'activité Guillaume-Apollinaire. Et tous ces machins sont plus moches les uns que les autres. Mais les poètes sont morts avant de le savoir, alors ça va. Monsieur Hidalgo, qui donne des cours de je sais pas quoi au collège où allait mon frère Henry, dit que c'est une honte de se servir de l'art pour habiller des horreurs.

1 **aller se faire foutre** (pop.): sich zum Teufel scheren, sich verpissen (zu häufig vorkommenden umgangssprachlichen Ausdrücken s. die Editorische Notiz, S. 276).

4 **faire con** (pop.): blöd, doof sein.

7f. **un paquet de poètes** (m., fam.): eine Menge, ein Haufen Dichter.

9 **Verlaine:** Paul Verlaine (1844–96), französischer Dichter und Wegbereiter des Symbolismus.
**Hugo:** Victor Hugo (1802–85), französischer Dichter, einer der Hauptvertreter der französischen Romantik.

9f. **le Centre d'activité** (f.): eigtl. *le centre d'activités industrielles et commerciales:* Gewerbezentrum.

10 **Apollinaire:** Guillaume Apollinaire (1880–1918), französischer Dichter polnisch-italienischer Herkunft.

13 **je sais pas quoi** (fam.): Gott weiß was/welche(r, s).

14 **le collège:** vierjährige Gesamtschule, entspricht der Sekundarstufe I.

15 **un art:** Kunst.
**habiller des horreurs:** etwa: Scheußlichkeiten hinter einem bekannten Namen verstecken (*une horreur:* Grauen, Entsetzen).

Mais la plupart des gens s'en moquent, parce que les cités et les tours sont baptisées autrement. Par exemple, ceux qui habitent la tour René Char ne disent jamais qu'ils habitent tour René Char. Ils disent la tour bleue. Je sais pas pourquoi ils l'appellent comme ça parce que la tour est pas franchement bleue. Et entre nous, je peux vous dire qu'elle est grise. Mais allez savoir pourquoi, ils disent bleue. Pareil avec la cité Picasso qui se trouve de l'autre côté du centre commercial. Personne ne dit jamais cité Picasso. Même s'il y a un arrêt de bus Picasso. Les gens disent cité des Rapaces.

Et je vous jure qu'il n'y a pas plus de Picasso que de rapaces dans cette cité.

Avec Yéyé on s'est demandé comment démarraient les choses. Ça doit être super de dire un truc en premier qui reste pour toujours. C'est sûr que le type qui a dit cité des Rapaces pour la première fois doit être

2 **la cité:** (Wohn-)Siedlung.
**baptisé, e:** getauft, benannt.
3 **Char:** René Char (1907–88), französischer Dichter. Er gilt als einer der bedeutendsten Lyriker der Résistance.
6 **franchement:** offen, aufrichtig, geradeheraus; hier: eindeutig.
8 **allez savoir pourquoi:** weiß der Himmel warum.
9 **Picasso:** Pablo Picasso (1881–1973), berühmter spanischer Maler.
10 **le centre commercial:** Einkaufszentrum, -passage.
**(ne) personne:** niemand, keiner.
11 **un arrêt de bus:** Bushaltestelle.
12 **le rapace:** Raubvogel.
13 **je vous jure** (fam.): das kann ich Ihnen sagen, versichern (*jurer:* schwören; fluchen).
**plus de … que …:** mehr … als.
15 **démarrer:** hier (fig.): entstehen, einen Anfang finden.
16f. **en premier:** als Erster.

sacrément content qu'on continue à dire comme lui. Moi j'aimerais bien inventer une blague ou une histoire atroce d'horreur que tout le monde raconterait.

Et ça me ferait marrer qu'on me la raconte à moi un jour.

Je dirais au gars:

– Te casse pas mon pote, c'est moi qui l'ai inventée cette histoire d'horreur.

Avec Yéyé, on a essayé d'en inventer. C'était pas évident parce qu'on finissait toujours par trouver une histoire qui existe déjà. Mon frère Henry m'en avait raconté une qui m'avait foutu les jetons pendant trois semaines au moins. Il m'avait raconté que les drogués qui étaient morts d'overdose revenaient hanter les caves des immeubles et qu'ils essayaient de vous piquer avec leurs seringues dégueulasses. Je peux vous dire qu'après ça, j'étais pas près de descendre plus bas que le rez-de-chaussée. J'ai raconté cette histoire à

2 **inventer qc:** etwas erfinden.
**la blague:** Witz, Spaß.
3 **atroce:** entsetzlich, fürchterlich; hier (fam.): schauderhaft.
6 **le gars** (fam.): Bursche, Kerl.
7 **(ne) te casse pas** (fam.): brich dir keinen ab!
**le pote** (fam.): Freund, Kumpel.
9f. **c'est pas évident** (fam.): das ist gar nicht so einfach.
13 **le drogué / la droguée:** Drogensüchtige(r), Drogenkonsument(in) (*se droguer:* Drogen nehmen).
14 **une overdose** (angl.): Überdosis.
**hanter qc:** etwas heimsuchen, in etwas spuken.
15 **la cave:** Keller.
15f. **piquer:** stechen, piken.
16 **la seringue:** Spritze.
18 **le rez-de-chaussée:** Erdgeschoss.

Yéyé, et il m'a dit que c'étaient des conneries, et que mon frère, qu'est lui-même un drogué, doit voir des fantômes quand il se défonce. J'ai dit à Yéyé d'aller se faire foutre, et de s'occuper des oignons de son frère qui se drogue aussi. Il m'a dit que c'était le même sac d'oignons parce que nos deux frères se droguent ensemble.

Yéyé est ce qu'on appelle un emmerdeur de première. Je vous jure, ce type fait que vous charrier quand vous parlez tranquillement avec lui. Il a douze ans, et c'est déjà le roi des charrieurs.

C'est pas que je traîne souvent avec lui ou quoi. C'est juste qu'il est toujours à rester devant l'immeuble ou dans le hall à charrier tout le monde. S'il voit une vieille qui monte chez elle avec des sacs de courses, au lieu de l'aider, Yéyé lui dit:

– Alors madame Machin, vot' mari est toujours pas revenu?

3 **le fantôme:** Gespenst.
**se défoncer** (fam.): sich volldröhnen (mit Drogen), sich einen Trip reinziehen (*un défoncé / une défoncée:* Junkie, Drogenabhängige[r]).
4 **s'occuper de ses oignons** (loc.): sich um seine eigenen Angelegenheiten kümmern (*un oignon:* Zwiebel).
5 **c'est le même sac** (fig.): etwa: das kann man in einen Topf werfen.
8 f. **de première (qualité)** (fam.): erstklassig, ersten Ranges.
9 **charrier qn** (fam.): jdn. auf den Arm nehmen, veräppeln.
12 **traîner avec qn:** mit jdm. herumhängen.
**ou quoi** (fam.): oder so.
13 **être toujours à faire qc:** etwas andauernd, ständig tun.
14 **le hall:** Eingangshalle.
15 f. **le sac de courses** (f., pl.): Einkaufstasche.
17 **Madame Machin** (fam.): Frau Dingsbums.
**vot'** (fam.): *votre.*

Et sûrement que le mari de la vieille est mort et tout.

Heureusement pour moi, Yéyé n'est pas mon seul copain. On est une sacrée bande ici. Et si vous continuez, vous verrez que je connais ce qu'il y a de meilleur dans le quartier.

Je pourrais pas vous dire à quel moment j'ai rencontré mes copains. Sûrement parce qu'on s'est toujours connus. Vous ne vous demandez jamais quel jour vous avez connu votre Mère. Avec les copains c'est pareil, on s'est connus le jour de notre naissance. Dix ans plus tôt. Et Yéyé aussi. Même s'il a deux ans de plus que nous. C'est son problème. Il nous a attendus ces deux années, et on s'en est pas rendu compte. Et Yéyé a bien fait les choses, parce qu'il a redoublé deux fois, pour rattraper son retard et être dans notre classe.

Ce que je peux vous dire, c'est qu'on est une sacrée bande. Dans le coin, tout le monde est d'accord avec ça. Et même ceux qui nous blairent pas, ils pensent qu'on en fait une bonne.

1 f. **et tout** (fam.): und der ganze Mist; und so weiter und so fort.
4 **sacré, e:** hier (fam.): Wahnsinns…, verdammte(r, s).
14 **se rendre compte de qc:** sich über etwas klar werden; sich über etwas im Klaren sein.
15 **redoubler (une classe):** eine Klasse wiederholen, sitzen bleiben.
16 **rattraper qc:** etwas wettmachen, nachholen.
**le retard:** Verspätung, Verzögerung; hier: Rückstand.
19 **dans le coin** (fam.): in unserer Gegend (*le coin:* Ecke, Winkel).
20 **ne pas (pouvoir) blairer qn** (fam.): jdn. nicht abkönnen, nicht riechen können.
21 **en faire une bonne (bande)** (fam.): als Bande ganz große Klasse sein, eine super Figur machen.

Bien sûr, les choses ne veulent pas dire pareil selon qui parle.

Si Madame Hank, notre prof d'anglais, dit:

– C'est une sacrée bande!

Ça veut pas dire qu'on est sympas et tout. Elle nous blaire pas et elle pense qu'on est une sacrée bande d'abrutis.

Mais si Monsieur Lorofi, notre entraîneur de foot dit:

– Ça, c'est une sacrée bande!

Alors ça veut dire du bien, et qu'on a gagné le match et qu'on est une sacrée bande d'avants-centres et de milieux.

Faut savoir qu'on passe notre temps à taper dans ce foutu ballon. Et que si on étudiait à la place, on serait déjà prix Nobel et tout. C'est ce que je pense, même si mon frère Henry dit souvent que dans les écoles du coin, on peut être le meilleur, on reste le dernier à Paris ou ailleurs. Il a peut-être raison, mais j'aime pas trop qu'on dise ce genre de choses.

Pour moi, tout est mieux ici qu'ailleurs.

1 **vouloir dire:** bedeuten.
3 **le prof** (fam.): *le professeur.*
5 **sympa** (fam.): *sympathique.*
7 **un abruti / une abrutie:** Idiot, Depp / blöde Ziege.
8 **un entraîneur de foot:** Fußballtrainer.
12 **un avant-centre:** Mittelstürmer(in).
13 **le milieu (de terrain):** Mittelfeldspieler(in).
14 f. **taper dans le ballon** (fam.): gegen den Ball treten, kicken (*taper qc:* etwas schlagen, auf etwas klopfen).
15 **à la place (de):** anstatt, anstelle; stattdessen.
16 **être prix Nobel:** Nobelpreisträger(in) sein.
19 **ailleurs:** woanders, anderswo.

C'est pas que je voudrais vous raconter ma vie, mais il faut quand même que je vous dise: Je m'appelle Charly. Bon, OK. Je m'appelle Charles, mais je déteste qu'on m'appelle comme ça. Et celui qui essaie peut s'attendre à recevoir une sacrée raclée. C'est pourtant simple: Char-ly. Y a qu'à l'école où certains profs continuent de m'appeler comme je m'appelle vraiment. Je peux pas leur mettre de raclée mais je vous jure que ça me démange.

Qu'est-ce que vous voulez, les gens sont cons parfois.

De toute façon, je m'en fous, quand j'entends «Charles», j'ai pas l'impression qu'on me parle.

Mon nom c'est Traoré, et là y a rien à dire vu que c'est vraiment mon nom. Ça vient du Mali et c'est normal parce que mes parents sont de là-bas. Même que mon père y serait retourné. Mais on en sait trop rien. Sur lui je pourrais pas vous écrire un feuilleton, il s'est tiré un mois après ma naissance, en laissant ma Mère et mon frère aussi seuls que deux avants-centres du

3 **détester qc:** etwas verabscheuen, hassen.
5 **s'attendre à qc:** sich auf etwas gefasst machen; auf etwas gefasst sein.
**la raclée:** Abreibung, Prügel; (fam.): Dresche, Keile (*mettre une raclée à qn:* jdm. eine Tracht Prügel verabreichen).
9 **démanger qn:** jdn. jucken, kratzen; hier (fam.): jdn. reizen.
11 **de toute façon:** auf jeden Fall.
13 **vu que:** da, weil; in Anbetracht dessen, dass.
15 **même que** (fam.): sogar, dass …
16 **ne pas savoir trop rien de qc** (fam.): so gut wie gar nichts über etwas wissen.
17 **le feuilleton:** Fortsetzungsroman, lange Geschichte.
18 **se tirer** (fam.): sich verdrücken, verduften, abhauen.
19 **aussi … que:** (genau)so … wie.

PSG. Personnellement ça m'a pas touché. J'avais un mois, et je pensais sûrement plus à téter le sein de ma mère qu'à me demander ce que mon père glandait. Mais pour mon frère, ç'a été une autre histoire. Et ma Mère répète souvent que c'est à cause de ça qu'il est toujours à se droguer et à faire des conneries. Moi je crois aussi que mon frère est le pire des cons, et qu'il se drogue pour oublier sa connerie. Chacun son avis si vous voyez ce que je veux dire. Croyez pas qu'il me manque un cœur pour parler de mon frère comme ça. Mais je vous jure qu'à ma place vous seriez déjà en hôpital psychiatrique. Je crois que mon frère est né pour me faire chier. Pardon pour la grossièreté, mais là y a pas d'autre mot. Et si on devait me donner un euro chaque fois que ce type me tape sur les nerfs, je serais déjà milliardaire. Mais on me donne rien, et je deviens dingue gratuitement.

Ce que je voudrais vous raconter c'est ce qui s'est passé ce matin. La vache, c'est une sacrée histoire. Même qu'on la mettrait dans des bouquins. Sûrement que

1 **le PSG:** Abkürzung für den Fußballclub ***Paris Saint-Germain.***
**toucher qn:** jdn. berühren, jdm. zu Herzen gehen.
2 **téter le sein:** an der (Mutter-)Brust trinken, saugen (*les seins*, m., pl.: Busen).
3 **glander** (fam.): herumlungern; hier (fam.): seine Zeit verplempern.
7 **le/la pire de ...:** der/die/das schlimmste, ärgste aller ...
8 **chacun son avis:** jedem seine eigene Meinung.
13 **la grossièreté:** Grobheit, Rüpelhaftigkeit.
15 **taper sur les nerfs** (m.) **de qn** (fam.): jdm. auf die Nerven gehen.
17 **gratuitement:** gratis, umsonst.
19 **la vache** (fam.): Donnerwetter!, verflixt!, verdammt!
20 **le bouquin** (fam.): Schmöker, Buch.

j'ai pas encore tout compris. Mais c'est peut-être mieux de vous la raconter au frais. Y a des trucs, faut les dire, faut que ça sorte, sinon, on se fabrique des boules dans le ventre qui finissent par exploser. Comme ce qui était arrivé au père de mon copain Régis Montales qu'on avait retrouvé mort un matin avec au moins cent litres de sang dans son lit. Ce vieux avait toujours l'air de vivre dans un conte de fées, mais on a dit qu'il était mort de tristesse, rapport à sa femme qui l'avait quitté dix ans plus tôt. Moi je crois surtout qu'il picolait un max. Après ça, Régis a été placé chez sa grand-mère, et c'est devenu le môme le plus violent de France. Et sûrement que dans vingt ans Régis aurait une boule qui exploserait dans son ventre. Et le fils de Régis vingt ans plus tard, et ça continuerait comme ça jusqu'à ce que les voitures volent et les pitbulls deviennent des animaux en voie de disparition.

2 **au frais:** hier: aus erster Hand.
3 **faut que ça sorte** (fam.): das muss einfach gesagt werden.
3 f. **se fabriquer des boules:** (Magen-)Geschwüre bekommen.
4 **finir par faire qc:** schließlich etwas tun.
8 **avoir l'air:** (er)scheinen, wirken, aussehen (*un air:* hier: Aussehen, Äußeres).
**le conte de fées** (f.; pl.): Märchen.
9 **rapport à** (fam.): wegen.
11 **picoler** (fam.): bechern, saufen.
**un max** (fam.): *un maximum.*
12 **le/la môme** (fam.): Knirps, Fratz; Gör(e), Balg.
13 **violent, e:** gewalttätig, brutal.
17 **le pitbull:** Pitbull (Hunderasse).
17 f. **en voie de disparition:** vom Aussterben bedroht (*la voie:* Weg, Straße; *la disparition:* Verschwinden).

Vous devez me trouver dingue à vous raconter un tas de trucs, mais c'est que je suis comme ça. C'est même mon problème dans la vie. Si ma Mère va à une réunion à l'école, les profs disent du bien de moi et tout, mais ils finissent toujours par lui dire que je manque de concentration. J'ai répondu à ma Mère qu'ils avaient qu'à être plus intéressants mais elle m'a engueulé. Ma Mère est le genre à dire que l'école est une chance et que ces foutus profs ont toujours raison. Et si on lui racontait que mon problème venait de mes deux jambes, sûrement qu'elle me les couperait. Ma Mère n'est jamais allée à l'école, et ça lui prend bien trois semaines pour lire une lettre. La première fois que je lui ai lu une poésie, elle s'est mise à pleurer pendant une heure, elle m'a donné un billet, et elle m'a dit qu'elle était fière de moi. J'ai encore tenté de lui lire un tas de machins, mais elle s'est habituée, et elle reste à me bassiner avec mon problème de concentration.

Mais la vie c'est quand même pas une partie d'échecs.

Le pire, c'est quand quelqu'un vous parle de votre problème de concentration. Vous êtes là à l'écouter, et

1f. **un tas de:** ein Haufen, eine Menge.
6 **manquer de qc:** Mangel an etwas haben, etwas nicht besitzen.
14 **la poésie:** Gedicht.
**se mettre à faire qc:** beginnen, sich dranmachen, etwas zu tun.
15 **le billet (de banque):** Geldschein, Banknote.
16 **tenter de faire qc:** versuchen, etwas zu tun.
17 **s'habituer à qc:** sich an etwas gewöhnen.
18 **bassiner qn** (fam.): jdn. nerven, jdm. auf den Wecker gehen.
20f. **la partie d'échecs** (m., pl.): Schachpartie.

au bout de deux secondes, vous vous rendez compte que vous pensez à autre chose, et si vous avez pas honte à ce moment, c'est que vous êtes un sacré barjot.

Vous voyez, j'ai encore perdu le fil de ce que je voulais vous raconter. Faut que je me fasse soigner. C'est pas possible de tout le temps penser à un millier de trucs en même temps. Le mieux, c'est si je pense à Mélanie Renoir. Alors là, le monde peut exploser devant moi, si je pense à cette fille, je reste la bouche ouverte avec de la bave qui coule et tout. Ce qui se passe c'est que je suis vraiment à fond sur cette fille. Elle me tue. Je pourrais mourir pour elle, il suffit qu'elle me le demande. On s'est connus au début de l'année à mon entrée en sixième au collège Charles-Baudelaire. Quand vous entrez au collège Charles-Baudelaire, ils vous forcent à apprendre par cœur un

1 **au bout de:** hier: nach (Ablauf von).
2f. **avoir honte** (f.): sich schämen (*honteux, -euse:* schändlich, beschämend; schimpflich).
4 **le barjot (barjo)** (fam.): Bekloppter, Spinner.
5 **perdre le fil:** den (Gesprächs-)Faden verlieren (*le fil:* Faden, Faser; Draht; Leitung).
6 **se faire soigner:** sich behandeln, ärztlich versorgen lassen.
7 **un millier de:** tausend.
11 **la bave** (fam.): Speichel, Spucke.
12 **être à fond sur qn** (fam.): total in jdn. verknallt sein *(à fond:* gründlich, voll und ganz).
13 **tuer qn:** hier (fig.): jdn. fix und fertig machen, umhauen.
15 **la sixième:** 1. Klasse des *collège*.
15f. **Baudelaire:** Charles-Pierre Baudelaire (1821–67), französischer Lyriker, bekannt durch seinen Gedichtband *Les Fleurs du Mal* (1857).
17 **forcer qn à faire qc**: jdn. zwingen, etwas zu tun.

de ses poèmes. Je dis par cœur, parce que si vous refusez, vous êtes viré. Nous, cette année, c'était *L'homme et la mer*. Vraiment chouette. Il dit plein de trucs que j'ai trouvés très forts.

Il dit *La mer est ton miroir tu contemples ton âme / Dans le déroulement infini de sa lame.*

Ça m'a retourné. Ensuite, un des élèves est choisi et doit se taper de réciter la poésie devant le collège tout entier réuni dans le réfectoire. Pour choisir l'élève ils font un tirage au sort, et on y va tous de notre prière pour pas que ça arrive. Heureusement pour les autres certains types ont vraiment pas de bol dans la vie. Quand je dis ça, je veux parler de Freddy Tanquin. Ce type a tellement la poisse qu'il a toujours

2 **virer qn** (fam.): jdn. hinauswerfen, feuern.
3 **chouette** (fam.): toll, prima, klasse.
**plein de** (fam.): eine Menge, unheimlich viel.
4 **très fort, e:** überwältigend.
5 **contempler qc:** etwas aufmerksam betrachten, bewundern.
**une âme:** Seele, Geist, Gemüt.
6 **le déroulement:** Ablauf, Verlauf; hier: Lauf, Fließen (*se dérouler:* sich abspielen, stattfinden).
**infini, e:** unendlich, endlos (*l'infini*, m.: das Unendliche).
**la lame:** hier: Welle, Woge.
7 **retourner qn** (fam.): jdn. umhauen, fertigmachen.
8 **se taper de faire qc** (fam.): sich etwas aufhalsen, sich etwas antun müssen.
9 **le réfectoire:** Speisesaal.
10 **le tirage au sort:** Auslosung, Ziehung (*le sort:* Schicksal).
10f. **on y va tous de notre prière** (f.) **pour pas que ça arrive:** etwa: wir gehen alle mit dem Stoßgebet dorthin, dass uns das Los nicht trifft.
12 **avoir de bol:** eigtl. *avoir du bol* (fam.): Glück, ‚Schwein' haben (*le bol:* [Trink-]Schale).
14 **tellement:** dermaßen, derartig.
**la poisse** (fam.): Pech, Unglück.

une écharpe autour du cou. Même en été. Quand il fait quarante degrés et qu'on voit un type se balader avec une écharpe autour du cou, ça fait mec fragile, c'est sûr.

Ce jour-là, Freddy s'est ramené devant tout le collège avec son écharpe.

La directrice a dit:

– Monsieur Tanquin va nous lire le poème de Charles Baudelaire.

Freddy s'est raclé la gorge au moins cinq mille fois avant de commencer:

– *L'homme et TA mère* … de Charles Baudelaire.

Le collège s'est écroulé de rire et on aurait cru un tremblement de terre. Ce pauvre con de Freddy avait pas lu le poème et c'est un de nos copains, Kader Halfoui, qui lui avait répété pour qu'il l'apprenne. Le truc, c'est que Kader lui avait dit n'importe quoi, et Freddy a continué tout le long comme ça, en pensant que Baudelaire parlait de la *mère*.

1 **une écharpe:** Schal, Halstuch.
2 **se balader:** spazieren gehen, bummeln (*une balade:* Ausflug, Spaziergang, Spazierfahrt).
3 **ça fait mec fragile** (fam.): das sieht total nach Schwächling aus (*le mec*, fam.: Typ, Kerl, Macker).
5 **se ramener** (fam.): aufkreuzen.
10 **se racler la gorge:** sich räuspern (*la gorge:* Hals, Kehle).
13 **s'écrouler de rire** (fam.): sich kugeln, zusammenbrechen vor Lachen (*s'écrouler:* einstürzen, zusammenbrechen).
**on aurait cru …:** hier: es hörte sich an, als ob …
14 **le tremblement de terre:** Erdbeben.
**pauvre con / conne** (fam.): Blödmann / blöde Kuh.
16f. **le truc, c'est que …** (fam.): nun ist es aber so, dass …
17 **n'importe quoi:** irgendetwas, sonst was.
18 **tout le long:** durchweg, die ganze Zeit.

– *Ta mère est ton miroir tu contemples ton sexe / Dans le déroulement infini de ses fesses.*

La directrice n'a pas osé l'interrompre, rapport aux élus de la mairie qui étaient venus et qui faisaient mine de pas être dérangés par ce qui se passait. Ces gars-là sont très forts pour faire mine de pas être dérangés. À la fin, on rigolait tellement que Freddy s'en est rendu compte.

– Merde … Je me disais bien qu'on pouvait pas se regarder dans une paire de fesses.

Quel fou rire. Il est parti avec la directrice, et on l'a plus revu de l'année ce pauvre con.

J'aime bien les poèmes. J'en ai lu quelques-uns de Charles Baudelaire. Et même quand je comprends pas, je trouve ça beau. J'ai l'impression que c'est pas très important de comprendre vraiment. Ces hommes-là sont différents. C'est comme de pas comprendre nos rêves. Personne nous en veut pour ça.

Vous voyez, mon esprit a encore foutu le camp dans dix mille directions.

Ce qui me revient c'est que je voulais vous parler de Mélanie Renoir, mais surtout de ce qui m'est arrivé ce matin et qu'est une sacrée histoire. Alors pour Méla-

1 **le sexe:** Geschlecht.
2 **les fesses** (f., pl.): Gesäß, Po.
4 **un élu / une élue:** Abgeordnete(r); hier: Abgesandte(r).
**la mairie:** Rathaus.
4f. **faire mine de:** so tun, als ob; den Anschein geben, dass.
7 **rigoler** (fam.): Späße, Ulk machen; lachen.
18 **en vouloir à qn:** jdm. böse sein.
21 **ce qui me revient …:** da fällt mir gerade wieder ein …

nie Renoir et pour faire court, disons que cette fille me tue et qu'on en reparlera plus tard.

Ce coup-ci, je me concentre comme un malade et j'y vais. Parce que pour une histoire intéressante, c'en est une.

Ça a commencé ce matin à huit heures.

3 **ce coup-ci:** dieses Mal, jetzt.
3f. **et j'y vais:** und das werde ich tun.

## Chapitre deux

# 8 h 00

Le matin, je pars à l'école à huit heures. J'ai cours à huit heures et demie, mais il me faut une demi-heure pour traverser la cité. Hiver comme été. Il peut neiger et tout, qu'il faudra quand même que je parte à huit heures et que je traverse la cité comme un minable congelé. Donc, ce matin, il était dans les huit heures quand je me trouvais dans l'ascenseur. Le truc, c'est que cette machine marche une fois tous les mille ans. Et quand ça fonctionne, on se met à croire qu'on est le roi des chanceux.

Quand les portes se sont ouvertes, je suis tombé sur une bande de flics. Ils étaient trois. Et avec eux, il y avait une bonne femme. Le genre serrée du cul. Elle m'a fait penser à Madame Boulin, la directrice de mon collège. Elle était comme sa sœur si vous voulez.

3 **avoir cours:** Unterricht haben.
5 **traverser qc:** etwas durch-, überqueren.
7 **le/la minable:** Versager(in), Flasche, Null (*minable:* erbärmlich, schäbig, ärmlich).
8 **congelé, e:** (tief)gefroren.
9 **un ascenseur:** Aufzug, Lift.
12 **le chanceux / la chanceuse:** Glückspilz.
13 **tomber sur qn:** jdn. zufällig treffen, zufällig auf jdn. stoßen.
14 **le flic** (fam.): Polizist, ‚Bulle'.
15 **la bonne femme / le bonhomme** (fam.): Tussi, Frau / Kerl, Macker.
**le genre serrée du cul** (pop.): etwa: von der Art mit straffem, strammem Arsch.

Je sais pas si vous avez remarqué, mais quand on rencontre deux personnes qui se ressemblent, elles se mélangent dans votre tête et vous devenez dingo pour les séparer. Les flics et la bonne femme avaient l'air perdus et on sentait qu'ils étaient pas trop habitués à l'immeuble.

La bonne femme a baissé la tête vers moi, et elle avait une de ces expressions à vous retourner le ventre.

Elle m'a demandé:

– Tu sais où habitent Joséphine et Henry Traoré?

– Ben, au sixième.

Et sans merci, ni rien, ils m'ont à peine laissé sortir pour monter dans l'ascenseur. La vache ça m'a glacé. C'est pas trop que des flics me demandent mon adresse qui m'a fait bizarre. Je suis habitué, rapport à mon frère qui passe ses journées à déconner.

C'était que cette bonne femme soit là. Et aussi qu'elle dise Joséphine. C'est ma Mère. En général, ils cherchent Henry, point. Ils l'emmènent au commissa-

2f. **se mélanger:** durcheinandergeraten, sich vermischen, verschmelzen (*le mélange:* Mischung, Gemisch).
5 **être habitué, e à qc:** an etwas gewöhnt sein.
6 **un immeuble:** Gebäude, Haus.
7 **baisser la tête:** den Kopf neigen, senken.
8f. **à vous retourner le ventre:** der einem den Magen umdreht.
13 **sans merci:** hier: ohne sich zu bedanken.
**à peine:** kaum.
14 **glacer qn:** jdn. erstarren lassen, lähmen (*la glace:* Eis).
15 **C'est pas trop que …:** etwa: Am schlimmsten, erschreckendsten war nicht, dass …
16 **faire bizarre à qn:** jdm. sonderbar, eigenartig erscheinen.
20 **point:** basta!, Punktum!

riat et ma Mère doit aller supplier qu'on le libère et tout. C'est courant ici, et la plupart des mères de drogués connaissent par cœur le chemin du commissariat et ses bureaux dégueulasses. Quand j'étais trop petit pour rester seul à la maison, j'ai accompagné ma Mère une fois ou deux au commissariat. C'était une sacrée corvée. Et ça faisait mal au cœur de la voir mettre de côté sa dignité pour qu'on relâche Henry. Après, elle nous emmenait manger au restaurant du centre commercial, et elle avait l'air contente qu'on soit réunis. Moi j'aurais mis une raclée à Henry pour qu'il arrête ses conneries. Mais ma Mère est toujours heureuse qu'on soit réunis.

J'ai encore entendu la phrase dans ma tête:

– Tu sais où habitent Joséphine et Henry Traoré?

Les portes de l'ascenseur se sont fermées. J'ai décidé de remonter voir ce qui se passait. J'ai pris les escaliers. C'est un truc que j'ai l'habitude de faire. Quand l'ascenseur est en panne. Ou pour faire la course avec mon copain Jimmy Sanchez qui habite au quatrième. Je suis un sacré sprinter vous savez, et les jours de grande forme j'arrive plus vite que l'ascenseur. Mon record, c'est le septième étage. Je vous jure qu'il faut être un sacré sprinter pour arriver au septième étage

1 **supplier:** flehen, inständig bitten.
2 **courant, e:** üblich, alltäglich.
7 **la corvée:** lästige Arbeit, Last, Bürde.
**faire mal au cœur:** jdn. schmerzen, jdm. (in der Seele) wehtun.
7f. **mettre qc de côté:** etwas beiseitelegen, ablegen.
8 **la dignité:** Selbstachtung, (Menschen-)Würde.
**relâcher qn:** jdn. freilassen.
19 **faire la course avec qn:** mit jdm. um die Wette laufen.

avant l'ascenseur, et ça, Jimmy Sanchez vous le dira. Ce coup-ci, j'ai eu beau monter les marches quatre par quatre, je suis quand même arrivé après. C'est qu'il était huit heures et que je suis pas trop du matin. J'ai entrouvert la porte donnant sur le palier, et j'ai vu ma Mère qui se tenait devant les flics et la bonne femme. Ma Mère était déjà habillée, maquillée et tout. Sûrement qu'elle s'apprêtait à partir à son travail chez les Roland. En général elle part à huit heures dix pour avoir le bus de huit heures vingt. Ma Mère faut toujours qu'elle se maquille. C'est sûr que ça lui va bien, et qu'elle en met pas trop, mais moi je sais que ça me ferait drôlement chier d'avoir à me coller des trucs sur la tête chaque matin de ma vie. Je pense que les femmes sont bizarres. La bonne femme aussi était maquillée, et je pensais que ma Mère et elle s'étaient réveillées plus tôt ce matin pour se foutre des trucs sur la tronche, et que maintenant elles étaient l'une en face de l'autre avec leur maquillage. La bonne femme a sorti un papier de sa sacoche et elle l'a lu à ma Mère. J'entendais rien, mais ça avait pas l'air marrant. Ma

2 **avoir beau faire qc:** noch so sehr etwas tun, etwas vergeblich tun.
**la marche:** (Treppen-)Stufe.
4 **je suis pas trop du matin:** etwa: morgens bin ich nie in Topform.
5 **entrouvrir qc:** etwas ein wenig, einen Spalt(breit) öffnen.
**donner sur qc:** zu etwas hinführen, auf etwas hinausgehen.
**le palier:** Treppenabsatz.
7 **se maquiller:** sich schminken (*le maquillage:* Make-up).
8 **s'apprêter à faire qc:** sich anschicken, etwas zu tun.
13f. **se coller des trucs sur la tête** (fam.): sich Zeugs ins Gesicht schmieren.
18 **la tronche** (fam.): ‚Birne', Visage.
20 **la sacoche:** Umhängetasche.

Mère faisait une drôle de tête et elle regardait même pas la bonne femme. Elle regardait le papier. Ensuite, la bonne femme a dit quelque chose. Ma Mère a levé les yeux, et j'ai eu l'impression qu'elle pleurait. Y a eu un de ces silences. Ma Mère est rentrée à la maison, les flics et la bonne femme l'ont suivie. Ils n'ont pas claqué la porte, et j'ai pensé qu'ils allaient vite ressortir. Je me suis rendu compte que mon cœur battait à toute vitesse. Ça m'arrive souvent. Si vous me voyez, vous penserez que j'ai un sang-froid de serpent et tout. Mais la vérité c'est qu'un rien me retourne. J'ai beau avoir l'air tranquille et sûr de moi, c'est juste un genre que je me donne. Et je sais que la plupart des types sont pareils.

Il faut se montrer insensible pour survivre.

Les flics sont ressortis avec la bonne femme et ma Mère derrière. Elle avait toujours son drôle d'air, mais en plus, elle portait son manteau, son sac à main et une sorte de sac de sport. Je ne me rappelle plus d'où vient ce sac, mais je crois qu'il était à Henry du temps où il faisait de l'athlétisme. Son truc c'était le sprint.

1 **faire une drôle de tête** (fam.): ein komisches Gesicht ziehen, dumm aus der Wäsche gucken.
7 **claquer la porte:** mit der Tür knallen, die Tür ins Schloss schmettern.
8f. **battre à toute vitesse** (f.): rasend schnell schlagen.
10 **le sang-froid:** Kaltblütigkeit, Gelassenheit, Beherrschung.
**le serpent:** Schlange.
11 **un rien me retourne:** bereits eine Kleinigkeit macht mich fertig, haut mich um.
13 **se donner un genre:** unbedingt auffallen wollen; hier: sich den Anschein geben, so tun als ob.
20f. **du temps où:** aus der Zeit, als.
21 **faire de l'athlétisme:** Leichtathletik betreiben.

Vous l'auriez vu, une vraie fusée. Même moi j'aurais eu l'air d'une Skoda à côté. Mais la drogue a vachement ralenti sa course si vous voyez ce que je veux dire. En tout cas, ma Mère portait ce sac qu'avait l'air rempli à ras bord. Elle a fermé la porte et un des flics a appelé l'ascenseur. Ça faisait drôle de voir ma Mère avec ces gens. Je ne sais pas comment dire, ça collait pas. Ma Mère regardait devant elle comme si de rien n'était. Elle sait bien faire comme si de rien n'était. Elle pourrait bosser à la mairie et faire de la politique et tout. Mais quand on la connaît comme moi, on voit si elle est tracassée ou quoi. Et pendant qu'elle attendait l'ascenseur, elle pouvait faire mine de rien, je voyais qu'elle était sacrément tracassée.

Ce qui s'est passé, c'est qu'à un moment elle a tourné la tête dans ma direction. Et son regard est tombé dans le mien. J'ai senti mon cœur se serrer. Pourtant ma Mère elle m'a regardé un milliard de fois. En fait, je crois qu'elle me regarde tout le temps. Des fois on

1 **vous l'auriez vu:** Sie hätten ihn sehen sollen.
**une vraie fusée:** so schnell wie eine Rakete; blitzschnell (*la fusée:* Rakete).
3 **si vous voyez:** wenn Sie verstehen.
4 **en tout cas:** jedenfalls, auf jeden Fall; zumindest; sowieso.
5 **rempli, e à ras bord:** randvoll.
7f. **ça collait pas** (fam.): das passte nicht zusammen.
10 **bosser** (fam.): arbeiten, malochen (*le bosseur / la bosseuse,* fam.: Arbeitstier).
12 **être tracassé, e:** besorgt sein.
13 **faire mine de rien:** so tun, als ob nichts wäre (*la mine:* Gesichtsausdruck, Miene).
17 **se serrer:** sich einschnüren, zusammenziehen.
18 **en fait:** in Wirklichkeit, im Grunde.

est tranquilles devant la télévision, et je me rends compte que ma Mère me regarde. Et même si le programme est super, elle me regarde. J'étais un peu gêné qu'elle me voie derrière la porte des escaliers. Pas parce que j'aurais dû être sur le chemin de l'école, mais parce que j'avais vraiment l'air d'un cafard, caché comme ça. Et puis, je sais que ma Mère peut lire la peur en moi. Je peux frimer comme un taré, et dire que la vie est belle, si quelque chose m'angoisse, elle le verra tout de suite.

Comme j'étais gêné qu'elle me voie, je lui ai fait un sourire. Un immense sourire. Et je devais avoir une drôle de tête. Avec le regard angoissé du gamin qui comprend rien, et juste en dessous un sourire de premier de la classe. Des fois on se fait de drôles de gueule. Surtout quand on est largué. Et puis, de sourire ça me va pas vraiment. Y a des types qui sourient tout le temps. Oh ça me tue ce genre de types. Comme ce mec, Anthony Meltrani, qu'est toujours à sourire comme un débile. Si vous le croisez dans la rue, il sera

3 **être gêné, e:** verlegen, befangen sein (*la gêne:* Enge, Zwang, Last).
6 **le cafard** (fam.): Petzer, Heuchler, Feigling.
8 **frimer** (fam.): sich groß aufspielen, angeben (*le frime*, fam.: Großkotzigkeit, ‚Mache').
**le taré / la tarée:** Schwachsinnige(r), Bescheuerte(r) (*taré, e*, fam.: schwachsinnig, bekloppt).
9 **angoisser qn:** jdn. ängstigen, in Angst und Schrecken versetzen (*une angoisse:* Angst[gefühl], Bangigkeit).
13 **le gamin / la gamine:** kleiner Junge / kleines Mädchen; Gör(e).
14 **juste en dessous:** knapp unter(halb), kurz vor.
14f. **le premier / la première de la classe:** Klassenbeste(r).
16 **être largué, e:** nicht mehr mitkommen, nichts mehr begreifen.
20 **croiser qn:** jdm. begegnen.

toujours à sourire. S'il pleut, ce con sourit. Contrôle surprise, ce con sourit. Je suis sûr que même la nuit, quand il dort, il a une énorme banane sur la gueule.

Ma Mère est restée quelques secondes à regarder ma tronche tordue, et alors elle a fait un truc vraiment incroyable. Et si ç'avait pas été elle, on aurait pu croire à un monstre.

Elle a tourné la tête. Comme ça. Pas un clin d'œil, ni rien. Elle a juste tourné la tête. Comme si je n'existais pas. En plus, l'ascenseur est tout de suite arrivé, ils sont montés, et j'ai entendu les portes se fermer et le bruit qui voulait dire qu'il repartait vers le hall.

Vous parlez d'une histoire.

Et mon cœur qui continuait de jouer de la batterie. Je sais pas si vous avez remarqué, mais c'est toujours au moment où on s'y attend le moins que les choses les plus dingues vous arrivent. Vous êtes là tranquille, en chemin pour l'école, et une bande de flics avec une bonne femme qui ressemble comme deux gouttes d'eau à votre directrice, embarquent votre Mère, sans que vous sachiez pourquoi. Par moments j'aimerais

1 f. **la contrôle surprise:** unerwartete, unangekündigte Klassenarbeit.
3 **il a une énorme banane sur la gueule:** etwa: ein mächtiges Grinsen ziert seine Visage.
5 **tordu, e:** verzerrt, verzogen (*tordre:* verdrehen, [ver]biegen).
8 **le clin d'œil** (m.): Augenzwinkern, Blinzeln.
13 **Vous parlez d'une histoire:** etwa: Das war echt der Hammer!
14 **jouer de la batterie:** Schlagzeug spielen, trommeln; hier (fig.): rasend pochen.
19 f. **(se) ressembler comme deux gouttes d'eau:** sich gleichen wie ein Ei dem anderen (*la goutte d'eau:* Wassertropfen).
20 **embarquer qn** (fam.): jdn. schnappen, einlochen, verhaften.
21 **par moments:** ab und zu, mitunter, gelegentlich.

avoir une gomme au-dessus de la tête pour pouvoir recommencer des journées.

J'ai décidé de retourner chez moi. Depuis le début de l'année j'avais mon propre trousseau de clés, et ma Mère m'avait bassiné avec ses histoires de confiance et tout. Mais en fait elle n'avait pas le choix, depuis mon entrée au collège, j'arrive souvent avant elle l'après-midi.

Ma main tremblait comme celle d'un vieux, et je pouvais pas mettre la clé dans la serrure. Quand j'y suis arrivé, je me suis rendu compte qu'elle n'était pas verrouillée. Peut-être que ma Mère avait fait exprès, au cas où Henry ou moi aurions oublié nos clés. Ou bien seulement parce qu'elle avait oublié. J'ai ouvert la porte, et ce qui était bizarre, c'est que j'avais l'impression de rentrer chez moi comme un voleur. Sûrement le fait d'avoir vu ces flics juste avant, et puis aussi que j'aurais dû être à l'école.

J'ai traversé le salon pour aller regarder à la fenêtre qui donne sur l'entrée de l'immeuble. Je n'ai pas ouvert la fenêtre en grand, j'ai juste entrouvert un peu et collé ma tête contre le carreau. Ma Mère est sortie de la tour avec les flics et la bonne femme. Il n'y avait personne dehors, et c'est souvent le cas à cette heure, les gens sont partis travailler et les autres dorment. Je

1 **la gomme:** Radiergummi.
4 **le trousseau de clés** (f.): Schlüsselbund.
12 **verrouillé, e:** abgeschlossen, verriegelt.
**faire qc exprès:** etwas absichtlich tun.
13 **au cas où:** für den Fall, dass, falls.
20 f. **ouvrir qc en grand:** etwas weit öffnen.
22 **le carreau:** (Fenster-)Scheibe.

sais que c'était mieux qu'il n'y ait personne, ma Mère n'aurait sûrement pas aimé être vue avec ces gens. Ils ont marché jusqu'au trottoir où une camionnette de la police était garée. L'un des flics a ouvert la porte coulissante à l'arrière et il a fait signe à ma Mère de monter. La bonne femme est aussi montée à l'arrière, à côté de ma Mère, et les flics à l'avant.

Quand la camionnette est partie, j'ai essayé de voir ma Mère à travers la vitre, mais je n'ai pas réussi. J'ai eu l'impression que je ne la reverrais jamais.

3 **la camionnette:** Lieferwagen, kleiner Lastwagen.
4 f. **la porte coulissante:** Schiebetür.
9 **à travers (de) qc:** durch etwas hindurch.

## Chapitre trois

# 8 h 20

Un des trucs que je préfère dans la vie, c'est la chambre de ma Mère. J'aime bien y traîner de temps en temps. Elle a un tas de choses que j'adore toucher. Je m'assois sur sa chaise en face de sa coiffeuse. Ça ressemble plus à un bureau, mais elle appelle ça une coiffeuse. La chaise est très confortable. Elle a mis des coussins et une sorte de tissu tout autour. Je m'assois là, et je regarde par la fenêtre. C'est bizarre de regarder par cette fenêtre parce que la vue n'est pas du tout la même que celle des autres fenêtres de l'appartement. Celles du salon, de la cuisine et de notre chambre à Henry et moi, donnent sur le devant de l'immeuble. La fenêtre de ma Mère donne sur un des côtés, avec la vue sur un quartier pavillonnaire, et au fond, la zone active. Sur la coiffeuse, il y a deux petits

4f. **de temps en temps:** von Zeit zu Zeit, zwischendurch.
5 **adorer faire qc:** etwas leidenschaftlich gern, für sein Leben gern tun (*adorer qn:* für jdn. schwärmen, jdn. sehr gern haben, bewundern).
6 **la coiffeuse:** Frisiertisch, -kommode.
7 **le bureau:** Schreibtisch.
9 **le coussin:** Kissen.
**le tissu:** Stoff.
11 **la vue:** Aussicht.
16 **le quartier pavillonnaire:** Viertel, das nur aus einfachen, gleichförmigen Einfamilienhäusern besteht.
16f. **au fond:** hinten, unten.
17 **la zône active:** eigtl. *la zone d'activités économiques:* Gewerbepark.

tiroirs. Dans celui de droite, ma Mère a mis tous ses bijoux. Des chaînes, des bracelets, des bagues, une gourmette avec le prénom de mon frère, une médaille avec écrit dessus + *qu'hier – que demain*, des pendentifs, des boucles d'oreille. Quand j'ai le temps, je les mets tous. J'ai l'air d'un rappeur. Ou plutôt d'un rappeur qui aurait piqué les bijoux de sa Mère. Dans le tiroir de gauche, il y a des lettres, des factures, des garanties, et ma carte d'identité. Un des trucs que je préfère, c'est regarder ma carte d'identité. Ma Mère ne veut pas que j'y touche, à croire que c'est le seul trésor de cette maison. Pourtant, je vous jure que si vous voyiez ma tête sur la photo, vous voudriez un agrandissement. Je dois avoir cinq ans, une coupe de cheveux afro de chez afro, il me manque les deux dents

2 **le bracelet:** Armband.
**la bague:** Ring.
3 **la gourmette:** Gliederarmband (mit Namensplakette).
4 **avec écrit dessus:** mit der Aufschrift.
**«+ qu'hier – que demain»:** bekannte Zeile aus dem Gedicht *L'Éternelle Chanson* von Rosemonde Gérard (1866–1953), Umschreibung immerwährender Liebe: *Car, vois-tu, chaque jour je t'aime d'avantage, aujourd'hui plus que hier et bien moins que demain.* Diese Worte werden auch häufig als Inschrift auf Medaillons verwendet.
4f. **le pendentif:** (Schmuck-)Anhänger.
5 **la boucle d'oreille** (f.): Ohrring (*la boucle:* Schleife, Schlaufe, Schlinge).
6 **le rappeur / la rappeuse:** Rapper(in).
7 **piquer qc:** hier (fam.): etwas klauen.
11 **à croire que:** man könnte meinen, glauben, dass.
11f. **le trésor:** Schatz.
13f. **un agrandissement:** Vergrößerung.
14f. **la coupe de cheveux** (m.) **afro de chez afro:** Haarschnitt im Afrolook.

de devant, et je souris comme un taré. Oh, je m'adore sur cette photo. J'étais vraiment mignon à l'époque. Aujourd'hui, je souris plus. Et si vous regardez mes photos de classe les unes après les autres, vous verrez que je m'éclate de moins en moins. Ça doit être pareil pour tout le monde. Les gamins se marrent pour un rien, et les vieux c'est le contraire, ils chialent tout le temps. Du moins, les vieux de l'immeuble, ils sont tellement à chialer que ça me déprime.

Ce matin, avec ma Mère qu'avait été embarquée, je me suis mis un peu à fouiller pour essayer de comprendre. J'ai regardé dans les papiers, et je suis tombé sur la lettre de mon père. La dernière qu'il a écrite à ma Mère. Je la connaissais par cœur mais je l'ai quand même relue. Il lui expliquait qu'il était bien arrivé au Mali, et que des amis de la famille l'avaient accueilli. Qu'il chercherait du travail dès le lendemain pour pouvoir envoyer de l'argent rapidement. Il disait qu'il nous aimait et qu'on lui manquait beaucoup.

La lettre avait mon âge, dix ans, et depuis, ma Mère

2 **mignon, ne:** niedlich, knuffig, herzig.
**à l'époque:** damals, zu der Zeit.
3 **Aujourd'hui, je souris plus:** Heute lächle ich nicht mehr.
5 **s'éclater** (fam.): sich prima amüsieren, einen Riesenspaß haben, sich austoben.
7 **chialer** (fam.): heulen, flennen (*le chialeur / la chialeuse:* Heulpeter / Heulsuse).
8 **du moins:** zumindest, wenigstens.
9 **déprimer qn:** jdn. deprimieren, entmutigen (*la déprime:* Trübsinn).
11 **fouiller qc:** etwas durchsuchen, durchforsten.
16 **accueillir qn:** jdn. empfangen, aufnehmen.
17 **dès:** schon, bereits.
**le lendemain:** am nächsten Tag, am Tag darauf.

n'avait plus jamais eu de nouvelles. Elle avait téléphoné au pays, et la famille lui avait raconté que mon père n'était venu qu'un mois et qu'il était reparti pour la France. Après ça, elle n'a plus cherché à le retrouver.

Un soir je lui en ai parlé:

– Tu crois qu'il est mort papa?

– J'en sais rien Charly.

– Et s'il est pas mort, tu crois qu'il est où?

– J'en sais rien.

– Pourquoi tu veux pas le savoir?

– Écoute Charly, si ton père est mort, alors il vaut mieux pas le savoir, ça garde de l'espoir … S'il est vivant, il vaut mieux pas le savoir non plus, ça me donnerait envie de le tuer.

Ma Mère elle est comme ça, elle vous dit de ces trucs des fois. On lui pose une question toute bête, et elle vous sort une réponse qui vous retourne le ventre.

J'ai refermé le tiroir et j'ai regardé les flacons posés partout sur la coiffeuse. Y en a au moins cinq mille. C'est des parfums, de l'eau de Cologne, des cotons, du démaquillant. La plupart des parfums, c'est les Roland qui les lui ont offerts. Les Roland c'est un couple de vieux chez qui travaille ma Mère. Ça fait au moins quinze ans qu'elle travaille chez eux. C'est les gens les

1 f. **téléphoner au pays:** etwa: zu Hause anrufen.
4 **chercher à faire qc:** versuchen, etwas zu tun.
12 **garder de l'espoir** (m.): die Hoffnung bewahren.
16 **des fois** (f., fam.): manchmal, bisweilen.
18 **le flacon:** Fläschchen, Flakon.
20 **une eau de Cologne:** Kölnisch Wasser.
**les cotons:** Wattebäusche (*le coton:* Watte).
21 **le démaquillant:** Abschmink-, Reinigungsmittel.

plus gentils de la terre. Je les ai pas vus souvent, mais ils sont toujours à me faire passer des cadeaux, des boîtes de chocolat et tout. Ma Mère, elle les considère un peu comme ses parents en France. Elle s'occupe de leur maison, du ménage, de leur faire à manger. Ils sont vraiment très vieux, et Madame Roland peut à peine marcher, alors quand ma Mère l'emmène faire une promenade, ça lui prend la journée. Ils habitent à trois stations de train de chez nous, dans une belle maison avec un jardin. Madame Roland adore les fleurs et tout ce qui sent bon, c'est pour ça qu'elle est tout le temps à offrir des flacons à ma Mère. Elle dit qu'elle peut plus les mettre rapport elle est trop vieille et que c'est craignos de sentir la rose à cent ans. C'est souvent aussi que ma Mère rentre avec des fleurs. Vous verriez comme elle s'en occupe. Je vous jure que chez nous les fleurs tiennent des mois. Ma Mère travaille chez eux de neuf heures du matin à dix-sept heures trente, elle leur prépare le dîner pour le soir et elle rentre. Elle ne travaille pas le week-end, mais les Roland ont une fille qui vient les voir. Elle s'appelle Nathalie. C'est une avocate et elle raconte souvent à ses parents et à ma Mère comment elle a gagné un procès et tout. Ma Mère dit qu'elle est très douée. Moi je l'ai jamais vue, sauf une fois en photo.

J'ai pensé aux Roland et ça m'a fait de la peine. J'ai

7 **emmener qn:** jdn. begleiten, mitnehmen.
8 **ça lui prend la journée:** dafür braucht sie den ganzen Tag.
9 **de chez nous:** hier: von uns aus; von da, wo wir wohnen.
13 **rapport** (fam.): *rapport à:* wegen, weil.
14 **c'est craignos** (fam.): das ist mies; das ist ganz schlechter Stil.
24 **doué, e:** begabt.

imaginé qu'ils allaient être drôlement inquiets de ne pas voir ma Mère ce matin. Et qu'il fallait que je les prévienne. Je me suis dit aussi que ma Mère était peut-être déjà libérée et en route pour chez eux. Mais je ne croyais pas que les flics et la bonne femme avaient embarqué ma Mère pour la laisser si vite repartir. Et puis, il y avait eu ce regard. Ma Mère m'avait vu caché derrière la porte des escaliers. Elle avait fait semblant de ne pas me voir. Et ça me glaçait encore. Ça voulait dire que c'était grave. Et qu'elle ne voulait pas qu'on me remarque. Autrement elle m'aurait souri. Ma Mère me sourit tout le temps, même quand c'est grave, et même quand la terre explosera, elle me sourira.

J'ai décidé d'attendre un peu, au cas où elle rentrerait, ou que quelqu'un viendrait m'expliquer ce qui se passait.

Je me suis allongé sur son lit. Je n'ai pas enlevé les draps ni rien. Je me suis juste mis dessus comme ça.

Le lit de ma Mère est toujours fait. Dès qu'elle se réveille, elle fait son lit. Ça me tue. L'autre truc, c'est qu'elle va tout de suite prendre sa douche. Sans avoir mangé ou quoi, elle se réveille, fait son lit, et va se doucher. Faut être sacrément maso. Moi je peux à

3 **prévenir qn:** jdn. benachrichtigen.
4 **être en (cours de) route** (f.): unterwegs sein.
9 **faire semblant de faire qc:** so tun, als ob.
18 **s'allonger:** sich hin-, flachlegen.
18f. **les draps:** Bettwäsche (*le drap:* Bettlaken).
20 **dès que:** sobald.
24 **être maso** (fam.): *masochiste*, ein Maso(chist), masochistisch veranlagt sein.

peine respirer si j'avale pas mes céréales. Mais ma Mère dit qu'elle ne peut rien avaler si elle a pas pris sa douche. Pour elle, c'est un plaisir.

En général, je dors sur le ventre. Je commence à me mettre sur le dos, et puis sur le côté, et je finis toujours sur le ventre pour m'endormir. Vous me direz que je pourrais me mettre direct sur le ventre. Mais c'est mon petit rituel. Y a que les soirs où je suis vraiment trop crevé que je me mets tout de suite sur le ventre.

Dans le lit, il y avait encore l'odeur de ma Mère. C'est une odeur que je pourrais reconnaître n'importe où. Elle me plaît cette odeur. Elle me rassure. Elle me rappelle des souvenirs aussi. Elle me fait penser au samedi soir. Je ne sais pas pourquoi. Le samedi soir on va souvent au centre Guillaume-Apollinaire. C'est le Centre d'Activité qui se trouve dans la galerie commerciale. Ils organisent des fêtes, des concerts, des pièces de théâtre ou ils projettent des films. On y va souvent avec ma Mère. On regarde le spectacle, et après on dîne et on boit un verre avec les autres habitants du quartier. Je retrouve toujours plein de copains, et on passe notre soirée à faire les dingues. Ma

1 **avaler qc:** etwas (hinunter)schlucken, verschlucken; hier (fam.): hinunterschlingen, ‚einschmeißen'.
**les céréales** (f.; pl.): Getreide(flocken fürs Frühstück).
8 **le rituel:** Ritual.
11f. **n'importe où:** gleichgültig wo, irgendwo.
12 **rassurer qn:** jdn. beruhigen.
18 **la pièce de théâtre** (m.): Theaterstück.
**projeter des films:** Filme vorführen.
19 **le spectacle:** Vorstellung, Darbietung.
20 **boire un verre:** etwas trinken.

Mère est avec les adultes, ils restent assis tranquilles à parler de je sais pas quoi.

L'odeur de ma Mère me fait penser à ces moments.

Ce matin, il y avait encore de son odeur sur le lit. J'ai collé mon visage contre l'oreiller, et son odeur a été très forte, et je me suis mis à pleurer. J'ai cru que c'était à cause du parfum, mais l'odeur de ma Mère me rendait vraiment triste, et je n'ai pas pu empêcher mes larmes de couler.

De vous à moi, je pleure souvent. Mais pas longtemps. C'est juste un petit moment comme ça, et je fais en sorte que ça s'arrête. Je crois que c'est à cause de mon frère Henry. C'est qu'il est tout le temps à se foutre de moi, et quand je pleure il en rajoute des tonnes. Ça me déprime. J'aurais bien aimé le voir à mon âge, je suis sûr que c'était le roi des chialeurs.

En tout cas, le fait de pleurer m'avait filé un sacré coup de barre. Et alors que je pensais qu'Henry était un con, je me suis endormi.

Je sais pas si vous avez remarqué, mais le matin on fait des rêves drôlement bizarres. Je le sais parce qu'à chaque fois que je me rendors le matin, en me ré-

5 **un oreiller:** (Kopf-)Kissen.
8 **empêcher qc:** etwas verhindern.
9 **la larme:** Träne.
10 **de vous à moi:** unter uns gesagt.
12 **faire en sorte que:** es so einrichten, dafür sorgen, dass.
14f. **en rajouter des tonnes** (f., fam.): noch dicker auftragen, noch eins draufsetzen (*rajouter:* hinzufügen, dazutun).
18 **le coup de barre** (f.): *avoir un coup de barre* (fam.): total fertig sein (*la barre:* Stange, Stab).
**alors que:** obwohl, wo(hin)gegen, wo doch.

veillant, je me rappelle toujours de mes rêves. Et ils sont vraiment bizarroïdes. Souvent, le matin, on rêve de choses toutes bêtes. Comme de ce qu'on doit faire après notre réveil. Par exemple, si je me rendors un dimanche matin et que j'ai un match de foot l'après-midi, je vais rêver du match. Et quand je jouerai vraiment dans l'après-midi, je penserai à mon rêve et ça sera dingue. Ce qui me ferait peur, c'est de rêver que je perds 3-0 et que je marque un but contre mon camp, et que ça se passe vraiment. Ça m'est jamais arrivé, mais j'aimerais pas.

Ce matin, j'ai rêvé de mon frère Henry. J'ai rêvé que je le cherchais partout dans la cité pour lui dire que maman avait été embarquée par des flics. En fait, dans mon rêve, on ne voyait pas les flics, il y avait juste la bonne femme. Et ma Mère partait avec elle. Je les voyais toutes les deux sur le palier. Ma Mère me regardait et me souriait comme elle le fait toujours. Et moi je ne souriais pas du tout, comme en général dans la vie. L'ascenseur n'arrivait pas, alors elles partaient par les escaliers. Elles passaient devant moi, et la bonne femme demandait à ma Mère si elle me connaissait. Ma Mère répondait que non. Mais elle continuait de me sourire.

Ensuite, je me retrouvais directement sur le toit du centre commercial. Vous savez, dans les rêves c'est comme dans les films, on est pas obligé de se taper

2 **bizarroïde** (fam.): komisch, höchst merkwürdig.
4 **se rendormir:** wieder einschlafen.
9 f. **marquer un but contre son camp:** ein Eigentor schießen.
27 **être obligé, e de faire qc:** etwas tun müssen.

tout le chemin du mec qui va de la cage d'escalier au toit du centre commercial.

Je trouvais Henry qui était par terre raide défoncé. Il tenait un de ces coltars, qui faisait vraiment penser à la réalité. Je lui disais que je le cherchais partout depuis des heures, et que maman avait été embarquée par des flics et une bonne femme. C'était dingue de parler des flics, parce que je les avais pas vus. Henry s'est redressé. Il m'a dit qu'il fallait que je sois fort, courageux et tout, et que je pouvais pleurer, qu'il se foutrait pas de moi. J'ai chialé direct. Il m'a expliqué que c'était normal que maman soit partie. C'était toujours comme ça. Toutes les Mères du monde s'en vont un matin. On vient les chercher et elles partent en laissant leurs enfants. J'ai demandé à Henry ce qui allait arriver à maman. Il m'a dit que personne ne le savait.

Et que maman n'avait jamais vraiment existé.

1 **la cage d'escalier** (m.): Treppenhaus (*la cage:* Käfig; Gehäuse).
3 **raide défoncé, e** (pop.): vollgedröhnt, bis obenhin voll mit Drogen (*être raide*, fam.: sternhagelvoll sein).
4 **tenir un coltar** (fam.): auch *être dans le coltar / le cirage*, fam.: völlig weggetreten sein; nicht mehr durchblicken.
9 **se redresser:** hier (fig.): wieder in Ordnung kommen, sich fangen; sich aufrichten.
11 **chialer direct** (fam.): losheulen.

## Chapitre quatre

# 9 h 30

J'avais décidé de trouver Henry pour lui expliquer ce qui s'était passé. C'était pas à cause du rêve, mais il fallait bien que je le tienne au courant. Et puis peut-être qu'il aurait une explication.

Ça faisait longtemps que j'avais pas raté l'école. C'est pas que je suis le premier de la classe, mais je me débrouille assez bien quand même. Surtout en français. Oh j'adore. Ce que je préfère, c'est les rédactions. Je me déchire le cerveau et j'y mets tout mon cœur. La dernière qu'on a eue, j'ai ramassé un 18, et la prof a écrit *excellent travail* en rouge à côté de la note. Je veux pas passer pour un vantard, mais franchement vous la liriez ça vous mettrait un coup. Le sujet c'était:

5 **tenir qn au courant:** jdn. auf dem Laufenden halten.
7 **rater l'école:** die Schule versäumen, verpassen (*rater qc:* etwas versäumen; verpassen; etwas verderben, verpatzen).
9 **se débrouiller:** gut zurechtkommen, sich zu helfen wissen.
10 f. **la rédaction:** Aufsatz.
11 **se déchirer le cerveau** (fig.): sich das Gehirn zermartern.
11 f. **mettre tout son cœur dans qc:** sein ganzes Gefühl in etwas hineinlegen.
12 **ramasser un 18** (fam.): 18 Punkte ergattern (in Frankreich gehen die Schulnoten von 0, der schlechtesten Note, bis 20).
14 **le vantard / la vantarde:** Angeber(in), Prahler(in) (*se vanter:* aufschneiden, großtun).
15 **mettre un coup à qn** (fam.): jdn. umhauen, überraschen; jdm. einen Schlag versetzen.

*Ma vie plus tard je l'imagine …* Et vous deviez raconter comment vous voyez votre vie plus tard. Les autres élèves se sont mis à frimer comme des dingues. Le genre, plus tard je serai pilote de jet, ou alors j'aurai une superbe baraque, une femme canon, et un boulot d'enfer. C'est mal barré. Moi j'ai écrit en pensant à mon frère. Il faut savoir qu'Henry avait été un élève brillant, et même au-dessus du lot. Il a sauté une classe en primaire et il s'en est à peine rendu compte tellement il était fort. Il suffisait qu'il lise une fois un livre pour s'en rappeler par cœur. On lui disait d'apprendre un poème et il apprenait le bouquin en entier. Un vrai génie. Et puis vers la quatrième, il a changé. Il s'est mis à plus rien faire, à insulter les profs, à dormir en classe, et finir par ne plus aller à l'école. C'était sûrement quelque chose de voir ce type dégringoler comme ça. On pouvait même pas parler de mauvaises

3f. **le genre:** von der Art.
5 **la baraque:** Baracke, Bude; hier (fam.): Hütte, Bruchbude.
**la femme canon** (fam.): eine klasse Frau.
5f. **le boulot d'enfer** (m., fam.): Klassejob, Bombenjob (*le boulot*, fam.: Arbeit, Job; *d'enfer:* [affen]geil, heiß, sensationell).
6 **C'est mal barré** (fam.): Damit kommt man auf keinen grünen Zweig.
8 **au-dessus du lot:** überdurchschnittlich, aus der Masse herausragend (*le lot:* Satz, Partie, Posten).
8f. **sauter une classe** (fig.): eine Klasse überspringen.
9 **la primaire:** *l'école primaire:* Grundschule.
10 **fort, e:** hier (fam.): gut.
13 **vers la quatrième:** so etwa in der 8. Klasse (3. Klasse des *collège*).
14 **insulter qn:** jdn. beleidigen, verunglimpfen.
16 **dégringoler** (fam.): stark nachlassen, absacken.
17f. **la mauvaise fréquentation:** *avoir de mauvaises fréquentations:* schlechten Umgang haben (*fréquenter qn:* mit jdm. verkehren, oft mit jdm. zusammenkommen).

fréquentations comme dirait Madame Paulin, notre conseillère d'orientation, Henry a toujours été solitaire. Non, c'était plutôt qu'il y croyait plus. Au début de l'année, Monsieur Hassan, mon prof de maths, m'a parlé d'Henry qu'il avait eu comme élève. Il m'a dit que pour lui, Henry avait fait une sorte de dépression. Le genre de truc qui vous tombe dessus comme les boules qui explosent dans le ventre.

J'en ai parlé à Yéyé en rentrant de l'école.

– Tu sais ce que c'est qu'une dépression?

– C'est un truc de riche.

Dans le quartier, si on va mal, on appelle pas ça une dépression. On dit que c'est dur et que ça va passer. Et si ça passe pas, on se drogue. Les médicaments ne sont pas les mêmes partout. Et les médecins non plus. Il y a beaucoup de types comme Henry. On les voit traîner. Ils partent de chez eux le matin, et marchent toute la journée. On dirait des zombies. Mon copain Brice m'a dit que c'est le béton qui rendait dingue. Qu'à force de voir les murs et les immeubles dégueulasses, on se salit l'intérieur de la tête. Depuis, je marche souvent en regardant le ciel.

2 **la conseillière d'orientation** (f.): Berufsberaterin für Schüler (*le conseil:* Rat, Ratschlag).
2f. **le/la solitaire:** Einzelgänger(in).
7 **tomber dessus:** plötzlich, unerwartet eintreten; einfach so geschehen.
17 **partir de chez soi:** aus dem Haus gehen.
18 **on dirait des zombies:** man könnte meinen, es wären Zombies.
20 **à force de faire qc:** indem man etwas tut; durch etwas.
21 **se salir:** sich beschmutzen, vollschmieren.
**l'intérieur** (m.): das Innere.

Et s'il pleut, je ferme les yeux.

*Ma vie plus tard je l'imagine …*

*je l'imagine enfermé dans une seringue, je suis à l'intérieur, et je voudrais sortir, je tape contre le verre, je crie, mais personne ne m'entend.*

*Il y a un homme qui tient la seringue.*

*Parfois, il m'injecte un peu dans ses veines, alors je m'efface doucement. À l'intérieur de la seringue, il y a de moins en moins de place, et je sais que ce qu'il reste de moi, sera bientôt écrasé …*

18 sur 20. La prof, ça l'a tuée.

Ce qu'il faut savoir c'est que j'ai une sacrée imagination. La vache, tout le monde le dit. Je peux me mettre à imaginer de ces trucs quand je m'y mets. Des fois c'est bien. Par exemple si j'imagine que Mélanie Renoir est ma femme, je peux nous inventer une histoire d'amour à crever. Mais l'imagination ça peut aussi vous faire mal au cœur. Et ce matin, avec ma Mère qui avait été embarquée, j'avais la tête qui partait dans tous les sens.

J'ai pensé qu'il valait mieux que je me fasse pas trop remarquer, rapport aux flics et tout. C'était facile. La cité est un labyrinthe, et celui qui la connaît

7 **injecter:** (ein)spritzen.
8 **s'effacer:** vergehen, verblassen, erlöschen.
**doucement:** sachte, behutsam.
9 **de moins en moins:** immer weniger.
10 **écraser:** zerdrücken, zerquetschen (*s'écraser:* zerplatzen, aufplatzen).
12f. **une imagination:** Vorstellungskraft, Fantasie.
19f. **partir dans tous les sens:** sich in alle Richtungen zerstreuen (*le sens:* hier: Richtung).

comme moi peut facilement passer pour un fantôme. C'est un jeu qu'on fait souvent avec mes copains, des sortes de cache-cache géants. On délimite un endroit, par exemple de la tour Elsa Triolet à la tour Jacques Prévert, et un des types doit chercher les autres qui sont planqués. La règle, c'est qu'on a pas le droit de se cacher dans les appartements. Ça peut prendre la journée.

La meilleure planque du monde, c'est Freddy Tanquin qui l'a trouvée. On l'a cherché pendant vingt ans. À croire qu'il était devenu invisible. Il s'était caché derrière Sandrine Viller. Le truc, c'est que Sandrine Viller pèse sept cents kilos, et qu'on avait pas pensé à regarder derrière elle.

J'ai pris les escaliers jusqu'aux caves, je savais qu'un des murs était écroulé et donnait sur le parking du centre commercial. Mon idée était d'aller jusqu'à la tour Malraux, où la plupart des toxicos se retrouvent rapport aux dealers qui y tiennent boutique. J'ai pensé à cette histoire de drogués morts qui reviennent hanter les caves des immeubles. Ça m'a fait peur et je

3 **le cache-cache:** Versteckspiel.
**géant, e:** riesig (*le géant / la géante:* Riese / Riesin).
**délimiter qc:** etwas be-, abgrenzen; die Grenzen von etwas festlegen.
4 **Triolet:** Elsa Triolet (1898–1970), russisch-französische Schrifstellerin.
4f. **Prévert:** Jacques Prévert (1900–70), französischer Dichter.
6 **se planquer** (fam.): sich verstecken (*la planque:* Versteck).
11 **invisible:** unsichtbar.
18 **Malraux:** André Malraux (1901–76), französischer Schriftsteller.
**le/la toxico:** *le/la toxicomane:* (Drogen-)Süchtige(r), Suchtkranke(r).
19 **le deale(u)r / la dealeuse** (angl.): Drogenhändler(in), Dealer(in).
**tenir boutique** (f.): einen Laden haben, Geschäfte machen.

me suis mis à courir. Le sol était humide, et avec le boucan, j'avais l'impression que quelqu'un courait derrière moi. Quand je suis arrivé au mur écroulé, je me suis retourné d'un coup. Je suis ce genre de type, peureux et tout, mais faut quand même que je regarde le fantôme qui me poursuit.

Ça m'a rassuré d'être dans le parking, c'est aussi craignos que les caves, mais plus éclairé, avec de la lumière du jour qui vient des grilles d'aération. Et puis, il y a plus d'espace, et ça me va, vu que je suis claustro.

Je suis passé devant la collection de voitures de Mario Bosse. On l'appelle comme ça à cause du jeu vidéo. Et aussi parce qu'il s'appelle Mario et qu'il a une énorme bosse sur la tête. C'est un des anciens de la cité, il doit avoir vingt-cinq ou trente ans, et dans le style taré, on fait pas mieux. Ce type est toujours à dire n'importe quoi. Par exemple, il va souvent en taule à

1 **le sol:** Erde, Grund, Boden.
2 **le boucan** (fam.): Krach, Lärm, Remmidemmi.
5 **peureux, -euse:** ängstlich, furchtsam.
6 **poursuivre qn:** jdn. verfolgen.
9 **la grille d'aération** (f.): Luftschlitz (*une aération:* Belüftung, Ventilation).
10 **un espace:** Platz, Raum.
11 **être claustro** (fam.): *claustrophobe:* an Klaustrophobie, Platzangst leiden.
12 **la collection:** Sammlung; Menge, große Anzahl.
15 **la bosse:** Beule, Höcker; Buckel.
**un ancien / une ancienne:** hier: Person, die schon lange in der Gegend wohnt (*ancien, ne:* alt, ehemalig, einstig).
18 **aller en taule** (f., fam.): ins Kittchen wandern, in den Knast kommen (*la taule*, fam.: Knast; ‚Bude').

cause des bagnoles qu'il tire et tout. Il revient trois mois plus tard et vous raconte qu'il était à Tahiti avec une Américaine. On sait bien qu'il était à Fresnes à partager sa cellule avec trois mecs comme lui. Mais il nous traite d'aigris et nous bassine avec ses cocotiers et sa fiancée. La frime ça me déprime. C'est comme sa bosse, soi-disant qu'il se serait ramassé des coups de batte de base-ball dans une bagarre, alors que sa mère nous a raconté qu'elle l'avait fait tomber de la table à langer quand il était bébé.

Ce qui est vrai, c'est qu'il a une sacrée collection de voitures dans le parking. C'est pas des beautés, mais il y en a au moins vingt. Et pour chacune d'entre elles, Mario est allé en taule. Le truc qu'est sympa, c'est qu'il nous laisse souvent monter dedans.

Vous lui dites:

– Tu me prêtes une caisse pour aller rouler des pelles à ma cousine.

1 **la bagnole** (fam.): Auto, ‚Schlitten', ‚Karre'.
**tirer:** hier: klauen.
3 **Fresnes:** bekanntes Gefängnis im Département Val-de-Marne, in den südlichen Vororten von Paris gelegen.
4 **la cellule:** Zelle.
5 **traiter qn d'aigri:** jdn. verächtlich, von oben herab behandeln (*un aigri / une aigrie:* verbitterter Mensch).
**le cocotier:** Kokospalme.
6 **le fiancé / la fiancée:** Verlobte(r).
7 **soi-disant:** angeblich; so genannte(r, s).
8 **la batte de baseball:** Baseballschläger.
**la bagarre** (fam.): Schlägerei, Keilerei.
9f. **la table à langer:** Wickeltisch (*langer qn:* jdn. wickeln).
17 **la caisse:** hier (fam.): Auto, ‚Kiste', ‚Karre'.
17f. **rouler une pelle à qn** (fam.): mit jdm. knutschen, jdm. einen Zungenkuss geben (*la pelle:* Schaufel, Schippe).

– Ouais, t'as qu'à prendre la 307.

Ou alors:

– Eh Mario, mes parents m'ont viré, je sais pas où dormir.

– Ben va dans la Twingo.

Des fois, toutes les voitures sont prises. Des gars avec leurs copines. D'autres qui se défoncent. D'autres qui dorment. Nous, on se met juste dans la voiture pour parler. Celui qui est au volant fait semblant de conduire. Cinq minutes chacun, et puis on change. Oh le permis, c'est un truc que j'attends.

J'ai traversé le parking jusqu'à l'échelle qui donne sur le toit du centre commercial. L'échelle fait bien cent mètres de haut, et vaut mieux pas avoir le vertige.

À l'époque où ils ont construit la cité, ils avaient mis le paquet sur le centre commercial. C'est juste au milieu, entre les tours, et de toutes les fenêtres, on peut voir un bout du centre et du toit. Avant, il y avait un tas de magasins. Boulangerie. Boucher. Fleuriste. Quincaillerie. Pharmacie. Teinturier. Presse. Café. Li-

1 **t'as qu'à prendre** (fam.): nimm nur, nimm ruhig.
11 **le permis (de conduire):** Führerschein.
13 **une échelle:** Leiter.
13 f. **elle fait bien … de haut:** sie ist gut und gern … hoch.
14 f. **ne pas avoir le vertige:** schwindelfrei sein (*le vertige:* Schwindel[gefühl], Taumel).
17 **mettre le paquet** (fam.): keine Kosten scheuen, sich nicht lumpen lassen, sich mächtig ins Zeug legen.
19 **le bout:** hier: Zipfel, Stück.
21 **la quincaillerie:** Eisenwarenhandlung.
**le teinturier:** chemische Reinigung (und Färberei).

brairie. Chausseur. Bijoutier. Coiffeur. Et trois épiceries. Et puis, la zone active a été construite à seulement cinq cents mètres du centre. Un *Carrefour*. Une galerie marchande. Des cafétérias. Des entrepôts de meubles. De chaussures. De vêtements. D'électroménager. Un parking moderne. Un super éclairage. Des néons de toutes les couleurs. Et des employés en uniforme. Aujourd'hui, il ne reste que trois magasins dans le centre commercial. Une laverie automatique. Un distributeur de DVD. Et une épicerie.

Le reste ressemble à un cimetière de rideaux de fer.

Je me suis mis à courir sur le toit. J'étais vraiment à découvert et je voulais vite redescendre de l'autre côté pour continuer mon chemin. J'ai dû éviter des bou-

1 **le chausseur:** Schuhmacher, Schuh(waren)händler.
1f. **une épicerie:** Lebensmittelgeschäft.
3 **le «Carrefour»:** Einkaufsmarkt (die *Carrefour S.A.* ist ein international tätiges französisches Einzelhandelsunternehmen; *le carrefour:* [Straßen-]Kreuzung).
4 **la galerie marchande:** Einkaufs-, Geschäftspassage.
**un entrepôt:** Lager(halle).
5f. **l'électroménager** (m.): elektrische Haushaltsgeräte.
6 **un éclairage:** Beleuchtung (*éclairer:* erhellen, leuchten, scheinen).
7 **le néon:** Neonlicht, -röhre.
9 **la laverie automatique:** Waschsalon.
10 **le distributeur de DVD:** DVD-Verleih.
11 **le cimetière:** Friedhof.
**les rideaux de fer** (m.): eiserne Vorhänge (Wortspiel mit *le rideau de fer:* der »Eiserne Vorhang«, der als sowohl ideologisch wie auch tatsächlich unüberwindbare Grenze galt).
13 **être à découvert:** hier: ohne Deckung, ungeschützt sein.
14 **éviter qc:** etwas meiden, einer Sache aus dem Weg gehen; hier: etwas ausweichen.

teilles de bière, des boîtes de conserve, des couches, un lave-linge, un caddie, des sacs-poubelle, un chat crevé. C'est dingue ce que les gens jettent par la fenêtre. Il y a aussi des seringues, des cuillers rouillées, des carcasses de scooters cramés.

Arrivé au bout, je suis tombé sur un vieux type qui était sur son balcon du premier étage donnant direct sur le toit du centre. Il était en caleçon et fumait tranquille une cigarette en profitant du paysage.

– Qu'est-ce tu fous là toi?

– Rien monsieur, je descends.

– Tu sais qu'on a pas le droit de monter sur le toit.

– Ouais je sais.

– Alors qu'est-ce que tu fous là?

– Ben, rien ... je descends.

Les conversations peuvent vraiment vous rendre dingue par moments.

Je voyais bien que ce vieux type n'avait rien d'autre à faire que d'emmerder les gamins dans mon genre. Mais faut toujours se méfier, et si vous viviez ici, vous

1 **la couche:** Schicht, Belag; hier: Windel.
2 **le lave-linge:** Waschmaschine (*le linge:* Wäsche).
**le caddie** (angl.): Einkaufswagen.
**le sac-poubelle:** Müllsack, -beutel.
4 **la cuillier** (auch: **cuillière**): Löffel.
**rouillé, e:** verrostet (*la rouille:* Rost).
5 **la carcasse:** Gerippe.
**le scooter** (angl.): Motorroller.
**cramé, e** (fam.): ausgebrannt, abgefackelt.
8 **le caleçon:** Unterhose.
9 **profiter de qc:** etwas genießen.
18 **je voyais bien:** es leuchtete mir völlig ein; es war mir ganz klar.
20 **se méfier:** auf der Hut sein.

comprendriez. Y a de ça deux ans, un soir d'été, une bande de mômes s'étaient réunis devant la tour Ravel. Ils étaient coulos à parler, sans déranger personne ni rien. Un habitant du deuxième s'est mis à la fenêtre pour leur demander de se taire. Ils avaient pas l'impression de faire du bruit alors ils ont continué. L'habitant s'est remis à la fenêtre et leur a parlé sur un autre ton, le genre, je vais appeler les flics et tout. Les gamins l'ont un peu envoyé promener, sans savoir que ce type était un fan de plongée sous-marine. Il est revenu avec un harpon et il a tiré sur un des gamins pour l'embrocher au ventre. Le môme est mort debout devant ses copains. Quand les flics sont arrivés, c'était facile de retrouver le tueur, il était à l'autre bout du fil. Des dingos y en a partout. Ils vous prennent pour des poissons, des sangliers ou je sais pas quoi.

J'ai pas insisté avec le vieux sur son balcon, et j'ai descendu l'échelle à l'autre bout du centre. Une fois en bas, j'ai encore couru pour aller jusqu'à la tour Malraux. C'est un truc que je fais tout le temps de courir. Et je suis un sacré sprinter. Quand j'ai com-

1 **y a de ça deux ans:** *il y a deux ans.*
2 **Ravel:** Maurice Ravel (1875–1937), französischer Komponist und einer der Hauptvertreter des Impressionismus in der Musik.
3 **coulo** (angl.): cool; hier: harmlos, ruhig.
9 **envoyer promener qn** (fam.): jdn. abblitzen, ins Leere laufen lassen.
10 **la plongée sous-marine:** Tauchsport.
11 **le harpon:** Harpune.
12 **embrocher qn:** jdn. durchbohren, aufspießen.
12f. **debout:** hier: augenblicklich, sofort.
15f. **prendre qn pour qn:** jdn. mit jdm. verwechseln.
16 **le sanglier:** Wildschwein.
17 **ne pas insister:** nachgeben.

mencé le foot y a trois ans, l'entraîneur a organisé un match d'essai pour les nouveaux. À la fin, il est venu me voir et il m'a dit:

– Toi, tu sais pas jouer mais tu cours vite, tu seras ailier.

Depuis j'ai appris à jouer, et sans me vanter, je rate pas un match.

La première fois que je me suis rendu compte de ma vitesse, c'est pas vraiment une histoire à raconter. Mais je vous la dis quand même pour que vous compreniez.

C'était il y a deux ans. Ma Mère m'avait envoyé acheter du pain à l'épicerie. En sortant, j'ai vu un vieux qui me suivait dans le centre, il marchait plus vite que moi et il a fini par me rattraper.

– Petit, petit.

Je me suis arrêté et j'ai regardé ce type qui avait une gueule à vous faire mal au cœur.

– Tu sais pas où je peux trouver un gars qui s'appelle Michel.

– Non …

Je connaissais aucun Michel, mais j'ai quand même dit:

– Michel comment?

– Michel … euh … je sais pas son nom … Un grand …

J'ai tout de suite vu qu'il me baratinait.

2 **le match d'essai** (m.): Testspiel.
5 **un ailier:** Flügel-, Außenstürmer(in).
27 **baratiner qn** (fam.): jdn. anmachen, jdn. bequatschen (*le baratin*, fam.: Geschwätz, Quatsch).

– Tu t'appelles comment petit?

Et alors que je déteste qu'on m'appelle autrement que Charly, j'ai dit:

– Charles.

Ça m'a retourné d'avoir dit ça, parce que je me rendais compte que j'étais drôlement paniqué.

– C'est mignon Charles ... Moi c'est Patrick ... Eh, tu veux venir boire un verre avec moi?

– Y a ma Mère qui m'attend.

– Juste cinq minutes, j'ai ma voiture là.

Oh l'angoisse. Je sentais mon cœur qui cognait. Le Patrick a voulu me toucher la tête, alors j'ai balancé la baguette et je me suis mis à courir. À courir comme un fou. Jamais on était allé aussi vite du centre commercial à mon immeuble. Je me suis pas retourné pour voir si le type me suivait, mais je crois que même s'il l'avait fait, il n'aurait pas pu me rattraper. Je suis monté par les escaliers, et en arrivant, j'ai failli m'évanouir et j'ai mis six mois à retrouver mon souffle.

Ce qui se passe, c'est que maintenant, au foot, en cours de sport, ou pour frimer devant mes copains, si je dois me mettre à courir, je pense à Patrick.

Je vois son visage, et je l'entends me dire:

– J'ai ma voiture qu'est juste là.

Et je pars à deux cents à l'heure.

6 **être paniqué, e:** in Panik geraten.
11 **cogner:** schlagen; hämmern, pochen (Herz).
12 **balancer:** hier (fam.): schleudern, (weg)werfen, (weg)schmeißen.
18 **faillir faire qc:** etwas beinahe tun.
18 f. **s'évanouir:** ohnmächtig werden.
19 **retrouver son souffle:** wieder zu Atem kommen.

Quand je suis arrivé devant la tour Malraux, c'était le désert.

Je me suis assis sur les marches du hall et j'ai attendu. C'était pas le genre d'endroits à fréquenter. Y a des coins comme ça. Ça a beau être à deux rues ou trois barres d'immeubles, le paysage change complètement. On sent la pisse. Le trafic. La tristesse. Moi, j'ai pas à me plaindre, ma tour est une des plus tranquilles du quartier. C'est pas non plus le Club Med, mais l'ambiance est bonne et les gens sont coulos. Je savais que ma Mère aurait détesté me voir traîner là, mais je savais aussi qu'elle était dans d'autres draps, et que j'avais une bonne raison d'être ici.

Au bout d'un moment, le gars qui s'occupe de l'entretien est sorti avec son balai. Il a commencé à passer un coup sur le sol et je sentais que j'allais pas tarder à le gêner. Je me suis mis debout et je lui ai demandé:

– Excusez-moi, ils sont pas là les autres?

1 f. **c'était le désert** (fig.): es war wie ausgestorben, menschenleer (*le désert:* Wüste, Einöde).
5 **ça a beau être …:** das mag zwar … sein.
6 **la barre d'immeubles:** Häuserzeile, -block.
8 **se plaindre (de qc):** sich (über etwas) beklagen.
9 **le club Méd:** *le Club Méditerranée:* französisches Tourismusunternehmen mit eigenen Feriendörfern.
10 **une ambiance:** Stimmung, Atmosphäre.
12 **être dans d'autres draps:** eigtl. *être dans de beaux draps* (loc.): in der Patsche, Tinte sitzen; hier: sich mit anderen Problemen herumschlagen.
14 **au bout d'un moment:** nach einer Weile.
14 f. **un entretien:** Instandhaltung, Wartung.
15 **le balai:** Besen.
16 **ne pas tarder à faire qc:** bald, gleich etwas tun.
17 **gêner qn:** jdn. stören, behindern; belästigen.

– Quels autres?

– Ben … Ceux qui traînent toujours ici.

Il a regardé autour de lui. C'était pour me vexer et me montrer que j'étais débile de dire *ceux qui traînent toujours ici* vu qu'il n'y avait personne au moment où je lui parlais.

– Vous savez bien, y a souvent des types.

– T'es pas un peu jeune toi, pour fréquenter les gars dont tu parles … T'as pas école?

– Si mais … pas aujourd'hui … En fait je cherche mon frère, c'est important.

– Comment il s'appelle ton frère?

– Henry … Henry Traoré.

– Connais pas.

J'ai descendu les trois marches histoire de me tirer et de pas perdre mon temps à discuter le coup.

– Il est trop tôt.

Je me suis retourné, et j'ai regardé le gars qui parlait en continuant de balayer.

– Quoi?

– Il est trop tôt … ils sont jamais là à cette heure, sûrement qu'ils dorment … D'ailleurs, il est quelle heure?

3 **vexer qn:** jdn. kränken, beleidigen.
15 **histoire de faire qc:** einfach nur, um etwas zu tun.

**Chapitre cinq**

## 10 h 00

J'étais plus trop loin de mon collège alors j'ai décidé d'aller y faire un tour. La récré du matin sonne à dix heures quinze et je sais que mes copains se réunissent au fond de la cour, près des grilles, là où je peux les voir.

Pour aller à mon collège, le chemin est drôlement autobiographique. Ce que je veux dire, c'est que je passe par tous les endroits importants de ma vie. D'abord, la clinique où je suis né. C'est la clinique Frédéric-Chopin. Je crois qu'on est tous nés dans cette clinique, mais moi j'y pense chaque fois que je passe devant. Je suis né le 17 avril 1998. C'était un vendredi, je me suis renseigné. Ce qui doit être dur c'est d'être né un lundi. Oh, je déteste ce jour. Pas rapport à l'école et tout, mais c'est comme si la vie était à cinquante pour cent ce jour-là. Mon frère Henry est né au Mali, le 8 mars 1991. Je ne sais pas quel jour c'était. Ma Mère est née au Mali le 26 avril 1966. Je ne sais pas quel jour c'était non plus. Ça m'intéresse drô-

4 **faire un tour:** eine Runde drehen.
**la récré** (fam.): *la récréation:* Pause.
9 **autobiographique:** autobiographisch, das eigene Leben betreffend.
12 **Chopin:** Frédéric Chopin (1810–49), französisch-polnischer Klavierkomponist.
15 **se renseigner (sur qc):** sich (über etwas) erkundigen, informieren.
17 f. **à cinquante pour cent:** etwa: nur die Hälfte wert.

lement le jour où les gens sont nés. Si je rencontre quelqu'un, après lui avoir demandé son nom, la deuxième question que je pose, c'est quand il est né. Les gens sont bizarres avec ça, ils comprennent pas pourquoi, mais moi je trouve que c'est intéressant. Le truc, c'est que je suis vachement curieux. Je veux tout savoir. Ce que je préfère c'est quand on me parle de quelque chose qui m'est arrivé quand j'étais petit et que je m'en rappelle pas. Je lâche pas le morceau et je pose dix mille questions. On pourrait me croire prétentieux, mais c'est juste de la curiosité. J'aime bien entendre des histoires sur mon frère aussi. Avant qu'il se drogue et tout. Ma Mère m'en raconte souvent dans la cuisine, mais ça finit toujours par lui faire de la peine, alors j'insiste pas trop. Elle me parle d'elle aussi, quand elle était jeune fille au Mali. Elle m'a montré des photos, c'était une sacrée beauté. Il paraît qu'elle est encore belle maintenant, c'est ce que disent les gens, mais je m'en rends pas compte. Le moment où je la trouve vraiment belle, c'est quand elle marche. Vous verriez ma Mère marcher, ça vous mettrait un coup. Elle se tient droite avec le menton relevé. C'est ce que j'appelle la classe. Je la regarde souvent par la fenêtre quand elle revient de son travail. J'essaie de l'imiter, mais ça me va pas trop, je suis plutôt le genre petit et tordu de partout, alors quand je me tiens droit,

9 **ne pas lâcher le morceau** (fam.): nicht nachgeben (*lâcher:* loslassen).
10f. **prétentieux, -euse:** eingebildet, überheblich.
17 **il paraît que** (+ ind.): angeblich, anscheinend.
22 **le menton relevé:** mit erhobenem, vorgestrecktem Kinn (*relever:* heben, hoch-, aufheben).
23 **(avoir de) la classe:** hervorragend aussehen, Format haben.

ça fait pas naturel. Ce que fait ma Mère aussi, c'est de marcher sur la pointe des pieds. À la maison je veux dire, quand elle est pieds nus. Déjà qu'elle est grande, mais en plus faut toujours qu'elle se tienne sur la pointe des pieds.

Ce que je voulais dire c'est que je sais qui est Frédéric Chopin, celui qui a son nom à la clinique où je suis né. C'était un compositeur de musique polonais qui est venu vivre et mourir en France. Je le sais parce qu'en cours, le prof nous en a parlé. Et même qu'on a écouté sa musique. *Les Nocturnes*. C'est juste du piano. Et je vous jure que Chopin n'a pas besoin d'autres instruments pour vous retourner. J'avais jamais rien entendu d'aussi beau. C'était comme d'être sur un bateau. Sur un bateau et de descendre une rivière. Et la rivière est la musique. En écoutant *Les Nocturnes*, j'ai pensé à Mélanie Renoir, j'aurais drôlement aimé qu'elle soit avec moi pour entendre ça. Sur le bateau et tout. Chopin, il vous fait penser à ce qu'il y a de plus fort dans votre vie. Vous êtes tranquille, et Chopin vous rappelle la fille que vous aimez. Et puis, quand on écoute cette musique, on se sent important. Même si on l'est pas le reste du temps.

En passant devant ma clinique, j'ai essayé de me rappeler un des airs des *Nocturnes*. Mais je n'y suis pas arrivé. Et peut-être qu'heureusement, parce que

2 **la pointe des pieds** (m.): Zehenspitze.
3 **être pieds nus:** barfuß, barfüßig sein.
8 **le compositeur:** Komponist.
11 **«Les Nocturnes»** (f.): *Nachtmusik* (Klavierstücke von Chopin).
25 **un air:** hier: Melodie, Weise.

déjà que je pensais vachement à ma Mère, avec Chopin en plus, ça m'aurait tué.

Après la clinique, il y a les écoles. La maternelle Simone de Beauvoir. Et la primaire Jean-Paul Sartre. Je suis allé aux deux. La maternelle je m'en rappelle pas trop. Juste un vague souvenir du premier jour. Ma Mère m'avait accompagné et au moment de me laisser, je me suis effondré en larmes. La honte, je vous jure. Ma Mère a dû rester une heure de plus histoire que je me calme. Elle est sûrement arrivée en retard chez les Roland. À part ça, je me souviens de rien, et ça me fait pas grand-chose quand je passe devant. Je vois juste les petits gamins qui y vont, et franchement, je les plains un peu. C'est que j'aimerais pas recommencer.

Ce qui me fait bizarre, c'est devant l'école primaire. Parce que j'y étais encore l'année dernière. Et le matin, je voyais les grands continuer leur chemin pour aller au collège où je suis aujourd'hui. Et maintenant, c'est moi qui continue mon chemin. Ça m'a mis un coup. Un coup de vieux je veux dire. Je suis sûr que les gamins qui vont en primaire et qui me voient pas-

3 **la maternelle:** Kindergarten, Vorschule.

3f. **Beauvoir:** Simone de Beauvoir (1908–86), französische Schriftstellerin, Philosophin, Feministin und langjährige Lebensgefährtin von Jean-Paul Sartre.

4 **Sartre:** Jean-Paul Sartre (1905–80), französischer Schriftsteller und Philosoph.

6 **vague:** undeutlich, verschwommen.

8 **s'effondrer en larmes:** eigtl. *fondre en larmes:* in Tränen ausbrechen (*s'effondrer:* zusammenbrechen, kollabieren).
**la honte:** etwa: oh, welche Schande!

11 **à part ça** (fam.): abgesehen davon, ansonsten.

13 **plaindre qn:** jdn. bedauern.

ser se disent que ça leur arrivera jamais. Ils devraient faire gaffe. Ça leur arrivera aussi. Et plus vite qu'ils ne le pensent. Quand je passe devant les écoles, j'aime bien frimer un peu. C'est pas méchant, ni rien. Mais vous savez bien, on est considéré comme des grands alors ça fait frimer.

L'année dernière, en CM2, on a dû faire un exposé sur Jean-Paul Sartre. J'ai fait des recherches et j'ai vu qu'il était avec l'autre Simone de Beauvoir. Vous parlez d'une histoire. Je me suis demandé s'ils s'étaient mis ensemble à cause des écoles qui sont juste à côté. Mais en fait ils étaient carrément morts avant que ces écoles existent. Alors je me suis demandé si les types qui choisissent les noms avaient fait exprès de mettre Simone de Beauvoir et Jean-Paul Sartre l'un à côté de l'autre rapport à leur couple et tout. Et ma maîtresse de l'époque m'a dit que oui. Je vous jure qu'il y a des types qui manquent d'imagination.

Au début de l'année, on nous a fait lire un livre sur un gamin comme nous qui part à la campagne. Je sais plus le titre mais franchement, ça casse pas un arbre.

2 **faire gaffe** (fam.): aufpassen (*la gaffe*, fam.: Fehler, Schnitzer, Patzer).
4 **méchant, e:** boshaft, bösartig, gemein.
7 **CM2:** *le cours moyen 2e année:* Abschlussjahr an der *école primaire* (Grundschule).
**faire un exposé:** ein Referat halten.
8 **faire des recherches** (f.): Nachforschungen anstellen, recherchieren (*la recherche:* Suche; Forschung).
12 **carrément:** schlichtweg, geradeheraus.
16 **la maîtresse:** hier: (Grundschul-)Lehrerin.
21 **ça casse pas un arbre:** etwa: das reißt einen nicht vom Hocker (*casser:* zerbrechen, kaputtmachen).

Le seul truc bien, c'est que le môme doit aller passer tout un été chez son grand-père à la campagne et tout. Oh, il a pas envie d'y aller et ça le déprime. Et puis, une fois là-bas, au début il fait la gueule, mais vu que son grand-père est le genre super, il finit par bien aimer la campagne, les vaches et les poules. Et quand il revient dans son quartier, ça lui manque à fond et il se met à penser à son grand-père tout le temps. Et puis un soir il rentre chez lui, et sa mère lui dit que son grand-père est mort. Vous voyez le genre d'histoire. Il y a des pages où on sent qu'il faudrait qu'on chiale. Mais quand ça vient pas, ça vient pas.

Je parle de ce livre, parce qu'il y a un moment super où le gamin part un matin à l'école avec un de ses copains, et ils se mettent à raconter des trucs de cul. La vache, c'est dégueulasse. Ils se demandent qui ils aimeraient bien baiser dans leur classe. Et au final, on comprend qu'ils baiseraient bien la même fille. C'est toujours comme ça. Je vois pour Mélanie Renoir, elle me plaît drôlement, et je suis sûr qu'on est un paquet sur le coup. Le truc, c'est que j'évite d'en parler aux autres, parce que ça me coulerait d'apprendre que je suis pas le seul.

En tout cas, ces deux gamins sont de sacrés obsé-

15 **se mettre à faire qc:** anfangen, etwas zu tun.
17 **baiser qn** (fam.): mit jdm. bumsen.
**au final:** im Endeffekt.
20 **être un paquet** (fam.): ein gutes Paar sein, sich gut verstehen.
21 **sur le coup:** sofort, auf der Stelle.
22 **ça me coulerait** (fam.): das würde mich fertigmachen.
24 f. **un obsédé / une obsédée:** Fanatiker(in), Besessene(r) (*obséder qn:* jdn. verfolgen, jdm. keine Ruhe lassen).

dés, et même si le livre est nul, j'ai bien aimé ce passage.

Ici aussi on pourrait écrire un bouquin sur les gamins qui vont à l'école le matin. Je sais pas si le livre serait bien mais il serait plus drôle que triste. Parce que c'est quelque chose le matin quand tout le monde va à l'école. Le pire c'est l'hiver, il fait encore nuit, et on a vraiment l'air d'une bande de ploucs à marcher dans le noir. On se croirait dans un de ces pays où le soleil se lève jamais. Le prof nous en a parlé en géographie, et on avait du mal à y croire. C'est peut-être marrant comme ça deux nuits, mais ça doit finir par rendre dingo de pas voir la lumière du jour. Mon copain Karim Larfa a lu un livre qui l'a retourné. C'est l'histoire d'une troupe d'expéditeurs qui partent dans le grand Nord pour observer la glace ou je sais pas quoi. Le moment où ils arrivent c'est la saison du jour, le soleil se couche pas pendant des mois et il fait jamais nuit. Ce qui se passe, c'est que dans la troupe, il y a un musulman, et c'est la période du ramadan. Alors quand il arrive, il est en plein jeun, et il attend drôlement que la nuit tombe pour pouvoir manger. Un des habitants du coin lui explique que la nuit tombera le 20 mars, trois mois plus tard.

1 **être nul:** keinen Wert haben, gleich null sein.

8 **le plouc** (fam.): Stoffel, Bauer (*être plouc*, fam.: doof, ungehobelt, hinterwäldlerisch sein).

11 **avoir du mal à faire qc:** Mühe haben, etwas zu tun.

15 **un expéditeur / une expéditrice:** Teilnehmer(in) an einer Expedition.

20 **le ramadan:** Ramadan, islamischer Fastenmonat.

21 **être en plein jeun:** *être à jeun:* völlig nüchtern sein, nichts gegessen haben; hier: völlig ausgehungert sein.

Karim il en revenait pas.

– Tu te rends compte, le pauvre type, un jeun de trois mois.

– Et tu crois qu'il a jeûné et qu'il est mort ou qu'il a craqué et qu'il a mangé la journée?

– J'en sais rien, ils le disent pas dans le bouquin.

Mais Karim il est super croyant rapport ses parents et tout, alors il a dit:

– À mon avis, Dieu fait de longues journées dans le grand Nord, parce qu'Il sait que là-bas, y a pas d'Arabes.

– Ouais, peut-être.

En général, le matin je retrouve Karim devant la tour, il habite au neuvième et on aime bien faire le chemin ensemble. Karim est vraiment super et c'est une force de la nature. Il fait deux têtes de plus que moi, et à la naissance il les faisait déjà. On a toujours été dans la même classe, chez Beauvoir, Sartre et Baudelaire. Même si c'est une vraie montagne, Karim s'énerve jamais. C'est le type le plus calme de la terre. Y a qu'une fois, au foot, il s'est mis dans une de ces colères. Ça m'a tué. Il joue comme avant-centre, et le défenseur de l'équipe adverse lui avait

1 **ne pas en revenir** (fam.): Bauklötze staunen, etwas nicht fassen können.
5 **craquer:** hier (fam.): schwach werden.
16 **c'est une force de la nature:** etwa: er/sie steckt voller Vitalität; er/sie ist eine Kämpfernatur.
20 **s'énerver:** sich aufregen.
23 **le/la défenseur:** Verteidiger(in), Abwehrspieler(in).
**adverse:** gegnerisch.

fait un tacle de boucher. Karim s'est relevé et a foncé sur le mec. Ça faisait un drôle d'effet, et je vous jure que le défenseur, il a vu sa vie défiler. Karim il a juste attrapé le mec par le maillot et il l'a décollé du sol d'au moins trois mètres de haut. Et puis il lui a dit:

– Tu me touches pas toi.

Il a reposé le mec et il a repris sa place.

Après dans les vestiaires on a pas osé lui en parler, surtout qu'il était redevenu calme comme toujours.

Moi je suis du genre nerveux. Vous me verriez, vous auriez mal au cœur. Une vraie boule de nerfs. Faut tout le temps que je sois à faire des choses et à m'exciter. Par exemple, si je suis assis, ma jambe arrête pas de bouger. Quand je m'en aperçois je l'arrête, mais dix secondes après elle repart comme une tarée. C'est bizarre de pas contrôler sa jambe ni rien. L'autre truc que je fais aussi, c'est que je me bouffe les ongles. La vache, c'est dégueulasse, mes mains sont moches ça

1 **faire un tacle de boucher à qn:** in jdn. hineingrätschen (*tacler:* grätschen).
1 f. **foncer sur qn:** auf jdn. losgehen, zurasen; über jdn. herfallen.
2 **faire un drôle d'effet:** seltsam, komisch, eigenartig wirken.
3 **défiler:** vorbeiziehen, -marschieren; hier: ablaufen.
4 **le maillot:** (Sport-)Trikot.
**décoller qn:** jdn. emporheben, hochhieven (*décoller:* abheben; ablösen).
8 **le vestiaire:** Umkleideraum, -kabine; Garderobe.
11 **une vraie boule de nerfs** (m.): ein wahres Nervenbündel.
12 f. **s'exciter:** sich aufregen, in Wallung geraten (*excité, e:* aufgeregt, erregt).
14 **s'apercevoir de qc:** etwas bemerken, erkennen.
17 **se bouffer les ongles** (m.): eigtl. *se ronger les ongles:* sich die Nägel abkauen, an den Nägeln kauen (*bouffer*, fam.: essen).

me tue. Ça m'a pris l'année dernière, et depuis je vis les doigts dans la bouche. Vous parlez d'une classe. Du réveil au coucher je me ronge. Ma Mère ça la rend folle. Même qu'elle m'a acheté du vernis. C'est un machin qu'on met sur ses ongles et le goût est tellement gerbant que c'est censé vous écœurer. J'en ai mis deux trois fois, et c'était franchement la honte. Dans la salle de bain à me vernir les ongles comme une femme, pendant que ma Mère se maquillait, juste à côté, en se regardant dans le miroir.

Le problème, c'est que le vernis ne m'a pas écœuré, au contraire, je me suis habitué au goût. Et ça vous file une haleine de chèvre. Au final, vos mains restent dégueulasses, et en plus vous refoulez.

Avec Karim, on fait un bout de chemin ensemble pendant une dizaine de minutes. On parle pas beaucoup, et c'est un peu notre moment de détente avant la tempête. Et puis Yéyé nous rejoint. Et Yéyé arrive comme une tornade qui arrêterait pas de parler. Il doit avoir deux bouches. Il nous raconte que sa mère a

4 **le vernis:** Lack, Glasur; Glanz (*vernir:* lackieren).
6 **gerbant, e** (fam.): übelkeiterregend, zum Kotzen (*gerber*, fam.: spucken, kotzen).
**c'est censé vous ecœurer:** es soll einen anwidern, anekeln (*être censé faire qc:* etwas bewirken sollen).
13 **filer qc à qn:** hier: jdm. etwas verschaffen, verpassen.
**une haleine:** Atem.
14 **refouler qc:** etwas verdrängen, unterdrücken.
16 **une dizaine de:** etwa, ungefähr zehn.
17 **la détente:** Entspannung.
18 **la tempête:** Unwetter, Sturm.
**rejoindre qn:** jdn. treffen; einholen; jdm. nachkommen.
19 **la tornade:** Tornado, Wirbelsturm.

voulu se suicider, ou alors que son père l'a mis dehors, ou bien qu'il a balancé des pierres contre le carreau de la chambre de ses parents, ou bien qu'il a réussi à attraper un oiseau qu'il a torturé toute la nuit avant de le jeter du vingt-deuxième étage de la tour. C'est sûr que Yéyé a pas la belle vie, mais ça nous fait quand même chier d'en entendre parler dès le matin au réveil. Et puis, sûrement qu'il en rajoute un peu. Je sais pas si vous avez remarqué, mais les gens qui ont un problème, vous racontent souvent qu'ils en ont deux. Alors que le problème qu'ils ont vraiment est déjà drôlement chiant. Il y a aussi des gens qui disent rien. Ils peuvent vivre les pires tristesses, ils vous parleront du temps qu'il fait. Et puis un jour ils ont une boule qui explose dans le ventre.

Ce qui se passe, c'est que Yéyé a plus de temps qu'il devrait pour nous déprimer. Normalement, Freddy Tanquin fait partie du voyage et nous rejoint deux immeubles plus loin. Mais comme il s'est fait virer rapport au poème de Baudelaire, il reste à sa fenêtre à nous voir passer.

– Salut les gars.

– Ça va Baudelaire?

– Ouais … Bonne journée.

– Toi aussi.

Ça fait de la peine de le voir comme ça à la fenêtre avec son écharpe autour du cou.

1 **mettre qn dehors:** jdn. hinauswerfen, vor die Tür setzen.
4 **torturer qn:** jdn. quälen, foltern, plagen.
18 **faire partie de qc:** zu etwas gehören (*la partie:* [Bestand-]Teil).
22 **Salut les gars:** Hallo, Jungs!

Un peu plus loin, on arrive au quartier pavillonnaire. Il y en a beaucoup par ici. Des petits pavillons avec des jardins, qui existent depuis longtemps. Ça devait être bizarre au temps où les tours n'étaient pas encore là. Peut-être même que c'était beau. Comme une ville tranquille. Une ville qu'on ne remarque pas. Aujourd'hui, les pavillons ont l'air d'avoir peur des tours. Et les tours ont l'air de se moquer des pavillons. Tout est rapport de taille. Et je sais de quoi je parle vu que je suis pas grand. Les rues des quartiers pavillonnaires ont des noms de fleurs. Comme *Rue des Mimosas*. Ou *Avenue des Lilas*. Aux immeubles on leur colle des noms de poètes pour faire croire que c'est beau. Et aux pavillons des noms de fleurs pour faire croire que ça sent bon. Mais je vous jure que ça pue. Quand je passe devant un pavillon et que je vois un vieux dans son jardin, je me dis qu'il a dû sacrément faire la gueule le jour où il s'est retrouvé avec une tour juste en face de chez lui. Vous parlez d'une ombre. J'imagine toujours que les tours sont arrivées comme ça, en une nuit. Je ne les vois pas tomber du ciel. Peut-être à cause des oiseaux. Ou du soleil. En tout cas, on apprend que le ciel est beau. Je vois les tours sortir du sol. Elles étaient prêtes depuis longtemps à l'intérieur de la

8 f. **se moquer de qc:** sich nicht um etwas kümmern, sich einen Deut um etwas scheren; sich lustig über etwas machen.
9 **la taille:** (Körper-)Größe.
12 **le mimosa:** Mimose.
12 f. **le lilas:** Flieder.
16 **puer:** stinken.
20 **une ombre:** Schatten.

terre. Et c'est souvent un terrain vague qui entoure les immeubles.

Comme si la terre ne se remettait pas d'avoir accouché de ces monstres.

Je vous jure que j'ai une imagination à faire mal à la tête. C'est sûrement à cause de ces conneries de films et de télé. En fait, je crois que mon imagination vient des films. La télévision m'embrouille plus qu'autre chose. Je passe de Chopin à Yéyé, et des pavillons à la télévision, comme je zappe. Vous me verriez chez moi, je peux pas tenir deux secondes devant la même image. Faut que j'appuie sur la télécommande comme un débile, avec la jambe qui tremble et les doigts dans la bouche.

Ce que je voulais vous dire, c'est qu'il y a quand même une différence entre les gamins des tours et ceux des quartiers pavillonnaires. C'est pas tellement rapport à l'argent. On pourrait croire mais non. Peut-être que ceux des pavillons en ont un peu plus. Mais c'est même pas sûr. L'autre jour, j'ai entendu deux vieilles parler des riches, y en a une qui disait:

– Entre un type qui a un milliard et un autre qui en a deux, c'est pas forcément celui qui en a un qui est le plus malheureux.

1 **le terrain vague:** unbebautes Gelände.
**entourer qc:** etwas umgeben, umstehen; (rings)herum liegen.
3 **se remettre de qc:** sich von etwas erholen.
3f. **accoucher de:** entbunden werden von.
7 **la télé** (fam.): *la télévision.*
8 **embrouiller qn:** jdn. verwirren, aus dem Konzept bringen.
10 **zapper** (angl.): hin und her schalten, zappen.
12 **la télécommande:** Fernbedienung, Fernsteuerung.

Ben nous c'est la même chose mais de l'autre côté.

C'est de la vie de quartier que je voulais parler. Dans les tours, les gamins ont l'habitude de se retrouver. Dans le hall. Au parc. Au centre commercial. Sur le toit. Au terrain de basket. Et puis chez les uns et les autres. On se croise dans l'ascenseur et on décide de rester ensemble pour aller se balader. La vie ne s'arrête pas aux murs de nos appartements. On passe notre temps dehors à partager cet immense terrain. Personne ne se donne rendez-vous, c'est le hasard et les endroits qui décident pour nous.

La vie en pavillon est différente. Une fois chez eux, les gamins ne sortent plus. Ou bien dans leur jardin. Le mercredi ou les week-ends, ils doivent organiser leurs rencontres. Ils deviennent de plus en plus solitaires, et finissent par faire leurs devoirs.

C'est le cas de Brice Lanier. Il habite un de ces pavillons, et nous sommes dans la même classe depuis toujours. On a mis du temps à devenir amis. Et les autres comme Karim, Yéyé ou Freddy ont mis du temps aussi. Faut dire que Brice faisait tout pour qu'on le déteste. Il se mettait au premier rang. Restait seul à jouer dans un coin de la cour. Il ne riait pas aux blagues débiles de Yéyé. Et un jour, il a même apporté un cadeau à la maîtresse pour son anniversaire. Ça nous a tués. Plusieurs fois, j'ai vu Brice à deux doigts

5 **le terrain de basket:** Basketballplatz.
10 **se donner rendez-vous:** sich verabreden.
**le hasard:** Zufall.
19 **mettre du temps à faire qc:** einige Zeit brauchen, um etwas zu tun.
26 **à deux doigts:** *être à deux doigts de faire qc:* drauf und dran sein, etwas zu tun.

de se prendre une raclée. Franchement je m'en battais, je pouvais pas le voir non plus, et c'était pas mes affaires.

Et puis, un été, il y a trois ans, j'ai croisé Brice dans la rue. C'est toujours bizarre de voir les gens avec qui on est à l'école toute l'année pendant l'été. C'est comme d'être à l'autre bout du monde et de se tomber dessus par hasard. Brice m'a dit bonjour, et alors que je serais passé devant sans rien dire, je lui ai dit bonjour aussi. Ce qu'il faut savoir, c'est que je m'ennuyais ferme, et que n'importe quoi était bon pour me tirer de là. Il m'a demandé ce que je faisais. Je lui ai dit que rien. Je lui ai demandé ce qu'il faisait. Il m'a dit que rien non plus. Alors on est restés ensemble jusqu'à la fin des vacances.

Au début, Brice avait peur de venir avec moi dans la cité. On voyait qu'il était pas naturel et qu'il avait mal au cœur. Quand je l'ai emmené voir la bande devant la tour, les autres ont fait une drôle de gueule. Le genre qu'est-ce que tu fous avec ce plouc. Mais comme moi, ils ont fini par bien l'aimer. Sous ses airs coincés, Brice est le gamin le plus super de la terre. Il est toujours à tout vouloir partager. À dire du bien des

1f. **je m'en battais (l'œil)** (fam.): das kümmerte mich einen Dreck, das war mir Wurst.
2f. **c'était pas mes affaires** (fam.): eigtl. *ce n'était pas mon affaire:* das ging mich nichts an.
7f. **se tomber dessus:** sich zufällig treffen, zufällig aufeinanderstoßen.
10f. **s'ennuyer ferme** (fam.): sich gewaltig langweilen.
11f. **se tirer de là:** sich aus der Affäre ziehen.
21f. **sous ses airs coincés:** hinter seinem verklemmten Äußeren (*coincer:* einklemmen, hineinquetschen).

choses et des gens. Si par exemple vous allez chez le coiffeur, tout le monde vous dira:

– C'est raté … Tu ressembles à un chien … T'es allé au centre des coiffeurs aveugles français …

Et au milieu de ça, vous entendrez Brice:

– Ça te va bien.

Et même Yéyé sort deux fois plus de blagues craignos, pour plaire à Brice qui rigole à chaque fois.

Un jour, Brice nous a invités chez lui à prendre un goûter. On y est allés avec Karim, et c'était la première fois que je me retrouvais dans un de ces pavillons. Franchement, ça casse pas un mur. Et quand on a pas de goût, on peut habiter un château et tout, ça sera moche quand même. Ce qui a été bizarre, c'est quand Brice nous a présenté sa famille. Ça nous a mis un coup, parce que c'était juste une vieille bonne femme d'au moins deux cent cinquante ans. Sa grand-mère. Je lui ai demandé où étaient ses parents, et Brice nous a expliqué que son père était mort quand il était petit, et que sa mère travaillait dans un bar du sud de la France, et qu'elle avait confié son fils à sa mère.

La vieille était sympa et tout, mais elle perdait un peu la tête quand même. Elle m'a demandé mon nom au moins cinq mille fois. Et elle arrêtait pas de dire à Karim qu'il ressemblait à Omar Sharif.

3 **raté, e:** misslungen; fam.: verpatzt, verkorkst.
10 **le goûter:** (Nachmittags-)Imbiss, Butterbrot.
21 **confier qn à (la garde de) qn:** jdn. jdm. anvertrauen.
23f. **perdre la tête** (fig.): den Verstand verlieren.
26 **Omar Sharif:** bekannter Filmschauspieler.

On savait pas qui était Omar Sharif, mais depuis Karim a fait des recherches, et on s'est tapé *Lawrence d'Arabie*.

À la rentrée des classes, Brice faisait vraiment partie de la bande. Et ce qui était super, c'est qu'il a continué à s'asseoir au premier rang et à travailler comme un dingue pour être dans les premiers. Y a des types comme ça, ils iront loin je vous jure.

Ce que je voulais vous dire, c'est que Brice nous rejoint le matin sur le chemin de l'école. Ce qui est bien, c'est qu'il a le temps de nous expliquer un devoir de maths ou d'histoire qu'on a pas compris. Il est fort pour expliquer, parce qu'il se sert de choses de notre vie. Par exemple pour se rappeler les noms des rois et leurs numéros, Brice nous a conseillé de penser aux gens de notre tour et de leurs étages. Par exemple, Monsieur Hamida qui habite au premier est François I^er^. Monsieur Touré qui vit au deuxième est Henry II. Au troisième c'est plus dur parce qu'il n'y a que des femmes. J'ai quand même choisi Madame Garcia, parce qu'elle a de la barbe, pour être Henry III. C'est bizarroïde, mais ça marche. Et c'est marrant de croiser ces gens. Dans ma tête, c'est tous des rois.

Avant d'arriver à l'école, on s'arrête souvent à la boulangerie. On y va surtout en sortant à quatre heures et demie, mais des fois le matin aussi. Cette

2f. **«Lawrence d'Arabie»:** *Lawrence von Arabien*, bekannter Film aus dem Jahr 1962 mit den Hauptdarstellern Omar Sharif und Peter O'Toole.
4 **la rentrée des classes:** Schulbeginn (nach den Sommerferien).
12 **les maths** (f., pl.): *les mathématiques*.
21 **la barbe:** Bart.

boulangerie ne fermera jamais. C'est celle qui marche le mieux au monde. Tous les jours, des millions de gamins viennent acheter des pains au chocolat, des bonbons, des boissons, et tout ce qui peut être sucré. Moi ce que je préfère, c'est l'Ice Tea pêche. Ça me tue. Je pourrais en boire tout le temps et même à la place de respirer. J'en prends pas le matin, mais je vous jure, je me retiens. Le boulanger est un vieux type qu'on a toujours connu. C'est l'homme le plus désagréable de la terre, mais il peut se permettre, il a le sucre.

Ce matin, en passant seul devant la boulangerie, j'ai été triste. Je me suis senti abandonné. Et puis, j'avais faim, mais je n'avais pas un centime en poche. J'ai jeté un coup d'œil à travers la vitre. Le boulanger installait des croissants et des brioches sur le présentoir, comme un soldat qui charge son fusil avant la bataille. Mon ventre a fait un bruit, et je suis parti.

3 **le pain au chocolat:** kleines, mit Schokoladenmasse gefülltes Gebäckstück, ähnlich dem Schokocroissant.
5 **un Ice Tea pêche** (f.): Eistee mit Pfirsichgeschmack.
8 **je me retiens** (fam.): etwa: ich muss mich schwer am Riemen reißen, zurückhalten.
13 **se sentir abandonné, e:** sich verlassen, im Stich gelassen fühlen.
14 **ne pas avoir un centime en poche** (loc.): keinen Pfennig in der Tasche haben (*le centime:* ehemalige französische Währung, $\frac{1}{100}$ Franc).
14f. **jeter un coup d'œil** (fam.): ein Auge riskieren, einen Blick werfen.
15 **la vitre:** (Schaufenster-)Scheibe (*vitré, e:* verglast, Glas…).
**installer qc:** hier: etwas ausbreiten, verteilen.
16 **la brioche:** Tafelgebäck aus Hefeteig.
**le présentoir:** Verkaufsständer.
17 **charger un fusil:** ein Gewehr laden.

En arrivant devant le collège, j'ai fait le tour jusqu'à la rue, donnant sur les grilles à l'arrière de la cour.

Il n'y avait encore personne. J'ai regardé les bâtiments et les fenêtres des classes. Je savais que j'aurais dû être en français à cette heure. J'ai regardé la fenêtre du cours de français. Nous devions réciter un poème. J'avais eu du mal à l'apprendre la veille, et ma Mère m'avait fait réciter. Le conseil que je vous donne, quand vous voulez vous rappeler quelque chose, c'est de le lire avant de dormir. Ça marche à tous les coups. C'est ce que j'avais fait hier soir, et je m'étais dit que je le réciterais sur le chemin. Avec ces histoires et ma Mère embarquée, j'avais oublié.

J'ai mis ma tête entre deux barres de la grille, et j'ai continué à regarder la fenêtre de mon cours de français.

*Je suis venu, calme orphelin,*
*Riche de mes seuls yeux tranquilles,*
*Vers les hommes des grandes villes:*
*Ils ne m'ont pas trouvé malin.*

*À vingt ans un trouble nouveau*
*Sous le nom d'amoureuses flammes*

1 **faire le tour:** einen Rundgang machen, herumlaufen.
2 **à l'arrière:** hinten, rückwärtig.
7 **la veille:** am Tag zuvor, am vorhergehenden Tag.
10 **ça marche:** das klappt, das funktioniert.
10f. **à tous les coups:** bei jeder Gelegenheit, immer.
17 **un orphelin / une orpheline:** Waise.
20 **malin, maligne:** schlau, pfiffig; boshaft, bösartig.
21 **le trouble:** Unruhe, Durcheinander.

*M'a fait trouver belles les femmes:*
*Elles ne m'ont pas trouvé beau.*

*Bien que sans patrie et sans roi*
*Et très brave l'étant guère,*
*J'ai voulu mourir à la guerre:*
*La mort n'a pas voulu de moi.*

*Suis-je né trop tôt ou trop tard?*
*Qu'est-ce que je fais en ce monde?*
*Ô vous tous ma peine est profonde:*
*Priez pour le pauvre Gaspard!*

C'est un poème de Paul Verlaine sur un type qui s'appelait Gaspard Hauser. Ce type avait une sacrée histoire, et on en avait parlé en cours. C'est un gamin qui a débarqué un jour sur une place. Il arrivait des bois et ne savait dire qu'une seule phrase et écrire son nom. Apparemment, il avait vécu dans une petite cabane à dormir par terre. Et puis un homme habillé en noir était venu pour lui apprendre à marcher et à écrire son nom. Ensuite, le même homme l'avait amené jusqu'à la ville où il l'avait abandonné. Il a été

3 **sans patrie:** heimatlos (*la patrie:* Heimat[land]).
4 **brave:** tapfer, mutig; rechtschaffen, anständig.
**(ne) guère:** nicht sehr, nicht viel, kaum.
10 **Gaspard:** Kaspar Hauser (angeblich 1812–33), rätselhaftes, 1828 aufgefundenes Kind, angeblich der Erbprinz von Baden.
14 **débarquer** (fam.): aufkreuzen, auftauchen.
16 **apparemment:** offensichtlich, anscheinend.
16f. **la cabane:** Hütte, Schuppen.
20 **amener qn à qc:** jdn. zu etwas bringen.

pris en charge par quelqu'un de la ville, qui a essayé de l'éduquer, et de lui montrer les bonnes manières. Mais voilà qu'une nuit, on a retrouvé Gaspard Hauser raide mort sur la même place d'où il était arrivé. Il s'était ramassé un tas de coups de couteau et avait été laissé comme un chien. Sur la place, ils ont mis une plaque avec écrit dessus:

*Ici un inconnu fut assassiné par un inconnu.*

Ça m'a retourné. Et si vous allez sur la place, il paraît que la plaque y est toujours. J'aimerais bien la voir. En tout cas le Verlaine il en a fait un poème. La semaine dernière, toujours rapport à Gaspard Hauser, on a vu un film qui s'appelle *L'Enfant sauvage*, c'est François Truffaut qui l'a fait, et même qu'il joue dedans. C'est un peu comme Hauser, sauf que c'est une autre histoire. C'est tiré d'un gamin qui s'appelait Victor de l'Aveyron. Dans le film, le gamin il arrive direct des bois, il ressemble vachement à un singe et tout. Il parle pas, il grogne. Et quand il bouffe,

1 **prendre qn en charge** (f.): für jdn. sorgen, sich jds. annehmen.
2 **éduquer qn:** jdn. erziehen, schulen.
**les bonnes manières:** gute Umgangsformen, Manieren.
4 **raide mort, e** (fam.): mausetot.
5 **se ramasser qc** (fam.): sich etwas einfangen, etwas abkriegen.
**le coup de couteau** (m.): Messerstich.
7 **la plaque:** Schild, Tafel.
8 **assassiner:** umbringen, ermorden.
13 **sauvage:** wild, primitiv; naturbelassen (*le/la sauvage:* Wilde[r]).
14 **Truffaut:** François Truffaut (1932–84), namhafter französischer Filmregisseur.
16 **c'est tiré de:** etwa: es handelt von, es geht um.
18 **le singe:** Affe.
19 **grogner:** knurren, brummen, grunzen.

ça fout drôlement la gerbe. Le docteur Itard, c'est celui qui va l'éduquer. Il essaie de le rendre intelligent, alors que tout le monde dit que c'est juste un taré. Y a des scènes qui vous font mal au cœur, surtout quand le gamin se met à rêver en regardant par la fenêtre. Il voit les arbres et ça le déprime. C'est ça qu'est fort au cinéma, ils expliquent pas tout, comme quand le gamin regarde par la fenêtre, mais on comprend bien que ça lui rappelle sa vie d'avant, quand il était dans les bois comme un singe.

Je me suis demandé s'il y avait encore des gamins quelque part à vivre comme des sauvages. Et puis j'ai pensé à ma Mère, et je me suis dit que si elle ne revenait jamais, je devrais peut-être me trouver une forêt. Ça serait un peu l'inverse, et faudrait que j'oublie mes bonnes manières pour vivre comme un plouc. Le truc, c'est que des forêts dans le coin y en a pas. Et à part de grimper en haut d'un arbre de la cité, je voyais pas où trouver un peu de nature.

J'étais à penser à ces histoires d'enfant sauvage et de connerie à la Gaspard Hauser quand la sonnerie s'est mise en route.

C'était l'heure de la récré.

1 **ça fait drôlement la gerbe** (pop.): das ist echt widerlich; das sieht wirklich zum Kotzen aus.

15 **c'est l'inverse:** es ist genau umgekehrt (*un inverse:* Gegenteil).

18 **grimper:** (hinauf)klettern, steigen.

21 **la sonnerie:** Klingeln, Läuten.

22 **se mettre en route** (f.): sich auf den Weg machen; hier (fig.): einsetzen, beginnen.

## Chapitre six

# 10 h 15

La récré dure vingt minutes et jamais le temps passe aussi vite. De quoi faire deux dribbles, chercher Mélanie Renoir du regard, et déjà il faut retourner s'enfermer.

Quand les élèves sont sortis des bâtiments, je les ai trouvés débiles. Vus d'ici, ils ressemblaient à un troupeau de bêtes sauvages. Et normalement, je fais partie du troupeau. Tout le monde hurle et se met à courir dans n'importe quelle direction comme pour échapper à un lion ou un fantôme.

Il n'y a que les élèves de troisième qui ont l'air tristes et s'allument mollement des cigarettes.

Mes copains sont vite arrivés. Je les ai vus de loin. Karim, Brice, Yéyé, Kader et Nicolas Gasser, un type qui n'est pas dans notre classe, mais qui traîne tout le temps avec nous quand même.

En me voyant derrière la grille, ils ont accéléré, en

4 **de quoi faire qc:** nur um etwas zu tun.
**un dribble:** Dribbling (beim Fußball).
4f. **chercher qn du regard:** nach jdm. Ausschau halten, sich nach jdm. umsehen.
8f. **le troupeau:** Herde; Horde, Haufen.
10 **hurler:** (hinaus)schreien, brüllen.
11f. **échapper à qc:** etwas entkommen, entrinnen.
14 **mollement:** lasch, träge; lässig (*mou, molle:* weich).
19 **accélérer:** beschleunigen, schneller werden.

ayant l'air content de me voir. Ça m'a touché. C'était comme si je revenais de loin et qu'on s'était pas vus depuis trente ans.

C'est Yéyé qui a parlé le premier, et c'était pas une surprise:

– Ben alors Charly, t'es pas en cours?

Karim a répondu à ma place:

– Tu vois bien que non!

Yéyé a continué:

– T'es malade?

Karim a encore répondu:

– Tu vois bien que non!

– Ben quoi, il pourrait être sorti pour aller chez le docteur.

– S'il peut sortir pour aller chez le docteur, il peut venir à l'école aussi …

Les discussions peuvent vraiment vous rendre dingue par moments. Et y a qu'un moyen de les arrêter. Il faut hurler, ou bien dire quelque chose de drôlement intéressant:

– Ma Mère s'est fait embarquer ce matin.

Ils m'ont regardé, et puis Karim ou Brice a dit:

– Quoi?

– Au moment de partir pour le collège, j'ai vu les flics et une bonne femme qui ressemble à Boulin monter chez moi … Je me suis planqué derrière la porte des escaliers qui donne sur mon palier, et je les ai vus embarquer ma Mère.

– Mais qu'est-ce qu'elle a fait ta Mère?

– J'en sais rien.

Mes copains connaissent bien ma Mère. Et depuis toujours. Ils savent quelle femme c'est. Ils la respectent. Ils lui disent bonjour Madame. Même s'ils ont dormi un million de fois chez moi, ils continuent de dire Madame. On pourrait nous croire un peu faux cul à nous voir bien élevés comme ça. Mais c'est juste de la gêne ou de la timidité. Il y a une sorte de barrière infranchissable. On se dit que ce sont des gens droits. Qui travaillent dur pour nous élever. Et puis vous savez bien, avec les adultes on est toujours un peu coincés.

– C'est pas rapport à ton frère?

– Ben, j'ai cru aussi … Mais ils cherchaient aussi ma Mère … Ils ont dit son nom …

Karim a raconté quelque chose:

– Je veux pas te faire peur mais ça me rappelle l'histoire qu'est arrivée à Mario Ferdine qu'habite cité des Rapaces …

– Il est pas en taule Mario Ferdine?

– Ouais il est en taule … Avec sa mère!

– Qu'est-ce qu'il y a eu?

– Ben les flics ont commencé par serrer Mario rapport qu'il dealait comme un dingue et tout … Le truc c'est qu'avec une partie de l'argent de la dope, il entretenait pas mal sa mère, les études de sa petite sœur, et toute la famille, quoi … Une fois en prison, la vie a drôlement changé pour la mère … Et puis en rangeant

5 **la timidité:** Schüchternheit, Zaghaftigkeit (*timide:* schüchtern, scheu, zaghaft).
6 **infranchissable:** unüberwindlich.
6f. **les gens droits:** die rechtschaffenen, anständigen Leute.
20 **serrer qn** (fam.): jdn. schnappen.
22 **la dope** (fam.): ‚Stoff', Droge(n), Aufputschmittel.
22f. **entretenir qn:** für jds. Unterhalt aufkommen.

à fond la chambre de Mario, elle a découvert encore un sacré paquet de dope … Elle est descendue voir des gars qui traînaient et qui sont copains avec Mario, et elle leur a parlé des sachets … Ils ont fait une sorte d'association pour écouler la drogue … Les gars se sont vite fait serrer, et ils ont balancé la mère de Mario comme une grosse fournisseuse.

Yéyé qu'est classe a dit:

– Alors c'est une dealeuse ta Mère.

– T'es con ou quoi … C'est pas une dealeuse … Et mon frère non plus c'est pas un dealeur … Il se drogue … Si ma Mère devait aller en prison rapport à ces histoires de dope, c'est parce qu'elle flinguerait un dealer …

Karim a senti qu'il m'avait touché:

– Excuse-moi Charly, j'ai pas voulu raconter ça rapport à ta Mère … C'est juste une histoire … Ta Mère, elle est super …

– Ouais …

Yéyé a continué:

– Et qui te dit qu'elle a pas flingué un dealer, ta Mère?

J'ai encore failli m'énerver, mais j'ai réfléchi à ce que venait de dire Yéyé. C'est vrai que ma Mère est

4 **le sachet:** Tüte, Beutel.
5 **écouler qc:** etwas in Umlauf bringen, vertreiben.
6 **balancer qn comme …** (fam.): jdn. als … anschwärzen, anprangern.
7 **le fournisseur / la fournisseuse:** Anbieter(in), Lieferant(in).
8 **être classe** (fam.): große Klasse sein.
13 **flinguer qn** (fam.): jdn. abknallen, über den Haufen schießen; jdn. runtermachen.
24 **venir de faire qc:** gerade, soeben etwas getan haben.

remontée à bloc contre ces dealers. Si elle en croise un dans le quartier, elle devient froide comme l'hiver. Elle ne dira jamais bonjour ni rien, même si elle a connu ces types quand ils étaient enfants. Pour elle, ils empoisonnent son fils. Et puis, j'ai pensé que ce matin je n'avais vu personne devant la tour Malraux, même si le gardien disait qu'il était trop tôt.

– Mais comment tu veux qu'elle tue un dealer?

– Ben ... J'en sais rien ... Peut-être avec un couteau ... Ou du poison ... Ou un sabre chinois ...

Yéyé pouvait parler pendant cinq heures de la façon de tuer quelqu'un, alors Nicolas l'a coupé:

– Franchement Charly, je vois pas ta Mère tuer qui que ce soit ... Même si elle est remontée et tout ... Faut vraiment être parti pour buter un gars ...

Et Kader:

– Ouais, et puis elle t'aurait pas fait ça ... Déjà qu'elle est mal rapport à ton frère, elle va pas en plus risquer d'aller en taule et te laisser seul ...

Ils avaient raison. Ma Mère est la femme la plus intelligente que j'aie rencontrée dans ma vie.

Karim était d'accord:

1 **être remonté, e contre qn:** auf jdn. wütend sein.
**à bloc:** aufs Äußerste.
5 **empoisonner qn:** jdn. vergiften (*le poison:* Gift).
7 **le gardien / la gardienne:** hier: Hausmeister(in).
10 **le sabre:** Säbel.
12 **couper qn:** eigtl. *couper la parole à qn:* jdn. unterbrechen, jdm. das Wort abschneiden.
15 **être parti, e** (fam.): nicht ganz bei Sinnen, völlig außer sich sein, weggetreten sein.
**buter qn** (fam.): jdn. ‚umlegen', töten.

– C'est sûr … Ta Mère est pas une tueuse de dealer … En tout cas, t'as intérêt à te faire discret.

– Comment ça?

– Ben, sûrement que les flics vont te chercher aussi … Ils commencent par ta mère, après ton frère, et toi …

J'ai senti mon cœur.

– Faut pas que tu retournes chez toi … Balade-toi aujourd'hui, et viens nous retrouver ce soir après les cours … On aura sûrement des infos … Si les flics te cherchent, ils vont forcément venir au collège …

– OK … De toute façon, j'essaie de trouver mon frère.

– T'es allé voir à Malraux?

– Ouais, y avait personne.

– Va du côté de Berlioz, je le vois souvent traîner là-bas.

– Ouais.

Yéyé qu'est toujours à côté de ses pompes a dit:

– Tu viens au foot ce soir?

– Quoi au foot?

– Ben, y a entraînement.

Franchement j'avais oublié.

– J'ai pas mes affaires ni rien.

2 **avoir intérêt à faire qc:** gut daran tun, etwas zu tun.
9 **retrouver qn:** hier: sich mit jdm. treffen, jdn. treffen.
10 **une info** (fam.): *une information*.
11 **forcément:** zwangsläufig, notgedrungen.
16 **Berlioz:** Louis Hector Berlioz (1803–69), französischer Komponist.
19 **être à coté de ses pompes** (f., fam.): völlig daneben, geistig weggetreten sein (*la pompe*, fam.: ‚Treter', Schuh).
22 **un entraînement:** Training.

– Tu chausses du combien?

– 35.

– Merde, je fais du 39.

Yéyé a vraiment de grands pieds. En même temps, il est plus vieux que nous.

La sonnerie a démarré, c'était la fin de la récré. Mes copains n'avaient pas l'air de vouloir me laisser. C'est que je ressemblais à un chien derrière la grille. Je leur ai dit que je les retrouverais à quatre heures et demie devant la sortie, on s'est tapé dans la main et ils sont partis. Je les ai regardés, et puis Brice est revenu en courant vers moi.

Ça m'avait étonné qu'il ne dise rien sur ma Mère, c'était le plus intelligent, et je pensais qu'il aurait une idée.

– Eh Charly … Tu sais, je voulais te dire … Je sais que ma Mère est allée en prison l'année dernière.

– Ah ouais?

– Ouais … Je t'ai dit qu'elle travaille dans un bar dans le Sud …

– Ouais.

– Ben, c'est un bar bizarre, tu vois … C'est un bar où elle voit des hommes …

– Des hommes?

– Ouais … Des types avec qui elle couche pour gagner du fric.

– Mais alors c'est …

– C'est une pute, ouais … Elle nous envoie de l'ar-

1 **Tu chausses du combien?:** Welche Schuhgröße hast du? (*chausser du 35:* Schuhgröße 35 tragen).

26 **le fric** (fam.): ‚Knete', ‚Kies', Geld.

28 **la pute** (fam.): *la putain:* Nutte, Hure.

gent à ma grand-mère et moi … Normalement je vais la voir tous les étés, elle loue un studio au bord de la mer … Mais en juin dernier, ma grand-mère m'a dit que je la verrais pas, qu'elle travaillait encore … J'ai trouvé ça bizarre, parce que je sais que ma mère elle m'adore, et qu'elle ferait rien pour pas rater un été avec moi … Plus tard j'ai ouvert le courrier chez ma grand-mère et je suis tombé sur une lettre de ma mère … Elle était à la prison des Baumettes à Marseille … Y avait eu une descente de flics dans le bar où elle bosse … Elle a pas pris longtemps … Mais ce qui la déprimait c'est que ça tombe juste au moment des vacances …

– Tu l'as revue depuis?

– Ouais, elle est venue à Noël.

– Et tu lui en as parlé?

– Non … Je la vois pas assez souvent pour tout gâcher.

– Je comprends.

– Ce que je voulais te dire, c'est que quoi qu'ait fait ta Mère, faut pas que tu te dises que c'est contre toi … Les mères, elles peuvent faire les pires choses, y a toujours une partie d'elles qui pense à leurs fils … Y a pas une mère au monde qui aime pas ses enfants.

– Ouais …

Brice m'a dit tout ça avec la sonnerie dans le fond,

2 **louer:** (an)mieten.
2f. **au bord de la mer:** am Meer, an der See.
8 **tomber sur qc:** etwas zufällig finden, auf etwas stoßen.
10 **la descente:** hier: Razzia.
17f. **gâcher qc:** etwas verderben, verpfuschen.
20 **quoi que** (+ subj.): egal, was …, ganz gleich, was …

et ça faisait comme dans un film. Quand la sonnerie s'est arrêtée, le silence et le désert dans la cour nous ont un peu gênés. Il allait pour partir, mais il y a un truc qui m'obsédait.

– Eh Brice, tu crois que Gaspard Hauser serait mort si jeune s'il était resté dans la forêt?

**Chapitre sept**

# 10 h 30

Un don que j'ai dans la vie, c'est que je sais toujours l'heure qu'il est. Je veux dire sans montre ni rien. Ça me tue. On pourrait croire que j'ai une pendule dans la tête. Et si vous me voyez, c'est pas la peine de vous ramener avec une montre, avec moi, vous serez jamais en retard. Je crois que c'est à cause de ma Mère que j'ai ce truc avec l'heure. Elle est drôlement dure question horaire. Faut toujours qu'elle me programme mes journées. Tu sors de l'école à 16 h 30. Tu achètes un Ice Tea à la boulangerie à 16 h 35. Tu as ton entraînement de foot à 17 h 00. Tu y seras à 16 h 50. Tu restes dans le vestiaire. Tu joues jusqu'à 18 h 30. Tu te changes. Tu quittes le stade à 18 h 40. Tu arrives à l'immeuble à 18 h 50. Tu es à la maison à 18 h 55. Maximum 19 h 00 si l'ascenseur est en panne. Ça me déprime je vous jure. Et à la maison ça continue. Devoirs. Douche. Dîner. Télé. Dents. Coucher. Une vraie vie de robot. Et j'ai de la chance de pas devenir dingue et de pas continuer la nuit quand je dors. Premier rêve à 22 h 00. Deuxième rêve à 22 h 45. Cauchemar à mi-

3 **le don:** hier: Begabung.
5 **la pendule** (fam.): Uhr (*la pendule:* Pendel[uhr]).
9f. **question horaire** (m.): in Sachen Uhrzeit; hier: was die Terminplanung anbelangt.
22 **le cauchemar:** Albtraum (*faire un cauchemar:* einen Albtraum haben).

nuit … En même temps, il paraît que les rêves ne durent que quelques secondes. Quand je l'ai appris ça m'a retourné. Je fais des rêves des fois qu'ont l'air de durer des semaines. Des vrais films. Avec un début et une fin. Plein de personnages. Et une histoire à gagner un Oscar. Alors tout ça en deux secondes, je l'avale pas. Moi je me pose beaucoup de questions, et je devrais me faire ami avec un de ces scientifiques. Je suis sûr qu'il aurait les réponses. L'autre jour à la télé j'ai vu une émission avec un savant. Ce qui était bien c'est qu'on comprenait vachement ce qu'il disait. Si j'avais eu le numéro de mon prof de physique je lui aurais passé un coup de fil.

Je lui aurais dit:

– Eh … Regarde la télé, y a un mec comme toi, sauf qu'on comprend!

Oh, je peux être à mourir de rire des fois.

Pendant l'émission, le présentateur posait plein de questions au savant. Est-ce que dans le futur n'im-

5 f. **une histoire à gagner un Oscar:** eine Geschichte, die einen *Oscar* (amerikanischer Filmpreis) verdient hätte.
6 f. **je l'avale pas** (fam.): ich kapier's nicht.
8 **se faire ami, e avec qn:** sich mit jdm. anfreunden, mit jdm. Freundschaft schließen.
**le/la scientifique:** Wissenschaftler(in).
9 **l'autre jour** (m., fam.): neulich, vor kurzem.
10 **une émission:** Sendung.
**le savant / la savante:** Gelehrte(r).
13 **passer un coup de fil** (m.) **à qn:** jdn. anrufen.
15 f. **sauf que:** außer, abgesehen davon, dass.
18 **le présentateur / la présentatrice:** Ansager(in), Sprecher(in), Moderator(in).
19 f. **n'importe quel / quelle** (fam.): jede(r) x-beliebige.

porte quel plouc ira sur Mars? Pensez-vous qu'il existe une vie extraterrestre? Un tas de questions débiles. Mais à la fin, il lui en a posé une qui m'intéresse drôlement. Est-ce qu'un jour nous voyagerons dans le temps? Et alors là, ce qu'a répondu le savant me fait encore froid dans le dos. Il a dit que non, parce qu'on le saurait déjà. Si dans trois mille ans des hommes arrivent à voyager dans le temps, c'est sûr qu'ils iront voir Jésus, Hitler, ou je sais pas qui. Et c'est sûr aussi qu'ils laisseront des traces. Et alors on saurait qu'ils ont voyagé dans le temps. Ou alors ils viendraient nous prévenir de choses. Le genre, faites gaffe à ce bébé qui vient de naître et qu'a l'air mignon, plus tard il va faire sauter la planète. Des types comme le savant, je pourrais les écouter des semaines.

Si je vous parlais de ces histoires d'horaires avant de parler d'autres choses, c'est parce que ça me touchait de ne pas être là où je devais être normalement à cette heure. Il en faut pas beaucoup pour avoir l'impression d'être en dehors du monde. Il suffit juste de prendre à droite quand on doit prendre à gauche, et c'est un sacré changement.

Je marchais vers la cité Berlioz et mon ventre conti-

2 **extraterrestre:** außerirdisch.
4f. **voyager dans le temps:** eine Zeitreise machen.
6 **faire froid dans le dos:** kalt den Rücken hinunterrieseln.
10 **la trace:** Spur, Fährte.
14 **faire sauter la planète** (fam.): die Erde in die Luft jagen.
19 **avoir l'impression:** das Gefühl haben (*une impression:* Eindruck).
20f. **prendre à droite, à gauche:** rechts, links abbiegen.
22 **le changement:** Umstellung, Veränderung, Wechsel.

nuait de faire des bruits. Je n'étais pas souvent allé dans cette cité. Déjà parce que je n'avais rien à y faire. Mais en plus parce que ça craignait franchement. C'est la première à avoir été construite et ça se voit tout de suite. On dirait une ville après la guerre, sauf qu'il y a pas eu la guerre. Et ça fait encore penser à ces machins de voyage dans le temps. Je veux dire qu'il suffit de la regarder pour comprendre comment les autres cités vont devenir. C'est pas de la magie ou quoi. C'est juste que toutes les cités ont plus ou moins été construites de la même façon. Et que si vous veniez ici, vous seriez paumé.

Pour aller de mon collège à Berlioz, il faut se taper un tas de quartiers pavillonnaires. C'est la déprime de marcher dans ces rues. Ça sent la mort je vous jure. Le seul truc bien, c'est de savoir que Mélanie Renoir habite un de ces pavillons. C'est pas vraiment vraiment le chemin, mais ça fait pas un trop long détour. En tout cas, à chaque fois que je dois aller dans cette direction, je fais un détour pour passer devant chez Mélanie. Ce qui est bizarre, c'est que son pavillon n'a rien de différent des autres. Ni plus beau, ni plus grand. Mais je le trouve super parce que c'est le sien. Et tout ce qui la touche je le trouve incroyable. La dernière fois, elle a mis un foulard autour de son cou pour venir au collège. Oh je déteste les gens qui se

3 **ça craint** (fam.): das ist nicht ganz koscher.
9 **c'est pas de la magie:** das ist keine Zauberei.
12 **être paumé, e** (fam.): völlig aufgeschmissen, gottverlassen sein.
18 **le détour:** Umweg.
25 **le foulard:** Halstuch, Schal.

mettent des foulards autour du cou. Ça fait une drôle de tête et tout. Mais sur Mélanie ça fait classe c'est sûr. Vous la verriez avec son foulard, vous en mettriez un. Mélanie elle est en sixième comme moi. Sauf qu'elle est dans une autre classe parce qu'elle fait allemand première langue. Nous on fait anglais. Les élèves qui prennent allemand viennent tous des quartiers pavillonnaires. Et les parents choisissent allemand pour ne pas que leurs enfants se retrouvent avec nous. Il y a trois sixièmes Anglais et une seule Allemand. Et cette classe a le meilleur niveau. Ils sont un peu à part. Ils restent toujours groupés dans la cour ou à la cantine et ne se mélangent jamais avec les autres. Je connais des types qui ont essayé de frapper ou de racketter les élèves de la classe Allemand, mais ils ont pas réussi parce qu'ils sont très solidaires entre eux, ou alors ils vont directement voir leurs parents ou la directrice. Moi je me sens toujours un peu minable à côté de ces gars. Déjà parce qu'ils font tous deux fois ma taille, et aussi parce qu'ils me voient comme un voyou ou un de ces types qui leur cherchent des problèmes. J'aimerais qu'ils me trouvent coulos, et aussi que Mélanie Renoir me voie parler avec eux à la récré, à la sortie ou ailleurs.

Pendant longtemps, je n'ai pas vraiment discuté avec Mélanie. On s'est juste parlé deux fois, et ça ferait pas un bouquin.

9 **pour ne pas que** (+ subj.): um zu verhindern, dass.
12 **être à part:** eigen(artig), verschroben sein.
15 **racketter qn:** von jdm. (Schutz-)Geld erpressen.
19f. **faire deux fois la taille de qn:** doppelt so groß wie jd. sein.
21 **le voyou** (fam.): Gauner, Ganove, Schlingel.

La première fois c'était au début de l'année, seulement deux jours après la rentrée. On avait pas encore nos marques à la cantine, et tout le monde s'asseyait un peu n'importe où. J'étais à une table en train de manger avec Karim et Brice, quand Mélanie est venue s'asseoir en face de moi. Ça m'a tué. J'ai commencé à me sentir mal, mais j'essayais de pas trop le montrer rapport mes deux copains qui lisent en moi comme ma Mère. Karim et Brice ont même pas fait gaffe et continuaient de parler. Moi j'arrêtais pas de me demander si elle était venue s'asseoir là exprès ou si c'était par hasard, mais à peine au bout de deux minutes, elle a vu des gens de sa classe assis à une autre table, et elle s'est levée pour aller les retrouver.

Ça m'a retourné.

Je vous disais qu'on s'était parlé, parce qu'avant de s'asseoir en face de moi, elle m'a dit:

– Je peux me mettre là?

Et moi je lui ai répondu:

– Ouais, ouais.

Bonjour l'amour.

La deuxième fois, c'était y a un mois. Et là c'est une autre histoire. J'étais avec ma Mère au cinéma. On était allés voir une connerie de film et vaut mieux que j'aie oublié le titre parce qu'on serait peut-être pas d'accord. Avec ma Mère, on va souvent au cinéma. Le mardi soir ou le samedi. Oh, j'adore. Ma Mère aussi

3 **avoir ses marques** (f.): seine (Duft-)Marke gesetzt, seinen angestammten Platz markiert haben.

4 **être en train de faire qc:** dabei sein, etwas zu tun.

6 **s'asseoir en face de qn:** sich jdm. gegenübersetzen.

elle aime ça. On a pas vraiment les mêmes goûts, mais on s'entend bien quand même pour choisir nos programmes. Ma Mère elle aime ces films de femmes où on fait tout pour vous faire chialer dans des histoires qui ressemblent à votre vie comme deux gouttes d'eau.

Si j'ai envie de voir ma vie, je me regarde dans le miroir.

Moi j'aime plutôt les films drôles. C'est que je suis un sacré client. J'ai un rire, vous l'entendriez, ça vous rendrait comique juste pour me faire marrer. J'aime bien les films d'action aussi. Je les trouve souvent craignos et pas croyables, mais ça me change de mes journées. Les acteurs que j'aime c'est Will Smith. Robert de Niro. José Garcia. Alain Chabat. Mais mon préféré, c'est Jamel Debouzze. Alors lui je l'adore. Il est drôle et il a peur de rien. Si vous le voyez à la télé, il peut être en face de n'importe qui, un homme politique ou quoi, il va le promener, mais en faisant marrer tout le monde. Et même l'homme politique va se marrer. Mais bon, les hommes politiques savent faire semblant de se marrer. J'aimerais bien le rencontrer Jamel Debouzze. Et même que je lui dirais merci. Il y a des gens faut leur dire merci. Surtout les gens qui vous font rire.

Ma Mère, elle aime bien Gérard Depardieu. Clint

10 **le client / la cliente:** Kunde / Kundin; hier: Konsument(in), Zuschauer(in).
12 **le film d'action** (f.): Actionfilm.
13 f. **ça me change de mes journées** (f.): das bringt Abwechslung in meinen Alltag.

Eastwood. Catherine Deneuve. Dustin Hoffman. Meryl Streep. Jean-Louis Trintignant. Jean-Pierre Bacri. Mais celui qu'elle préfère c'est Daniel Auteuil. Oh, elle l'adore Daniel Auteuil. Elle rate aucun de ses films. Et moi non plus du coup. Elle le trouve beau, ça me déprime. Moi je l'aime bien aussi, mais j'irais pas m'ouvrir les veines.

Le film préféré de ma Mère c'est *Sur la route de Madison*. Elle peut le voir cent fois par jour, et à chaque fois elle chiale comme une tarée. Ça marche à tous les coups. C'est le moment où la bonne femme est avec son mari dans leur bagnole, et derrière, dans une autre bagnole, y a le bonhomme qu'elle aime et qu'est son amant. Elle hésite vachement à le rejoindre, elle met la main sur la poignée de la portière et tout. Mais finalement elle y va pas et elle reste avec son mari qu'est un mec bien quand même. Et le bonhomme dans l'autre voiture il laisse tomber rapport lui aussi c'est un mec bien. Et il se met à flotter et ils vont tous crever à la fin. Et ma Mère éclate en larmes en disant que c'est atroce, et qu'ils s'aiment, et que l'amour est terrible parfois. Ce qui me flingue, c'est

5 **du coup** (fam.): darum, deshalb, infolgedessen.
7 **s'ouvrir les veines** (f.): sich die Pulsadern aufschneiden; hier (fig.): sich ein Bein für etwas ausreißen.
14 **un amant / une amante:** Liebhaber(in), Geliebte(r).
15 **la poignée de la portière:** Türgriff.
16 **elle y va pas:** etwa: sie macht es nicht.
18 **laisser tomber qc:** hier (fam.): etwas aufstecken, aufgeben.
19 **se mettre à flotter** (fam.): abschweben, Leine ziehen.
20 **éclater en larmes** (f.): in Tränen ausbrechen.
22 **ce qui me flingue c'est …** (fam.): was mich fertigmacht, ist …

qu'à chaque fois que la bonne femme met la main sur la portière, ma Mère crie:

– Vas-y … Vas-y … Va le retrouver.

On a vu le film cent fois et on sait bien qu'elle ira pas, mais ma Mère crie quand même comme si elle avait perdu la boule.

Mon frère Henry est très calé en cinéma, et mes films préférés c'est lui qui me les a montrés. Un jour, il est rentré à la maison avec un coffret des films de Charlie Chaplin. Alors lui je l'adore. Déjà il s'appelle comme moi et ça fait toujours plaisir. Au début j'étais pas chaud, ça me paraissait chiant comme la mort. Et puis à traîner dans le salon pendant qu'Henry regardait, j'ai fini par m'y mettre. Vous avez vu *La Ruée vers l'or*. Et *Le Kid*. Y a rien de mieux au monde. Dans *La Ruée vers l'or* il a tellement faim qu'il mange ses pompes. Et son copain aussi il crève la dalle, alors il a des hallucinations et il voit Charlie Chaplin comme une grosse poule et il essaie de le bouffer. Avec Henry on rigolait tellement qu'à la fin on pleurait. Ce qui était super, c'est qu'au même moment à l'école, j'étais en CM1 à l'époque, on nous a demandé de faire une rédaction sur je sais plus quoi, et moi j'ai parlé des

6 **perdre la boule** (fam.): überschnappen, durchdrehen.
7 **être calé, e** (fam.): etwas draufhaben, was loshaben.
9 **le coffret:** Kassette, Kästchen.
11 f. **être chaud** (fam.): etwas geil, super finden.
14 **s'y mettre** (fam.): auf etwas voll abfahren.
14 f. **«La Ruée vers l'or»:** *Goldrausch*, bekannte Stummfilmkomödie (1925) mit Charlie Chaplin (*la ruée:* Ansturm, Run).
17 **crever la dalle** (fam.): Kohldampf schieben, elenden Hunger haben (*la dalle:* [Stein-]Platte, [Boden-]Fliese).

films de Charlie Chaplin. Alors la maîtresse m'a dit de les rapporter et qu'on les verrait ensemble. J'étais drôlement fier. Je les ai revus avec ma classe, et en entendant tout le monde rigoler, j'avais l'impression que c'est moi qui les avais faits les films. C'est quelque chose d'être fier du travail de quelqu'un d'autre.

Donc ce que je vous disais c'est que j'étais allé au cinéma, il y a un mois, avec ma Mère, et que le film était nul.

Ce qui est super quand on va au cinéma, c'est qu'on prend toujours la séance de la fin d'après-midi. Par exemple dix-huit heures. Ou dix-neuf. Ce qui fait qu'on sort juste pour le dîner. Et ce qui est bien fait, c'est qu'en face du cinéma, il y a plein de restaurants. Français. Italien. Chinois. Japonais. Et même américain, enfin McDo quoi. Celui que je préfère c'est le japonais. Oh, ils sont dingues les Japonais. Vous êtes déjà allé manger des sushis? Et les baguettes? Vous y arrivez avec les baguettes? Avec ma Mère on se marre vachement, rapport on y arrive pas du tout. Les baguettes ils vous les filent si vous voulez. Moi j'ai pris les miennes et pendant une semaine je me suis servi que de ça à la maison. Eh bien je peux vous dire que si vous mangez des sushis avec moi, vous penserez que j'arrive direct du Japon. Mon frère Henry, il m'a dit

2 **rapporter qc:** etwas mitbringen.
11 **la séance:** hier: Vorführung, Vorstellung.
12 f. **ce qui fait que:** so dass.
16 **McDo:** *McDonald's.*
18 **la baguette:** hier: (Ess-)Stäbchen.
18 f. **y arriver avec qc** (fam.): mit etwas zurechtkommen, etwas hinkriegen.

qu'à Paris, il y avait des tas de restaurants. Et de tous les pays. Il m'a raconté qu'il y a même des quartiers entiers de restaurants japonais. Italiens. Chinois. Français. Ça doit être quelque chose. À Paris j'y suis allé qu'une seule fois.

Ça m'a retourné.

Quand on est sortis du cinéma avec ma Mère, on s'est demandé dans quel restaurant on irait. C'est pas évident parce que les gens ont pas toujours envie de manger la même chose. Mais ce qui nous a décidés, c'est que Mélanie Renoir est sortie du cinéma avec sa mère, et qu'elles sont allées dans le restaurant japonais.

J'ai dit à ma Mère:

– Le japonais, le japonais …

– On y est déjà allés samedi.

– S'il te plaît, s'il te plaît …

– C'est cher Charly.

– Je t'en supplie.

*Je t'en supplie* c'est ce que je dis quand j'en peux plus. Et peut-être qu'avant de mourir je le dirai une dernière fois. C'est ma phrase ultime. Je sais qu'avec ça, je peux l'emporter. Et ma Mère aussi elle le sait. Mais je le dis pas trop pour que ça reste rare, car c'est sûrement pour cette raison que ça marche.

On est allés au japonais et j'en revenais pas. Mélanie était à l'intérieur. J'aurais pu passer devant sans le savoir, et même aller au restaurant d'à côté. Mais qu'est-ce que vous voulez, je suis un gars qui a de la chance, je l'ai toujours su.

21 **ultime:** hier: ultimative(r, s), äußerste(r, s).
22 **l'emporter:** siegen, gewinnen.

Dans le restaurant, j'étais drôlement angoissé, les doigts dans la bouche et tout. Je cherchais Mélanie et sa mère mais c'était pas évident, à cause des recoins, des poteaux et des plantes. Le serveur nous a dit de le suivre pour nous installer. En traversant la salle, je continuais de la chercher et je commençais à me dire qu'elle était peut-être ressortie sans que je la voie. On nous a mis à une table pour deux au fond du restaurant. Et là, j'ai eu une crise cardiaque, parce que Mélanie et sa mère étaient juste la table à côté. Je veux dire à trois centimètres. Et si vous pensez pas que j'ai de la chance, faut vous faire soigner. Au début, je l'ai pas regardée ni rien. J'ai plongé la tête dans le menu, en faisant celui qui ne l'avait pas remarquée. Et puis, je savais pas trop si elle me remettrait. On s'était juste parlé une fois à la cantine, et ça avait pas été *Roméo et Juliette*. J'ai posé le menu, et j'ai regardé ma Mère en lui faisant un grand sourire. Le genre j'ai quarante-cinq ans, on est en couple et tout. Ce qui m'a flingué, c'est quand ma Mère m'a dit:

– Mets ta serviette autour du cou.

La honte je vous jure.

Quand on va au cinéma, je mets une belle chemise propre, et ma Mère veut pas que je la dégueulasse avec ces conneries de sushis.

3 **le recoin:** (verborgener) Winkel.
4 **le poteau:** Pfosten.
9 **la crise cardiaque:** Herzanfall.
13 **plonger la tête dans le menu:** den Kopf hinter der Speisekarte vergraben (*plonger:* [ein]tauchen).
15 **remettre qn:** jdn. zurück-, abweisen; hier: jdn. wiedererkennen.
16f. **Roméo et Juliette:** *Romeo und Julia.*

Après on a parlé du film. En sortant, j'avais dit à ma Mère que je trouvais ça nul, et que je m'étais endormi quinze fois. Mais là, devant Mélanie, j'ai dit autre chose:

– Non, vois-tu, je trouve intéressant la façon dont le temps est utilisé … Ces images en longueur nous forcent à observer ce que dans la vie nous ne voye… voyerions pas … C'est l'anti-Chaplin ah ah ah …

Ma Mère comprenait rien à ce que je disais, et moi non plus d'ailleurs. Faut toujours que je fasse ce genre de numéros. À frimer comme un malade et dire n'importe quoi. Et dans ces moments, je parle trop fort et j'ai une tête de cul. Je le sais, mais je peux pas m'en empêcher.

Heureusement, ma Mère est là pour me remettre à ma place.

– Tu m'as dit que c'était une merde en sortant.

– Oui … mais … n'est-ce pas … intéressant … la merde … parfois.

Faudrait que j'aille voir un médecin, c'est pas possible d'être comme moi.

Le serveur est venu prendre notre commande et j'ai continué à frimer. Parce que les serveurs de ce restaurant ont des badges avec leur nom accroché sur leur veste. Et dès que je l'ai vu arriver, je me suis dit que j'allais l'appeler par son nom. Je sais pas comment me

15f. **remettre qn à sa place:** jdn. in seine Schranken weisen, zurechtweisen.

22 **prendre la commande:** die Bestellung aufnehmen.

24 **le badge** (angl.): Namensschild, Ansteckplakette, Button.

25 **la veste:** Jacke, Jackett.

viennent ces idées, et je devrais me méfier. Mais c'est plus fort que moi et ça me tue.

– Vous avez choisi?

– Oui mon cher … Ry… Ryko.

– Non, Rychuko.

– Rydchko.

– Non, Ry-chu-ko.

Oh la honte, en plus le serveur il était pas sympa. Et pour bien m'enfoncer, il a dit:

– Un menu enfant pour le petit?

J'aurais pu crever. Là maintenant, j'aurais dit *je t'en supplie* et je serais mort.

Ma Mère est toujours sacrément heureuse quand on est ensemble. Elle aime qu'on se parle de nos vies. Moi j'aime bien ça aussi d'habitude, mais ce coup-ci j'étais complètement largué, je pouvais regarder ma Mère, j'avais le cerveau qu'était tourné vers la gauche, vers Mélanie. J'ai commencé à jeter des petits coups d'œil en douce. Et à chaque fois, mon cœur se serrait. Mélanie était très calme, en face de sa mère qu'était calme aussi. Elles avaient l'air de prendre le thé. Mélanie doit avoir mon âge, mais dans sa tête, elle en a cinquante de plus.

Je vous fais une confidence.

Moi, j'aime les vieilles.

Je le dis pas trop rapport on pourrait me penser sa-

9 **enfoncer qn:** sich gegen jdn. überlegen durchsetzen, jdn. bloßstellen.
19 **en douce** (fam.): klammheimlich.
24 **faire une confidence à qn:** jdm. etwas gestehen (*la confidence:* vertrauliche Mitteilung).
26 f. **sadique:** sadistisch (*le/la sadique:* Sadist[in]).

dique et tout. Mais la vérité, c'est que j'aime les vieilles qu'ont la classe. Quand je dis vieilles, c'est pas des bonnes femmes de quatre-vingts ans et même pas celles de quarante. Je parle des filles qu'ont déjà l'air adultes. C'est pas évident parce qu'il y en a pas beaucoup. Regardez au collège, les filles qui sont en troisième pourraient me plaire. Eh bien non. Elles sont peut-être plus âgées, mais elles se prennent pour des gros bébés et ça me déprime. Le genre retour en arrière. Moi j'aime les filles qui vont de l'avant. Qui ont lu ce que vous avez pas lu. Qui aiment des musiques que vous connaissez pas. Qui vous feront découvrir un pays qu'elles connaissent déjà. Je vous jure, plus tard ma femme sera plus vieille que moi.

Et plus grande aussi.

Au bout d'un moment, j'ai senti que la mère de Mélanie me regardait franco. J'ai juste jeté un coup d'œil rapide pour vérifier, et tout de suite elle s'est mise à parler à ma Mère:

– Bonjour, Catherine Renoir, ma fille me dit que nos enfants sont dans la même école.

Ça-m'a-tué.

J'aurais pu m'enfoncer une baguette dans le cœur.

Que Mélanie sache qui j'étais m'a redonné confiance pour dix ans.

Ce qui est bien, c'est que ma Mère est toujours super dans ces moments.

6f. **la troisième:** 4. Klasse im Gymnasium.
9f. **la retour en arrière:** Rückblende.
10 **aller de l'avant:** vorwärtskommen, sich vorwagen.
17 **franco** (fam.): frank und frei, geradewegs, ohne Umschweife.
23 **s'enfoncer qc:** etwas in sich hineinstoßen.

– Bonjour, Joséphine Traoré … Et toi tu t'appelles comment?

– Mélanie.

Ma Mère parlait à la fille de mes rêves. Celle qui m'avait mis au monde, venait de demander le prénom de celle qui me tuait. Et quand Mélanie a dit *Mélanie*, j'ai rajouté *je t'aime* direct dans ma tête.

Ce qui a été chiant, c'est quand ma Mère m'a présenté, elle a dit:

– Mon fils, Charles.

Ma Mère m'appelle Charly toute la journée, mais à chaque fois qu'elle me présente, elle dit Charles. Quand elle m'engueule aussi elle dit Charles. Ou quand elle parle de moi avec un prof. Je sais pas si vous avez remarqué, mais les parents sont vachement fiers du prénom qu'ils vous donnent à la naissance. Et faut se méfier de ce qui leur passe par la tête à ce moment-là. Ça peut changer votre vie. S'ils écoutent Mozart, y a de grandes chances que vous vous appeliez Wolfgang et tout. Et vous aurez beau trouver un diminutif coulos comme Wolf, y aura toujours des fois où ils vous appelleront Wolfgang.

Ensuite, la mère de Mélanie m'a posé des questions:

– Tu aimes bien l'école?

– Oui.

– Et qu'est-ce que tu préfères?

– Ben … Le français je crois … Les rédactions.

Ma Mère a dit:

20f. **le diminutif:** Verkleinerungsform, Koseform.

– Il a eu 18 à sa dernière!

Elle aime bien frimer aussi ma Mère.

– Tu sais déjà ce que tu veux faire plus tard?

– Euh … Non.

J'ai trouvé dommage de pas lui répondre, mais ce genre de petite discussion me fatigue un peu. Et puis, ce que je veux faire plus tard est un truc à quoi je pense drôlement. Alors s'il avait fallu que je lui explique, on y aurait passé la soirée et le poisson aurait plus été frais.

Pendant que je répondais à sa mère, j'ai remarqué que Mélanie ne me regardait pas. Même quand c'était moi qui parlais, elle regardait sa mère. J'aurais pu me dire qu'elle s'ennuyait, mais je suis plutôt un gars sensible, et j'ai capté que c'était de la timidité. Parce que Mélanie, elle est drôlement timide. Vous la verriez, vous oseriez à peine la regarder. Moi aussi je suis timide, mais pas tout le temps. Et je sais jamais à quel moment je vais l'être. Ça dépend de qui j'ai en face de moi. Y a des gens qui vous rendent muets. Et y en a d'autres, vous les connaissez à peine vous leur donneriez un rein. Mélanie est timide tout le temps. Elle peut être avec n'importe qui, ça la change pas. Et au final ça fait qu'elle a drôlement de personnalité. Ce que j'aime, c'est qu'elle a toujours les joues roses.

15 **capter** (fam.): kapieren, mitkriegen.
**la timidité:** Schüchternheit, Zaghaftigkeit, Befangenheit.
20 **muet, te:** stumm, sprachlos.
22 **le rein:** Niere.
24 **avoir de (la) personnalité:** eine ausgeprägte, starke Persönlichkeit sein.

C'est d'une beauté à vous faire mal. Et plus tard, elle aura pas à se maquiller.

Ma Mère a posé des questions à Mélanie, le genre, moi aussi je m'intéresse à votre fille.

– Et toi, Mélanie, tu aimes l'école?

– Oui, beaucoup.

– Et tu sais déjà ce que tu veux faire plus tard?

– J'aime bien la danse.

Je me suis tout de suite vu au premier rang d'une grande salle, à la regarder danser dans un spectacle. J'étais son mari qu'était venu la supporter, et à la fin, aux applaudissements, elle me lançait des regards d'amour. J'ai une de ces imaginations des fois. Il suffit de me dire le début et je m'occupe du reste.

Le serveur est arrivé avec les sushis pour Mélanie et sa mère. On leur a souhaité un bon appétit, et chacun a retrouvé sa petite intimité, comme si on avait tiré un rideau entre les deux tables. Ç'a été une soirée vraiment super, même si on ne se parlait plus, je trouvais incroyable de passer tout ce temps à côté de Mélanie et sa mère. Je sais reconnaître que j'ai de la chance quand ça arrive.

Peut-être une heure après, Mélanie et sa mère se sont levées, elles avaient fini de dîner et elles voulaient nous dire au revoir.

– Eh bien, bonne fin de soirée, et à bientôt.

– Au revoir madame Renoir, on se croisera sûrement à l'école.

11 **supporter qn:** jdn. anfeuern, unterstützen.

12 **lancer des regards** (m.) **à qn:** jdm. Blicke zuwerfen.

17 **retrouver sa petite intimité:** etwa: sich in den (engsten) Familienkreis zurückziehen.

Ma Mère elle sait bien rendre la politesse.

Mélanie aussi a dit au revoir à ma Mère, et puis elle m'a regardé vite fait.

– Salut.

– Salut.

Je ne les ai pas vues partir, parce que j'ai tout de suite baissé la tête dans mon assiette. J'avais mal au cœur et j'étais drôlement triste qu'elles s'en aillent. J'ai regardé leur table, la serviette de Mélanie et sa chaise vide. Elle avait été là quelques secondes plus tôt. Et tout était meilleur à ce moment. Après son départ, les choses avaient l'air malheureuses. On aurait dit qu'elle manquait même à sa chaise.

J'ai le manque facile, c'est un de mes problèmes. Ça ressemble à l'imagination. J'imagine des choses aussi vite que les gens me manquent. Par exemple, mon frère Henry me manque souvent. C'est le roi des cons et tout, mais si je suis dans mon lit, et que c'est le soir avant de m'endormir, et qu'il est pas à la maison, et que je décide qu'il me manque, je peux me mettre à chialer.

On a terminé de dîner avec ma Mère, sans parler de Mélanie.

Pour rentrer chez nous, il faut prendre un bus. Le cinéma est à trois stations. Des fois on fait le trajet à pied, mais ce coup-ci on a pris le bus. D'habitude, je

1 **rendre la politesse:** die Höflichkeit(sbezeugung) erwidern.

3 **vite fait:** ganz schnell.

14 **J'ai le manque facile:** hier: Es geschieht oft, dass ich Heimweh nach Personen bekomme.

25 **le trajet:** Strecke, Weg.

suis crevé et je m'endors à moitié, mais avec la soirée que je venais de passer, j'étais en pleine forme. Ma Mère regardait par la fenêtre, peut-être pour apercevoir Henry quelque part dans la cité. Mais je me suis rendu compte que ma Mère pensait aussi à Mélanie.

– Elle te plaît cette fille?

– Quelle fille?

– Mélanie.

Je vous avais dit qu'elle lisait en moi comme dans un livre.

– Non ... Je la trouve sympa, c'est tout.

Ma Mère s'est mise à rigoler.

– Si, elle te plaît!

Ma Mère a un rire d'enfer. Sa voix est grave, avec du souffle, et quand elle rit, c'est comme si le vent se levait.

– Mais pourquoi tu dis ça?

– Parce que je le sais, je te connais.

Elle continuait de rire.

– Arrête maman ... Ça te regarde pas en plus.

– Oui, pardon, j'arrête ...

Mais je vous jure qu'elle arrêtait pas, elle avait un fou rire et tout.

– Arrête maman ...

– Pardon ...

C'est terrible les gens qui ont un fou rire, parce que même si ça vous énerve, ça vous entraîne aussi.

2 **être en pleine forme:** in Topform sein.
3f. **apercevoir qn:** jdn. erblicken, ausfindig machen.
20 **ça (ne) te regarde pas:** das geht dich nichts an.
**en plus:** außerdem.
27 **entraîner qn:** hier: jdn. mitreißen.

– Si ça te fait rire, tant mieux pour toi …

– Excuse-moi … Rydchuko …

Elle avait tout compris. Et quand elle a dit ça, elle s'est encore plus écroulée de rire, et moi aussi du coup. On s'est marré jusqu'à la maison, et jusqu'à ce que j'aille au lit, et même une fois les lumières éteintes, je l'ai entendue rire de sa chambre.

Avant d'arriver cité Berlioz, je suis passé devant le pavillon de Mélanie. Je savais qu'elle n'était pas chez elle, mais j'ai quand même accéléré et baissé la tête par peur d'être vu. J'ai senti mon cœur cogner dans ma poitrine comme chaque fois où il se passe quelque chose dans ma vie. Sauf que j'aime qu'il cogne pour Mélanie, ça ne me fait pas mal.

J'avais déjà senti mon cœur ce matin à huit heures et quelque, quand ma Mère était partie avec la police. Mais je n'avais pas aimé, ça avait cogné jusque dans ma gorge, et c'était douloureux. Je me suis demandé combien de fois un homme pouvait sentir cogner son cœur dans sa poitrine pendant une journée. Et si ça m'arriverait encore aujourd'hui.

Au bout de l'avenue des *Hortensias*, la cité Berlioz est apparue comme dans un film avec Will Smith. Ces films où on ne sait pas si c'est une époque très ancienne ou très future.

Mais je savais bien à quelle époque on était, parce que s'il y a un don que j'ai dans la vie, c'est que je sais toujours l'heure qu'il est.

1 **tant mieux:** umso besser.

18 **douloureux, -euse:** schmerzhaft, schmerzend; schmerzvoll.

## Chapitre huit

# 10 h 50

Berlioz est la plus grande cité du coin, et la plus vieille mais je l'ai déjà dit. Il y a un centre commercial comme chez moi, avec des magasins qui ont fermé depuis mille ans. Le centre est tellement craignos que personne n'ose y aller. C'est même un jeu qu'on fait. Le genre de défis débiles de celui qui aura le courage de traverser le centre d'un bout à l'autre. Quand c'est mon tour, je vous jure que je me sens pas bien. Je peux être dingue par moments, mais toujours à l'air libre, j'aime pas trop les endroits couverts rapport ma claustro. Le truc, c'est que la mairie a fini par murer les entrées et sorties du centre. Mais juste après, les bandes ont fait des trous dans les murs pour pouvoir passer. Les trous ne sont pas larges et la lumière entre à peine, ce qui fait que ce labyrinthe est dans le noir. Beaucoup de types y viennent pour se droguer, et si les flics débarquent, ils peuvent facilement se cacher ou s'enfuir par d'autres sorties. Bien sûr, il y a eu mille projets pour réhabiliter le centre. Un parking. Un parc. Une salle de spectacles. Et même un musée. Mais il faut croire que l'argent sert à autre chose. Ou ailleurs. Et

8 **le défi:** Herausforderung; hier: Mutprobe.
13 **murer qc:** etwas zumauern, mit Mauern umgeben.
19 **s'enfuir:** fliehen, flüchten.
21 **réhabiliter qc:** hier: etwas sanieren.

puis, des artistes, ici, nous n'avons que les noms, sur des plaques dégueulasses au bas des immeubles.

Je n'avais pas envie d'entrer dans le centre, j'avais peur. Mais je voulais aussi retrouver mon frère. Je suis resté un moment à traîner devant l'une des sorties murées, et à regarder le trou avec le noir derrière qui ressemblait à la mort.

Il y a eu un sifflement.

Quelqu'un qui sifflait un air que je ne reconnaissais pas, et avec l'écho, on aurait dit que deux personnes sifflaient. Le sifflement s'est rapproché, et j'ai commencé à voir une silhouette apparaître derrière le mur. Je me suis reculé un peu et j'ai tout de suite pensé à Patrick, le sadique dont je vous ai parlé, qui m'avait coursé à côté de chez moi. C'est bizarre comme un truc craignos peut vous rappeler un autre truc craignos. Le sifflement s'est arrêté et la silhouette aussi. Je sentais qu'elle me regardait. J'étais prêt à partir et alors j'ai entendu:

– Charly?

Et là, je n'ai plus eu de doute, cette voix me faisait du bien:

– Freddy Tanquin!

Freddy s'est magné pour me retrouver, il a traversé le mur, et on aurait dit un fantôme qui sortait de l'enfer.

– Qu'est-ce que tu fous là?

8 **le sifflement:** Pfeifen, Pfiff (*siffler:* pfeifen; zischen).
11 **se rapprocher:** sich nähern, näherkommen.
12 **la silhouette:** Figur; Umriss, Kontur.
13 **se reculer:** zurücktreten, einige Schritte zurückgehen.
15 **courser qn:** jdn. verfolgen.
24 **se magner** (fam.): sich beeilen, sich ranhalten, sich tummeln.

– Je cherche mon frère.

– Je l'ai pas vu.

– Il est pas dans le centre?

– Peut-être, mais tu sais, ici pour trouver quelqu'un faut le chercher, sinon on le voit pas.

– D'accord.

– T'es pas en cours?

– Non … J'ai pas pu y aller.

– Pourquoi?

– Ma Mère s'est fait embarquer par les flics ce matin.

– Ta mère!

– Ouais.

– Qu'est-ce qu'elle a fait?

– J'en sais rien, c'est pour ça que je cherche mon frère.

– Tu veux qu'on le cherche ensemble?

– Je veux bien.

Je n'avais plus vraiment peur, sûrement d'être avec Freddy. On est passés par le trou pour traverser le mur et se retrouver dans le centre. Apparemment, Freddy connaissait l'endroit comme sa poche. On y voyait rien, et j'étais obligé de me tenir très près de lui pour ne pas tomber.

– Tu viens souvent ici, Freddy?

– Tous les jours … Je vais voir mon grand-père qu'habite de l'autre côté … Si je passe par dehors, j'en ai pour deux plombes …

21 **connaître qc comme sa poche:** etwas in- und auswendig, wie seine eigene Westentasche kennen.

26f. **j'en ai pour deux plombes** (fam.): dafür benötige ich zwei Stunden (*la plombe*, fam.: Stunde).

– Tu t'occupes de ton grand-père?

– Non, c'est lui qui me file des cours de maths et tout, parce que j'ai été viré de l'école, tu vois … Et lui il est calé en maths, enfin il croit qu'il l'est, parce qu'en fait il sait même pas compter ce pauv' vieux …

– Alors pourquoi tu continues d'y aller?

– Pour faire plaisir à ma mère, et aussi qu'elle me lâche un peu … De toute façon, le collège j'y foutrai plus jamais les pieds, c'est des conneries du passé … C'était peut-être bien y a cinquante ans, mais dans le monde futur les types qui sont allés au collège vont vite crever.

– Pourquoi?

– Parce qu'il faudra savoir survivre dans le nucléaire et tout … Quand tu regardes le journal télé, tu vois que c'est dans pas longtemps qu'un type va faire exploser la Terre … Et là tu sais ce qui va se passer?

– Non.

– La poussière va tout recouvrir … des milliards de milliards de tonnes de poussière … Et je peux te dire que tu pourras connaître par cœur tous les poèmes du monde, ça te fera pas survivre …

– Et qui est-ce qui survivra?

– Les mecs comme moi … Les mecs qui sont capables de rester trente ans dans les sous-sols en attendant que la poussière s'en aille …

5 **ce pauv' vieux …** (fam.): *ce pauvre vieux …*
8f. **ne plus jamais y foutre les pieds:** niemals wieder einen Fuß dorthin setzen, diesen Ort nie wieder betreten.
14 **le nucléaire:** Kern-, Atomenergie.
15 **le journal télé:** Fernsehzeitung.
25f. **en attendant que** (+ subj.): so lange bis.

– Tu vas manger comment pendant trente ans?

– Je mangerai des rats.

– Des rats!

– Ben ouais, je dis pas que la vie sera facile ... Les rats sont vachement intelligents, tu sais ... Même plus que les hommes, c'est prouvé ... D'ailleurs, ils sont pas à apprendre ces conneries de poèmes, ils s'entraînent déjà à rester en sous-sol pour l'époque nucléaire ...

Freddy Tanquin est ce genre de type. Un débile profond qui se prend pour un génie, ou un génie qu'a l'air d'un débile profond. N'empêche que j'étais tellement content d'être avec lui que je bronchais pas.

– Tu sais où on va?

– Ouais, t'inquiète ... Si ton frère est dans le centre, il est du côté de Courchevel.

– C'est quoi Courchevel?

– Une station de ski.

– Dans le centre?

– Non, à la montagne.

– Alors pourquoi on dit Courchevel dans le centre?

– C'est l'endroit où les drogués se retrouvent ... Ça doit être rapport à la neige ... la poudre ... la drogue quoi.

8 **le sous-sol:** Unter-, Kellergeschoss; Untergrund.
10 **se prendre pour qn:** sich für jdn. halten, sich als jd. aufspielen.
11 **n'empêche que:** trotzdem, dennoch.
12 **broncher:** aufmucken.
14 **(ne) t'inquiète (pas):** kein Grund zur Beunruhigung, mach dir keine Gedanken (*s'inquiéter:* sich sorgen, sich ängstigen).
15 **Courchevel:** renommiertes Skizentrum in den französischen Alpen (Savoyen).
22 **la poudre:** Pulver; hier: ‚Schnee' (Droge).

Le mec qu'avait trouvé Courchevel la première fois devait être sacrément content qu'on continue à dire comme lui.

– Peut-être que ta Mère travaille pour le gouvernement.

– Quoi?

– Ben … Pourquoi tu voudrais que des flics l'embarquent …

– J'en sais rien.

– Y a plein d'histoires comme ça … Des gens qu'ont une double vie … Tu crois les connaître, mais la vérité c'est que tu sais rien d'eux … Ils s'inventent un faux travail et tout …

– Mais non, ma Mère travaille chez les Roland …

– C'est peut-être du bidon.

– Je les connais, les Roland.

– Ils sont peut-être bidon, si ça se trouve, eux aussi ils travaillent pour le gouvernement.

– Et pourquoi que ma Mère elle reviendrait presque tous les soirs avec des fleurs qu'ils lui donnent.

– Des fleurs bidon.

– Tu fais chier Freddy, je vais te dire, c'est toi qu'es bidon … Avec tes histoires de nucléaire et d'espions … Ma Mère je sais très bien la vie qu'elle a … Et si elle travaillait pour le gouvernement elle me le dirait … Elle me dit tout, elle a confiance en moi …

10f. **avoir une double vie:** ein Doppelleben führen.
15 **c'est du bidon** (fam.): das ist alles nur Schwindel (*bidon:* vorgetäuscht, Schein…, Pseudo…).
17 **si ça se trouve:** es kann gut sein, es ist gut möglich.
23f. **un espion / une espionne:** Spion(in), Agent(in).

Et les fleurs qu'elle rapporte, elles sont vraies et elles sentent bon, et elle s'en occupe des heures parce qu'elle aime beaucoup les gens qui lui ont données ... Si ma Mère travaillait pour le gouvernement, on aurait plus de fric, et on vivrait ailleurs, et je serais pas à me faire chier dans ce centre pourri à chercher mon frère ... Et toi ... Toi, t'es le roi des cons, et t'es énervé rapport tu t'es fait virer de l'école parce que t'as pas été foutu d'apprendre ton poème ... Et moi je préfère connaître tous les poèmes du monde et crever plutôt que de vivre sous terre et de bouffer des rats ...

C'est pas mon genre de m'énerver, et je suis plutôt coulos en général. Mais Freddy me faisait mal à la tête avec ses histoires, et puis, avec tout ce qui se passait, fallait bien que j'explose à un moment.

N'empêche que le Freddy ça l'a refroidi. La chance, c'est qu'il fait partie des types les plus gentils du monde. Freddy, il vous en veut jamais. On peut devenir agressif et tout, il vous laissera tranquille. Et même, il pensera que vous avez raison et que c'est de sa faute.

– Excuse-moi Freddy.

– Non, je comprends, c'est normal ... Tu dois avoir les boules.

– Ouais.

On est arrivés du côté de Courchevel et ça faisait pas du tout station de ski. C'était plutôt le contraire,

6 **pourri, e:** verkommen, verdorben, verrottet, miserabel.
8 f. **t'as pas été foutu d'apprendre ...:** du hast es nicht auf die Reihe bekommen, ... zu lernen.
16 **refroidir qn:** jdn. abschrecken, jdm. einen Dämpfer versetzen.
25 f. **et ça faisait pas du tout ...:** und das sah überhaupt nicht nach ... aus.

et la seule chose que vous descendez ici, c'est des canettes de bière. Le sol en était recouvert, au milieu de seringues et de cuillers rouillées. Il y avait aussi un mélange d'odeur de pisse et d'égouts. Ça pouvait paraître sale, mais surtout c'était triste. J'ai pensé à Henry et j'ai eu envie de pleurer. Comme Freddy était là, je m'en suis empêché, même si dans le noir il n'aurait rien vu.

Je sais pas si vous avez remarqué, quand on s'empêche de pleurer on a la gorge qui devient sèche.

Je me suis dit qu'Henry était ici lorsque je pensais à lui le soir avant de m'endormir. Est-ce que ma Mère le savait? Je suis pratiquement sûr qu'elle n'est jamais allée à Courchevel, mais les mères savent tout et imaginent le pire. Est-ce qu'on peut imaginer un endroit pareil? Peut-être que si Henry était le fils d'un de ces hommes de la mairie, ils auraient fait du centre un musée ou un parc depuis longtemps. Je me suis demandé si Henry pensait à moi quand il était ici.

Freddy a foutu un coup de pied dans une canette de bière.

– Bon y a personne, on se casse …

Au moment où la canette s'est écrasée contre le mur, on a vu quelque chose bouger et faire du bruit. Je vous explique pas l'angoisse, même Freddy il a reculé d'un coup.

1 f. **la canette de bière:** Bierdose, (kleine) Bierflasche.
4 **les égouts** (m., pl.): Kanalisation.
22 **on se casse** (fam.): lasst uns abhauen; ab durch die Mitte.
23 **s'écraser contre qc:** gegen etwas prallen.
25 f. **reculer:** zurückweichen, -treten.
26 **(tout) d'un coup:** plötzlich, auf einmal, unvermittelt.

– Vos gueules!

La voix venait du fond.

– C'est pas ton frère?

– Non.

Freddy qui est plus courageux que moi a levé la tête pour s'adresser au vide devant nous.

– Vous êtes qui?

– Et vous, vous êtes qui?

– Moi … C'est Freddy Tanquin … Et lui … Charly Traoré …

– Traoré … T'es le frère à Henry?

– Oui, c'est mon frère … Je le cherche.

– Il est pas là.

– Vous savez pas où je peux le trouver?

On a entendu bouger. Le type qui nous parlait était en train de se lever. Son pied a percuté des canettes et des cuillers. Il venait vers nous, et si la lumière était apparue d'un coup, on aurait pu voir la peur sur nos visages.

Le type faisait bien trois cents kilos pour deux mètres de haut. On aurait dit une montagne, et j'ai pensé que Courchevel venait plutôt de ce gars. On voyait pas bien sa tête mais ça avait pas l'air marrant. C'est toujours comme ça, je veux dire, dans ce genre d'endroit, faut pas s'attendre à tomber sur un petit gars, avec une cravate et des lunettes.

Le type nous a regardés, il avait l'air d'avoir du mal, du mal à vivre, il respirait fort, avec une haleine à vous retourner.

6 **le vide:** die Leere, das Nichts.

16 **percuter qc:** auf etwas (auf)schlagen, (auf)prallen.

– Tu t'appelles comment?

– Charly.

– Ouais, Charly … Henry m'a parlé de toi.

– Ah ouais?

– T'es son petit frère.

– Ouais.

– Il m'a parlé de toi.

– Ouais.

Les conversations peuvent vous rendre dingue par moments.

– Il t'aime beaucoup Henry.

– Ouais … Moi aussi.

– Qu'est-ce que tu fous ici!

– Je le cherche.

– Henry, il aimerait pas te voir ici.

– Pourquoi?

– Parce qu'il t'aime beaucoup.

– Je comprends, mais comme je le cherche, faut bien que j'aille dans les endroits où il va.

– T'es un petit malin, toi.

J'ai rien dit.

– Si tu veux, je lui dirai pas que je t'ai vu … Je lui dirai pas «Eh Henry, tu sais pas qui j'ai vu … Ton petit frère Charly».

– Si justement, dis-lui que tu m'as vu rapport je le cherche.

– Tu veux que je lui dise que je t'ai vu … Tu veux que je lui dise «Eh Henry, tu sais pas qui j'ai vu … Ton petit frère Charly …».

– Ouais, et que je le cherche.

– Alors je lui dis: «Eh Henry, tu sais pas qui j'ai vu … Ton petit frère Charly … Et il te cherche …»

– Voilà.

– Mais je sais pas si je vais le voir.

– Ben au cas où.

– Et pourquoi tu le cherches?

– Pour un truc.

– Tu veux *quelque chose*?

– Non … Quoi?

– Oh mec, allez, tu sais bien de quoi je parle.

– Je cherche juste mon frère.

– Il est pas là.

– Tu sais pas où je peux le trouver à cette heure-là?

Le mec a réfléchi, ou il s'est endormi, en tout cas, il a fermé les yeux.

– Pourquoi je te dirais où il est Henry … Qui me dit que t'es bien son frère …

– Tu veux que je sois qui d'autre?

– T'es un petit malin, toi.

J'ai rien dit, je déteste qu'on dise que je suis un petit malin.

– Et lui c'est qui?

Il parlait de Freddy.

– Un copain.

– Un copain … Écoute, file-moi un peu de fric et je te dirai où est ton frère.

– J'ai pas de fric.

– Et ton copain?

Freddy était plus fauché que moi.

– J'ai rien, moi.

8 **allez:** etwa: komm schon!, stell dich nicht so (blöd) an!
28 **être fauché, e** (fam.): blank, pleite, knapp bei Kasse sein.

– Alors barrez-vous.

– Quoi?

– Barrez-vous bande de cons, ou je vous tue …

On allait pour partir, mais le mec m'a attrapé le bras. Il serrait fort, et j'ai cru qu'il allait l'arracher de mon corps.

– Tu crois que j'ai jamais tué …

– Si …

– T'as déjà tué, toi?

– Non …

– Tu sais pas alors … Moi je sais … Je tue tous les jours … J'ai tué toutes sortes de mecs … J'ai tué mon père … Je l'ai tué juste avec mes mains … Je lui ai crevé les yeux avec ce doigt …

Il a agité un doigt devant mes yeux.

– … je lui ai brisé la nuque, juste avec mes mains … J'ai besoin de rien d'autre pour tuer un homme … T'as compris?

– Oui … Vous me faites mal …

Je me suis rendu compte que je pleurais. J'avais pas honte, parce que je savais qu'à ma place Freddy aurait fait pareil.

Le grand type m'a regardé, il s'est mis à pleurer aussi, et il m'a lâché le bras.

Avec Freddy on s'est cassé direct en courant. Je vous raconte pas la course, deux fusées. Le grand type

1 **barrez-vous** (fam.): verzieht euch!, haut ab! (*se barrer*, fam.: abhauen, sich wegscheren).

5 **arracher:** (heraus)reißen, (heraus)ziehen.

15 **agiter un doigt:** einen Finger bewegen, mit dem Finger herumfuchteln.

16 **briser la nuque à qn:** jdm. das Genick brechen.

a gueulé quelque chose dans le fond, et avec l'écho j'ai pu entendre:

– Va voir chez Proust!

Avec Freddy, on sprintait dans le noir et c'était dur de pas se ramasser. Et puis Freddy a commencé à se marrer, et moi aussi du coup. Vous savez bien, c'est toujours comme ça, quand on a eu peur, c'est super de se marrer juste après pour passer à autre chose.

Freddy a levé son doigt et il a imité le grand type:

*– Avec ce doigt, j'ai crevé les yeux de mon père …*

*– Je lui ai brisé la nuque, juste avec les mains …*

Quel fou rire.

– Eh Charly … Tu t'es dit qu'il allait te tuer?

– J'en sais rien, en tout cas j'ai cru qu'il nous lâcherait jamais.

– Ça a duré mille ans …

– Ouais.

– Tu crois qu'il est quelle heure?

3 **Proust:** Marcel Proust (1871–1922), französischer Schriftsteller.
5 **se ramasser:** hier (fam.): hinpurzeln, hinfallen.

## Chapitre neuf

# 11 h 10

– Qu'est-ce qu'il t'a dit le grand type quand on s'est tiré?

– Va voir chez Proust.

– C'est quoi Proust?

– C'est la bibliothèque.

– Pourquoi il t'a dit d'aller là-bas?

– J'en sais rien.

– Tu vas y aller?

– Je crois ... De toute façon j'ai rien d'autre à faire.

La bibliothèque Proust se trouve à une demi-heure de marche. Il faut passer par l'ancienne gare, longer la voie ferrée jusqu'au gymnase, traverser le parc Colette, et un quartier pavillonnaire en construction.

Freddy a voulu m'accompagner jusqu'à la sortie de la cité Berlioz. Comme j'étais en train de mourir de faim, je lui ai demandé s'il avait pas quelque chose à manger.

– Non, je mange plus que le soir.

14 **longer qc:** an etwas entlanglaufen, -gehen.
14 f. **la voie ferrée:** Eisenbahngleis.
15 **le gymnase:** Turnhalle.
15 f. **Colette:** Sidonie-Gabrielle Colette (1873–1954), französische Schriftstellerin.
16 **en construction** (f.): im Bau (befindlich).
21 **(ne) plus que:** nur noch.

– Pourquoi?
– Je m'entraîne.

À notre sortie du centre, le temps avait changé. Il y avait du soleil qui passait au travers des nuages. C'est toujours bizarre de ne pas voir le temps qui change. On a l'impression de ne pas exister. Pourtant, je sais que le temps change à plein d'endroits et que je ne suis pas là pour le voir. Je ne m'occupe que de mon bout de ciel à moi. Celui qui est au-dessus de la cité. Quand j'ai rien à faire et qu'il y a du vent, j'aime bien regarder les nuages s'en aller. De la fenêtre de ma chambre on les voit drôlement bien. J'ai une vue dégagée. L'immeuble en face est beaucoup plus bas. Je choisis un nuage et je le suis. Quand il y en a beaucoup, c'est pas évident parce qu'ils se ressemblent. Et puis, il ne faut pas le perdre des yeux, les nuages changent de forme ou deviennent plus petits. Quand je suis un nuage, je me demande si je suis le seul à le regarder. Ça me tue ce genre d'idée. Ce que je me demande aussi, c'est si je suis le seul à me dire que je suis le seul à le regarder. Vous voyez, je tourne pas rond. Quand le nuage est très loin et que je commence à le perdre, j'ai ces machins de manque qui reviennent. J'ai envie de prendre mon vélo et de continuer de suivre mon nuage. Mais je le fais jamais. Mon nuage poursuit son voyage, et peut-être qu'un autre gamin le regarde passer dans son ciel de banlieue.

12 f. **la vue dégagée:** freie Sicht, gute Fernsicht (*dégagé, e:* klar, wolkenlos, frei).
21 **ne pas tourner rond** (fam.): spinnen, nicht ganz ‚rund' laufen.

Ce qui manque ici c'est les étoiles. La vache, y a pas d'étoiles la nuit. Même s'il fait beau, le ciel est une toile noire sans tache. Il paraît qu'il y en avait beaucoup avant. Mais qu'elles ont toutes filé les unes après les autres. Madame Franck, qu'on appelle aussi la vieille Victoria, nous a raconté que la nuit où la dernière étoile s'est éteinte, tout le monde s'est réuni sur le toit de la tour Rimbaud qui est la plus haute de la cité. Les habitants ont regardé le ciel pendant des heures, quand la dernière étoile s'est éteinte, ils l'ont applaudie, et après ils ont pleuré jusqu'à ce que le jour se lève. Madame Franck dit que ce qui est triste quand une étoile disparaît, c'est qu'elle ne reviendra jamais. C'est perdu pour toujours. Il n'y aura plus d'étoile dans notre ciel. En même temps la mère Franck elle est un peu timbrée, et ce qu'elle raconte, elle l'a souvent rêvé. (Elle nous avait dit que son chat qui s'appelle Simon était la réincarnation de son père qui s'appelait Simon aussi, et qu'était mort en camp de concentration, et qu'elle avait emmené le chat à Auschwitz, et qu'en arrivant le chat avait eu peur, et qu'il avait grimpé sur les barbelés, et qu'elle avait jamais réussi à le faire descendre.)

Pour revenir au beau temps, ce qui me fait marrer

3 **la toile:** Leinwand, Gewebe.
**la tache:** Fleck.
**il paraît que …** (+ ind.): es wird erzählt, dass …, es heißt, dass …
16 **timbré, e** (fam.): übergeschnappt, bekloppt.
18 **la réincarnation:** Wiedergeburt, Verkörperung.
19f. **le camp de concentration** (f.): Konzentrationslager.
22 **(le réseau de) barbelés:** Stacheldrahtverhau (*le barbelé:* Stacheldraht).

quand on est noir comme moi, c'est que les gens pensent que vous êtes vachement habitué au soleil, à la chaleur et tout.

Je suis né ici, et le soleil je l'ai pas vu tant que ça. Je suis plutôt un gars de l'hiver, et quand c'est l'été, je suis comme tout le monde, je crève.

Ça faisait bien dix minutes que nous avions quitté le centre avec Freddy.

Nous marchions cité Berlioz, d'immeuble en immeuble, à la recherche d'Henry, quand on est tombés sur deux flics.

En les voyant, je me suis arrêté net.

– Qu'est-ce tu fous?

– Y a des flics.

– Et alors?

– Ben je sais pas … Peut-être qu'ils me cherchent rapport à ma Mère.

– Merde.

Les flics venaient vers nous, et impossible de savoir si c'était par hasard.

Freddy a dit:

– Qu'est-ce qu'on fait?

J'ai réfléchi deux secondes avant de gueuler:

– On se casse!

Je me suis mis à courir et Freddy m'a suivi.

Quand on s'est retournés, ç'a été l'angoisse, parce qu'on a vu que les flics nous couraient après et qu'ils allaient drôlement vite.

Freddy connaissait mieux la cité que moi, alors je

12 **s'arrêter net:** abrupt stehenbleiben.

l'ai laissé prendre un mètre d'avance. Il arrêtait pas de dire:

– Par là … Par ici …

On était déjà sacrément chauds à cause du grand type dans le centre. Et à courir tout le temps, on se serait cru dans un jeu vidéo.

Derrière les flics ont gueulé dans notre direction. On a pas entendu ce qu'ils disaient, mais ça devait être:

– Arrêtez-vous.

Quand on est arrivés devant l'entrée du centre, on s'est rendu compte qu'on avait refait le chemin à l'envers.

Freddy allait pour passer par le trou dans le mur.

– Qu'est-ce que tu fais?

– On va se planquer dans le centre, ils nous trouveront jamais.

– Y a le grand type.

Freddy est revenu vers moi.

– Merde … Alors on va où?

J'ai regardé un peu autour, et à quelques mètres une sorte de baraque en taule, pas plus grande que des toilettes.

– Viens.

On est allés jusqu'à la baraque, j'ai ouvert la porte, et Freddy a dit:

– C'est quoi ça?

Il y avait plusieurs inscriptions sur la porte. *Local*

1 **un mètre d'avance** (f.): ein Meter Vorsprung.

21 **en taule** (fam.): Wortspiel mit *la taule:* Bude und *en tôle:* blechern, aus Blech.

27f. **Local Électrique:** lokales Energieversorgungsunternehmen (*Entreprise Locale de Distribution d'électricité et de gaz en France*).

*Électrique. Danger.* Avec en dessous une sorte d'éclair dessiné.

– Il doit y avoir des trucs électriques là-dedans … Touche à rien.

On est entrés dans la baraque, et c'était encore plus petit à l'intérieur. On était serrés comme dans une voiture de Mario Bosse. Une sorte d'engin bizarroïde prenait toute la place. Ça faisait un bruit désagréable je vous jure. Avec Freddy, on s'est collés contre la taule et on a regardé l'engin au milieu.

– C'est quoi ce truc?

– Sûrement un machin électrique.

– Tu crois qu'on crève si on le touche?

– J'en sais rien … À mon avis, vaut mieux pas essayer.

Freddy il faut toujours qu'il vous pose des questions:

– Tu le touches si je te file dix euros?

– Non.

– Et cent euros?

– Je croyais que t'avais pas de fric.

– Pas sur moi, mais je peux te les passer demain.

– Et si je crève?

– Je les passe à ta Mère.

– Elle est chez les flics.

– Ah ouais.

J'ai dit à Freddy de la fermer un peu rapport aux flics qui devaient pas être loin.

1 **un éclair:** Blitz.
7 **un engin:** Gerät, Vorrichtung, Maschine; fam.: Ding(sbums).
9 **se coller contre qc:** sich gegen etwas drücken.
21 **pas sur moi:** (ich habe das Geld) nicht dabei.
26 **la fermer** (fam.): den Mund halten, ‚Sendepause' haben.

Je me sentais assez bien dans ce petit local. Le soleil passait par une grille d'aération et ça donnait une jolie lumière. Comme à l'église, quand la lumière traverse les vitraux.

Freddy qui peut pas s'empêcher de se taire m'a demandé:

– Tu crois qu'ils te cherchent partout les flics?

– J'en sais rien ... Je sais même pas s'ils me cherchent.

– Moi je crois que oui, t'as vu comment ils nous ont couru après.

– C'est peut-être parce qu'on s'est mis à courir en premier.

– Ah ouais!

On a dû rester un quart d'heure, et puis Freddy a entrouvert la porte pour regarder dehors.

– Je vois rien.

– Ils sont sûrement partis.

On est sortis doucement, et on a continué à courir histoire de vraiment s'éloigner.

Je serais bien resté encore un peu dans la petite baraque en taule. Je m'y trouvais bien.

Comme invisible. Ça m'arrive souvent de vouloir me cacher. Je m'imagine dans ce genre d'endroit. Une cabane que personne ne remarque. Posée au milieu de la ville, avec moi dedans, qui regarde le monde par un petit trou.

4 **le vitrail:** Buntglasfenster, Kirchenfenster.
5 **ne pas pouvoir s'empêcher de faire qc:** sich etwas nicht verkneifen können, ganz einfach etwas tun müssen.
20 **s'éloigner:** sich entfernen, weggehen.

Freddy m'a accompagné jusqu'au pont qui passe au-dessus de la nationale et qui est la sortie de la cité Berlioz.

C'est un endroit où on va souvent avec la bande. C'est super d'être sur un pont avec en dessous des voitures qui passent. J'adore ça, regarder les voitures passer. C'est comme les nuages. Ça me fait poser un tas de questions. Je choisis une voiture au hasard, et j'imagine des choses sur la vie du type qui conduit. Je me dis que je penserai souvent à cette personne. Mais je m'en rappelle jamais. Je crois que pour se souvenir des gens, il faut les avoir connus un peu, ou au moins avoir croisé leurs yeux.

– Tu vas à la bibliothèque?

– Ouais.

– Ben alors salut.

– Salut.

– Charly?

– Quoi.

– Si tu te fais attraper par les flics, je t'aiderai à t'évader.

– Merci Freddy.

– T'inquiète, je sais comment faire … par les souterrains.

On a entendu une dizaine de sonneries. C'était celles des écoles du coin.

Et l'heure de la cantine.

2 **la (route) nationale:** Nationalstraße (vergleichbar mit den Bundesstraßen in Deutschland).
21 **s'évader:** (ent)fliehen, ausbrechen.

## Chapitre dix

# 11 h 30

Plus tard, je sais pas vraiment ce que je voudrais faire. Vous m'auriez posé la question il y a un an, je vous aurais répondu footballeur. Mais ça m'a passé. C'est qu'en jouant en club, je me suis rendu compte que vachement de types étaient meilleurs que moi. Sur le moment ça m'a tué. Parce que je croyais vraiment que j'étais bon. Mais je suis le genre à reconnaître quand je suis pas le plus fort. C'est important dans la vie. J'ai fait un match contre une équipe où l'un des joueurs, un ailier comme moi, était un super génie. Ce gars-là avait le ballon qui lui collait aux pieds. À la fin, je lui ai dit qu'il devrait être professionnel. Mais il m'a répondu qu'il avait fait un stage et que le niveau était trop haut. J'ai trouvé terrible de se dire qu'il y a toujours meilleur. Et que ceux que je trouve meilleurs en connaissent d'autres encore meilleurs. Faudrait pas y penser, et rester tranquille dans son coin. Et peut-être qu'un jour je serai le meilleur pour quelqu'un.

Mon copain Brice m'a dit qu'il aimerait devenir architecte. C'est ceux qui construisent les maisons, les immeubles, les musées, les cinémas, les restaurants, les

5 **le footballeur / la footballeuse** (angl.): Fußballer(in).
**ça m'a passé** (fam.): das ist Schnee von gestern.
7 f. **sur le moment:** im ersten Augenblick.
15 **faire un stage:** ein Praktikum machen.

écoles, et tout ce qu'on peut voir sur terre. J'ai dit que valait mieux pour lui qu'il soit meilleur que ceux qui avaient construit les tours. Il m'a répondu que ça serait pas dur, rapport il avait vu tellement d'horreurs, il lui suffirait de faire le contraire. C'est sûr qu'il y arrivera parce que c'est un bosseur. Brice, il est toujours à dessiner et à faire des plans. L'autre jour, il m'a montré la maison de ses rêves. Oh c'est une sacrée maison. J'en ai jamais vu en vrai des comme ça. On aurait dit une photo du futur et tout. C'est une maison sans murs. Tout est en fenêtres. Et le truc super c'est qu'on voyait bien que c'était des fenêtres. Je trouve que c'est pas évident d'en dessiner parce que c'est transparent, mais Brice il avait réussi à faire des reflets. Les mecs qui savent dessiner ça me tue. Moi j'ai du mal à faire un rond sans que ça ressemble à un carré. C'est encore une de ces conneries de concentration. Ma Mère elle a filé une photo de notre famille à un dessinateur professionnel qu'elle voit le matin dans le métro. Sur la photo il y a ma Mère qui sourit à fond, mon frère à droite qu'est défoncé, et moi à gauche qui souris comme à l'époque où j'aimais bien me marrer de temps en temps. Quand ma Mère a rapporté le dessin à la maison, on en revenait pas, ça nous ressemblait plus que sur la photo.

Notre dessin de famille est encadré et accroché dans l'entrée juste en face de la porte, et si vous le voyez, vous en voudrez une copie.

14 **le reflet:** Reflex, Glanz, Schimmer.
15 **le rond:** Kreis.
16 **le carré:** Quadrat, Viereck.
25 **encadrer qc:** etwas einrahmen.
**accrocher:** aufhängen.

C'est comme la maison de Brice, elle est drôlement belle, et je parie que vous aimeriez avoir la même.

Ça faisait cinq minutes que je marchais le long de la voie ferrée. Il n'y a plus de trains qui passent depuis longtemps, mais ça fait toujours un peu peur de marcher le long d'une voie ferrée. On se retourne toutes les dix secondes comme un débile. Ça rend dingue les endroits abandonnés. Ici y en a plein. Et plus de choses sont abandonnées qu'en état de marche. Et ce qui marche est très fragile et risque d'être abandonné à chaque instant. Prenez mon école, aujourd'hui plein de gamins y viennent par centaines tous les matins. Les classes sont pleines, et la cour, la cantine, les couloirs. Mais c'est sûr qu'un jour ça sera une ruine déserte. Et ça sera aussi drôlement angoissant de venir s'y promener. On entendra juste le bruit des courants d'air. Le vent est toujours le dernier habitant. Quelques dessins aux murs, ou tableaux de compositions physiques, rappelleront l'école que c'était. Je pense souvent à ce genre de chose et ça me déprime. Je suis dans la cour, à jouer ou quoi, et d'un seul coup j'imagine la ruine que ça sera un jour. Et quand je marche le long de la voie ferrée, j'entends des bruits

9 **être en état de marche** (f.): funktionieren.
10 **fragile:** zerbrechlich, (stör)anfällig; zart, empfindlich.
**risquer de:** drohen zu.
11 **à chaque instant** (m.): jeden Moment.
12 **par centaines** (f.): zu Hunderten.
16f. **le courant d'air** (m.): Luftzug, Luftstrom.
17 **un habitant / une habitante:** Be-, Einwohner(in).
18f. **les compositions** (f.) **physiques:** Physik-Klassenarbeiten.

de train, et j'imagine le temps où il en passait vraiment. Je dois être taré ou à la limite, en tout cas, je suis jamais au bon moment.

Mon temps préféré c'est le futur. En primaire, c'est le premier que j'ai retenu. Je trouvais le présent ennuyeux, et le passé triste.

En traversant les rails, j'ai quand même jeté un coup d'œil à gauche et à droite au cas où un train arriverait, ensuite j'ai sauté une barrière un peu plus petite que moi pour me retrouver derrière le gymnase.

C'est le gymnase où on fait du sport avec le collège. C'est seulement deux heures par semaine et faut pas s'étonner qu'on ramène zéro médaille aux Jeux olympiques. En deux heures, on a à peine le temps de s'essouffler. L'hiver, on reste à l'intérieur à faire de la gymnastique. Oh la gymnastique ça me crève. Les anneaux, les barres parallèles, le cheval, c'est pas mon

2 **être à la limite:** hart an der Grenze (hier: des Normalen) sein.
2f. **je suis jamais au bon moment:** hier (fig.): ich befinde mich niemals in der Gegenwart, in der Zeit, die jetzt ist.
5 **retenir qc:** hier: etwas (im Gedächtnis) behalten, sich etwas merken.
5f. **ennuyeux, -euse:** langweilig; ärgerlich.
7 **les rails** (m.): Schienen, Gleise.
12ff. **faut pas s'étonner qu'on ramène zéro médaille aux Jeux olympiques:** es ist nicht verwunderlich, dass unsere Leistungen nicht olympiareif sind.
14f. **s'essouffler:** außer Atem kommen.
16f. **les anneaux** (m., pl.): Ringe; *faire des anneaux:* an den Ringen turnen.
17 **les barres parallèles** (f., pl.): Barren (Turngerät).
**le cheval (de saut):** Pferd (Turngerät).
17f. **c'est pas mon truc** (fam.): das ist nicht mein Ding, das liegt mir überhaupt nicht.

truc. Déjà je trouve ça chiant comme la mort, et aussi que j'ai pas trop de force dans les bras. Y a des types qui prennent les anneaux et qui se baladent comme des singes en faisant des tours sur eux-mêmes et tout. Moi j'arrive à peine à me soulever sans avoir l'impression que mes bras vont se décrocher. C'est une sacrée humiliation parce qu'on doit passer devant les autres. Y compris les filles qui nous matent dans nos shorts à la con. Faut savoir que toutes les sixièmes vont ensemble au gymnase ces deux heures par semaine. Et que Mélanie et sa classe d'allemand sont aussi de la partie. Vous la verriez en short, vous en voudriez un. Heureusement, j'ai pas eu à faire cette connerie d'anneaux, devant Mélanie, juste ma classe et ça m'a suffi. Les élèves qui font allemand ont vachement de force dans les bras. Ils montent la corde d'une seule main, et on voit pas l'effort sur leur tronche. Moi je suis obligé de m'aider des pieds, je crie comme un malade, et on dirait que je suis aux toilettes.

Ça c'est l'hiver.

L'été c'est une autre histoire. On est dehors et on commence par faire des tours du terrain de foot. Au début de l'année on en fait un ou deux et c'est tranquille. Mais plus les semaines passent et plus on

4 **faire un tour sur soi-même:** sich (einmal) um sich selbst drehen.
5 **se soulever:** sich hoch-, erheben.
6 **se décrocher (les bras):** hier: sich die Arme ausrenken.
7 **une humiliation:** Demütigung, Erniedrigung (*humilier qn:* jdn. demütigen, erniedrigen).
8 **mater** (fam.): (an)glotzen.
16 **la corde:** (Kletter-)Seil.
24 **plus ... plus:** je (mehr) ... desto, umso (mehr).

tourne autour de ce foutu terrain. J'ai calculé qu'à la fin de l'année, on aura pas assez de deux heures pour faire le nombre de tours qu'ils nous demandent. À croire qu'ils veulent nous rendre débiles. C'est soi-disant pour nous préparer au marathon du mois de juin. Toutes les écoles de la ville y participent. C'est dans un parc près de la mairie. Il y a au moins cent mille élèves. On est allés regarder l'an dernier avec ma Mère. Franchement ils m'ont fait pitié à courir comme ça. Ils faisaient moutons. Le plus drôle, c'est qu'une bande de gars s'était installée près de la ligne du passage des tours, c'est là qu'ils mettent un coup de tampon sur la main des coureurs pour être sûr qu'ils sont bien passés, ils leur balancent de l'eau à la gueule aussi, histoire de les rafraîchir et qu'ils crèvent pas, bref, la bande de gars était là, et ils charriaient pas mal les types qui passaient.

– Plus vite gros cul … Magne-toi un peu.. Eh numéro 18, à l'arrivée je t'éclate la tête …

Les sportifs ils aimaient pas trop.

Un des gars de la bande a vidé une petite bouteille d'eau pour mettre de la vodka à la place. Il l'a filée à

3 **faire le tour:** hier: eine Runde laufen.
9 **faire pitié** (f.) **à qn:** jds. Mitleid erregen, jdn. jammern.
10 **faire mouton:** einer Schafsherde gleichen, wie Schafe aussehen (*le mouton:* Schaf, Hammel).
12 f. **le coup de tampon** (m.): Stempelaufdruck.
13 **le coureur / la coureuse:** Läufer(in).
15 **rafraîchir qn:** jdn. erfrischen, erquicken.
**bref:** kurzum, kurz (und gut), mit einem Wort.
18 **gros cul** (m., fam.): schwerer Brummer; hier: Fettarsch.
19 **éclater la tête à qn** (fam.): jdm. die Fresse polieren.

un des coureurs. Le type il a bu la vodka cul sec et il a même pas vu la différence tellement il était crevé. Ils lui ont encore filé une bouteille de vodka au passage suivant. Après, le sportif il était bourré, il courait pas droit du tout, et à la fin, il a vomi et il s'est écroulé.

Je dois faire ce marathon à la fin de l'année et ça me déprime. En tout cas, je boirai rien en courant.

Quand il fait beau, pendant le sport, on fait aussi un match de foot. Ça j'adore. Classe contre classe. Et là y a rien à dire, ma sixième est vraiment la meilleure. Karim et Yéyé sont très forts, ils ont passé tellement de temps dehors à taper contre un ballon qu'il nous faudrait deux vies pour les rattraper. Quand on joue contre les autres classes, ils marquent au moins dix buts chacun. Moi je m'éclate bien sur le côté, j'ai pas trop d'endurance, mais je suis un sprinter de première. Je démarre d'un coup, et j'essaie de garder mon ballon jusqu'au bout. Ce qui compte c'est la conduite de balle, je travaille ça des heures à l'entraînement, ensuite, j'ai qu'à dribbler l'arrière-droit, et faire un centre de toute beauté. En général, Karim

4 **être bourré, e** (fam.): sternhagelvoll, sturzbetrunken sein.
5 **vomir:** sich übergeben.
18 **une endurance:** Ausdauer, Widerstandsfähigkeit, Durchhaltevermögen.
20 f. **la conduite de balle** (f.): Ballführung.
22 **dribbler qn** (angl.): jdn. umdribbeln, umspielen, an jdm. vorbei dribbeln.
**un arrière-droit:** rechter Verteidiger, Abwehrspieler.
23 **faire un centre:** hier: eine Flanke schießen.

place un coup de tête en visant la lucarne, ou Yéyé une reprise de volée au ras du poteau.

En passant derrière le gymnase et en pensant à tout ça, je me suis mis à courir en faisant une conduite de balle imaginaire. C'est un truc que je fais souvent. Je prends une pierre, un carton d'emballage, une canette vide, ou même rien, et j'essaie de rester bien droit sur le bord du trottoir. Je dois avoir l'air d'un débile à regarder, mais je m'en fous un peu, rapport je sais ce que je fais.

Je suis descendu jusqu'au parc Colette. Les grilles sont ouvertes très tôt le matin, et elles ferment à la tombée de la nuit.

Le parc est vachement neuf et on dirait que tout est en plastique. Les arbres, la pelouse, les plantes.

N'empêche que c'est super, et comme on y va tout le temps, faudra pas longtemps pour que ça fasse vrai.

L'année dernière, on est allés à l'inauguration avec ma Mère. Il faisait beau et c'était le jour du Carnaval.

1 **placer un coup de tête** (f.): einen Kopfball spielen.
**viser qc:** etwas anvisieren.
**la lucarne:** hier: Torecke, Torwinkel.
2 **la reprise de volée** (f.): Volleyschuss.
**au ras de qc:** dicht, knapp über etwas.
**le poteau:** (Tor-)Pfosten.
6 **un emballage:** Verpackung.
11 **la grille:** Gittertor.
12 f. **à la tombée de la nuit:** bei, mit Anbruch der Nacht.
15 **la pelouse:** Rasen(fläche).
19 **une inauguration:** Einweihung, (feierliche) Eröffnung (*inaugurer qc:* etwas einweihen, in Betrieb nehmen).

Tous les ans, à la fin du mois de mai, la cité entière se transforme.

Je sais pas combien de temps font que les choses deviennent une tradition, et je crois que c'en est pas encore une, n'empêche que c'est le jour de l'année que je préfère.

Pendant le Carnaval, tout le monde se déguise. On peut s'habiller en ce qu'on veut, même si les écoles et la mairie choisissent des thèmes.

Il y a eu Venise, et puis l'Asie, le sport et les sportifs, la Révolution française, et l'année dernière, le cinéma.

C'est drôle de voir les gens qu'on croise tous les jours être habillés en gondolier ou en sportif. Comme le gros mec qui tient la casse de bagnoles, en joueur de foot, avec le maillot trop petit de dix tailles, et les mocassins en guise de crampons. Et sa femme en joueuse de tennis, qu'est drôlement contente d'avoir les jambes à l'air pour une fois. Les thèmes sont décidés, mais tout le monde s'en moque. Il suffit de porter quelque chose de différent pour faire partie de la fête. Il y a ceux qui mettent juste une cravate. Des lunettes de soleil. Se coiffent autrement. Et puis les exhibos,

2 **se transformer:** sich verändern, sich verwandeln.
7 **se déguiser:** sich verkleiden.
10 **Venise:** Venedig.
13 **le gondolier / la gondolière:** Gondoliere.
14 **la casse:** Schrottplatz.
16 **le mocassin:** Slipper, Mokassin.
**en guise de:** als, anstelle von (*la guise:* Weise).
**le crampon:** Steigeisen; Spike, Stollen; hier: Fußballschuh mit Stollen.
22 **un/une exhibo** (fam.): *un/une exhibitionniste.*

qui en profitent carrément pour faire du naturisme dans la cité. C'est le cas de la famille Bissani, qui tous les ans se déguise en ceux qui vont à la plage. À la plage à Venise, en Asie, ou qui vont à la plage pendant la Révolution française. La plupart des gamins ne sont jamais allés à la mer, et leur seule référence est les Bissani et leurs maillots de bain trop serrés.

En général, les habitants n'ont qu'un seul déguisement qu'ils ont trouvé la première année et qu'ils ressortent à chaque carnaval. Certains font quand même un effort pour le customiser en fonction des thèmes. Comme de coller une cocarde tricolore sur un kimono. Ou de mettre des gants de boxe pour Casanova.

Avec la bande, on fait partie de la dernière catégorie. Ceux qui ne se déguisent pas du tout. On pense qu'on est pas des clowns. Ce qui nous vaut toujours une longue morale des élus de la mairie:

– Vous ne participez pas à la vie du quartier et bla bla bla bla bla …

Mais je crois qu'on y participe à notre façon. Et puis

1 **le naturisme:** Freikörperkultur (FKK).
6f. **la référence:** Bezug.
7f. **trop serré, e:** zu eng.
11 **ressortir qc:** etwas wieder hervorholen, ‚ausgraben', herauskramen.
12 **customiser qc** (angl.): etwas eine persönliche Note verleihen; etwas (an die Bedürfnisse) anpassen.
**en fonction de:** entsprechend, in Abhängigkeit von, je nach.
13 **une cocarde tricolore:** eine blauweißrote Kokarde (Ehrenabzeichen in Form einer Plakette oder einer Anstecknadel).
18f. **Ce qui nous vaut toujours une longue morale:** Was uns immer eine lange Moralpredigt einträgt.

les gens nous aiment bien. Et on est un sacré folklore à nous-mêmes.

Les préparatifs durent un mois. Ça plaît aux écoles qui pour une fois ont quelque chose à proposer aux élèves.

Madame Tourtin, notre prof de français, est drôlement contente quand elle dit:

– Les enfants, nous allons commencer à préparer le carnaval!

Et toute la classe fait:

– Ouuuaaaaiiis!

Et c'est sincère, on aime bien.

Le crépon est déroulé par centaines de mètres, et on taille dedans pour fabriquer toutes sortes de décors et de banderoles.

Au centre Guillaume-Apollinaire, l'orchestre, qui est un mélange de fanfare et de percussions brésiliennes, répète des semaines les morceaux qu'il jouera la journée.

À la mairie, on organise le parcours du défilé dans la cité, et en collaboration avec le commissariat, le

1f. **On est un sacré folklore à nous-mêmes** (fam.): etwa: Wir sind auch ohne Verkleidung eine Riesenschau.

12 **c'est sincère:** das ist ehrlich gemeint (*sincère:* aufrichtig, ehrlich, ungeheuchelt).

13 **le (papier) crépon:** Krepppapier.
**dérouler qc:** etwas ab-, entrollen, abwickeln.

14 **tailler:** (zu)schneiden.
**le décor:** Ausstattung, Schmuck, Dekor.

15 **la banderole:** Spruchband; Transparent; Wimpel.

17 **les percussions:** *les instruments à percussion:* Schlaginstrumente.

20 **le parcours:** (Fahr-)Strecke, Parcours.
**le défilé:** Aufmarsch, Parade, Vorbeimarsch.

barrage des routes. Nicolas Gasser nous a raconté qu'il avait été question que les flics soient aussi déguisés la première année. Ça nous a tués. Mais je n'y crois pas trop.

Après le défilé, les deux autres événements importants sont le bal et le feu d'artifice.

Le bal est organisé en plein air sur la place qu'on appelle *Les Palmiers roses*. Bien sûr il n'y a pas de palmiers roses sur cette place, et pour tout vous dire, il n'y a pas de palmier du tout. C'est juste un nom comme ça. Les palmiers ne sont pas le genre d'arbre qu'on trouve dans le quartier. On est plutôt platane, peuplier, ou tout ce qui peut supporter le froid, la pisse de chien, le gris, la taillade au couteau et surtout l'indifférence. (D'après moi, le nom de *Palmiers roses* revient à un toxico qui en aurait vu, une nuit qu'il était raide.)

Des guirlandes sont accrochées, une estrade installée pour accueillir l'orchestre, une piste pour danser, et plus loin, des tables en longueur pour recevoir la cen-

1 **le barrage:** (Ab-)Sperrung.
2 **il avait été question:** man hatte davon gesprochen, es war die Rede (davon) gewesen.
5 **un événement:** Ereignis, Geschehnis, Begebenheit.
6 **le feu d'artifice:** Feuerwerk.
7 **en plein air** (m.): im Freien.
8 **le palmier:** Palme.
13 **le peuplier:** Pappel.
14 **le gris:** trübes Wetter.
**la taillade au couteau:** das Herumschneiden (*tailler*) oder auch Einritzen mit dem Messer.
15 **une indifférence:** Gleichgültigkeit, Desinteresse.
18 **une estrade:** Podium, Podest, Bühne.

taine d'habitants qui ont payé leur dîner. Ma Mère réserve toujours trois places. Pour elle, mon frère et moi. On reste au début, et puis mon frère s'en va zoner, et moi retrouver mes copains. Mais ma Mère n'est jamais seule, elle connaît un peu tout le monde. L'année dernière, elle a même dansé plusieurs fois avec Monsieur Zanreno, un veuf qui habite un pavillon de la rue des Oliviers. Ça m'a un peu déprimé. Quand on est rentrés, je lui ai fait la tête dans l'ascenseur. Ma Mère qui lit en moi comme dans un livre, m'a demandé:

– Tu m'en veux d'avoir dansé avec Zanreno?

Je voulais lui répondre que non, mais au lieu de ça, je me suis mis à pleurer.

Elle m'a pris dans ses bras et elle m'a embrassé.

– C'était pour m'amuser un peu, je l'aime bien Zanreno, mais c'est juste un ami du quartier, c'est tout.

Ça allait mieux.

Le lendemain, mon frère Henry m'a balancé un énorme coup de poing dans l'épaule:

– Pourquoi t'as fait chier maman avec Zanreno, elle a pas le droit de danser?

– J'ai rien dit!

– Non, mais t'as chialé comme un con.

– C'est pas de ma faute.

– Fous-lui la paix à maman, et laisse-la s'amuser un peu.

3 **zoner** (fam.): (herum)gammeln.
7 **le veuf / la veuve:** Witwe(r).
8 **un olivier:** Öl-, Olivenbaum.
9 **faire la tête à qn:** mit jdm. schmollen.
18 **balancer qc à qn** (fam.): jdm. etwas verpassen, verabreichen.
19 **le coup de poing** (m.): Faustschlag.

– D'accord.

J'ai dit ça pour qu'il me lâche, mais je sais que si ma Mère danse encore devant moi, ça me retournera.

J'y peux rien, je suis jaloux.

À minuit pile, le feu d'artifice est tiré sur le toit de la tour Rimbaud.

Les gens arrêtent de danser, de boire, les mômes de jouer, les toxicos de se droguer, les habitants restés chez eux se mettent aux fenêtres, et tout le monde regarde le ciel et les couleurs qui éclatent de partout. C'est peut-être pas le plus beau feu d'artifice de la terre, mais on en est fier quand même. Ça fout une émotion les feux d'artifice. Et c'est dommage qu'on en tire pas plus souvent, les gens sont drôlement contents après. Moi si j'étais président ou quoi, à chaque fois que je ferais une connerie, je tirerais un feu d'artifice. C'est ce que j'ai dit l'autre jour à Monsieur Colas notre prof d'histoire, et vous savez ce qu'il m'a répondu:

– Je vais te dire Charly, si on faisait ce que tu dis, y aurait des feux d'artifice toutes les nuits, et même la journée, et on en aurait cher de pétards à la fin de l'année, et sûrement qu'ils nous feraient payer un impôt pour ça aussi.

Je l'adore Monsieur Colas, il est toujours remonté contre plein de trucs et tout.

4 **jaloux, jalouse:** eifersüchtig.
5 **à minuit pile:** Punkt, Schlag Mitternacht; pünktlich um Mitternacht.
7 **le/la môme** (fam.): Knirps, Gör(e), Balg.
21 **on en aurait cher de pétards:** etwa: das ergäbe einen Riesenhaufen Knallkörper (*le pétard:* Knallkörper, Chinakracher).
22f. **un impôt:** Steuer, Abgabe.

Il nous dit de ces phrases pendant ses cours:

– La vie est une longue maladie qui nous conduit tous vers la mort …

Ou alors:

– Un adulte c'est un enfant qui a grandi.

Je sais pas pourquoi il dit ça, mais ça nous ouvre à chaque fois.

Pour finir avec le Carnaval, faut savoir que le défilé part à quatorze heures de la mairie, et qu'il traverse une bonne partie de la ville jusqu'à la place des *Palmiers roses*. Sauf l'année dernière, où ils l'ont fait arriver au parc Colette histoire de l'inaugurer. Comme le thème était le cinéma, on trouvait pas mal de Dark Vador, Marilyn, Charlot, et c'était ringard comme il faut. Marilyn avait vachement l'air craignos, et Charlot ressemblait vachement à Hitler. Casanova n'avait gardé que ses gants de boxe et disait être Rocky Balboa, et la famille Bissani, *Les Bronzés en vacances*.

Mais on s'est bien amusé quand même, et c'est une journée que personne ne veut gâcher.

6 **ça nous ouvre:** das eröffnet uns neue Perspektiven, Horizonte.

13f. **Dark Vador:** im Original *Darth Vader*, Zentralfigur im Heldenepos *Star Wars*.

14 **Marylin:** Marylin Monroe (1926–62), US-amerikanische Filmschauspielerin.
**Charlot:** französische Kurzform für *Charlie Chaplin*.
**être ringard** (fam.): altmodisch, überholt sein.

17f. **Rocky Balboa:** Name eines vom US-amerikanischen Schauspieler Sylvester Stallone gespielten Boxers in der *Rocky*-Filmreihe.

18 **«Les bronzés en vacances»:** Film von Patrick Leconte (1978), eine Parodie der Ferienclubs wie z.B. *Club Méditerrannée* (*bronzé, e:* gebräunt).

Au milieu du parc, il y a un manège pour les petits gamins. C'est souvent là qu'on se retrouve avec la bande. On s'assoit sur un banc autour, et on regarde les mômes s'éclater à tourner dans leurs petites voitures. Oh je les adore les petits gamins. Quand j'en vois un qui se marre, je peux le regarder des heures. Et si j'en vois un qui pleure, ça me retourne le cœur, et je voudrais lui donner n'importe quoi pour qu'il arrête.

Nous, on a pas le droit de monter sur le manège rapport on est trop vieux et tout. Mais on en a pas vraiment envie de toute façon. Et puis le type qui s'en occupe est un sacré con. C'est la mairie qui lui a confié ce boulot de gardien du manège. Vous parlez d'une réussite. Il prend ça drôlement au sérieux, et c'est le genre de gars qui peut devenir dangereux si vous respectez pas les règles.

Son nom c'est Flik-Flak, enfin c'est pas son nom mais c'est comme ça qu'on l'appelle. C'est à cause de la montre qu'il a autour du poignet, et aussi de la façon dont il lit l'heure.

On aime bien lui demander:

– Eh salut Flik-Flak … Il est quelle heure steplaît?

– Il est … dix … non … onze heures … moins … la demie.

– Merci Flik-Flak.

Quel débile.

1 **le manège:** hier: Karussell.
6 **des heures (entières):** stundenlang.
13 **le gardien / la gardienne:** hier: Aufseher(in), Wärter(in).
19 **le poignet:** Handgelenk.
23f. **onze heures moins la demie:** gemeint ist die Uhrzeit »halb elf«; also *dix heures et demie*. Erst ab der 31. Minute wird *moins* verwendet.

Je suis passé devant le manège et c'était bizarre de le voir fermé. Il n'ouvre qu'en fin d'après-midi, les mercredis et les week-ends toute la journée. C'est le contraire de l'école. Je me suis assis sur un banc et j'ai regardé le manège avec la bâche vert foncé qui le recouvrait. Oh, il y a rien de plus triste qu'un manège fermé. Si j'étais président, c'est un autre truc que je ferais avec les feux d'artifice, je laisserais les manèges tourner en permanence. Même la nuit. Je suis sûr que les gens seraient contents.

J'ai pas trop traîné sur le banc parce que c'était craignos de rester comme ça, et puis il fallait que je retrouve Henry, même si ça me paraissait bizarroïde d'aller le chercher du côté de la bibliothèque.

Le parc Colette est immense, et avec mon ventre qui gueulait, j'avais l'impression que je crèverais de faim avant d'arriver de l'autre côté. Il n'y avait que des vieux qui se baladaient dans les allées. On ne les voit pas trop après l'école, sûrement qu'ils laissent la place aux petits gamins. En tout cas, ce matin, j'en ai croisé une bonne centaine. Ça m'a fait penser aux Roland et au fait qu'ils devaient s'inquiéter. Je me suis dit qu'ils avaient peut-être appelé les flics, et qu'ils leur auraient expliqué pourquoi ils avaient embarqué ma Mère. Mais c'est pas le genre à appeler les flics. Le père Roland, il a même un côté à jamais appeler personne. Les flics, les médecins et tout. C'est un type très calme, qui passe ses journées à lire des tas de bou-

5 **la bâche:** (Wagen-)Plane.
**vert foncé:** dunkelgrün.
9 **en permanence** (f.): rund um die Uhr, ständig, dauernd.

quins. Dès qu'il en termine un, il en ouvre un autre. D'ailleurs, chez lui les livres ne sont pas rangés sur des étagères comme dans les bibliothèques, ils sont par terre, en piles qui montent comme des tours.

La dernière fois que j'y suis allé, je lui ai demandé si je pouvais prendre un livre, rapport je m'ennuyais un peu. Il m'a dit que je pouvais prendre tous les livres que je voulais. J'ai bien regardé, et j'en ai vu un qui me plaisait drôlement. *Frankenstein*. Mais j'ai pensé que j'aurais l'air débile de choisir ce livre-là, alors j'ai voulu frimer et en prendre un très gros, avec une couverture en cuir, qui avait l'air ancien. Je me suis retrouvé avec un manuel sur l'électricité en Pologne au début du siècle. Tu parles d'une histoire. J'ai fait semblant de m'intéresser. Au bout d'un moment, le vieux Roland m'a demandé si ça me plaisait. J'ai dit que vachement, alors il s'est marré, et il m'a donné un autre livre, *Peter Pan*.

J'avais pas fini de le lire quand on est partis avec ma Mère, alors Roland m'a dit qu'il me le prêtait.

Il m'a dit:

– Je te le prête, d'accord?

– D'accord monsieur Roland.

– Et tu sais pourquoi je te le donne pas?

4 **la pile:** hier: Stapel.

12 **le cuir:** Leder.

12 f. **Je me suis retrouvé avec un manuel:** etwa: Da fiel mir ein Lehrbuch in die Hände (*le manuel:* Handbuch, Lehrbuch).

13 **la Pologne:** Polen.

18 **Peter Pan:** Hauptfigur einiger Kindergeschichten von James Matthew Barrie. Er ist das einzige Kind in dieser Geschichte, das niemals erwachsen wird.

– Non.

– Parce que ça me fera plaisir de te revoir le jour où tu me rapporteras ce livre.

Vous voyez, c'est vraiment un vieux qui a la classe et qui sait parler aux gens. Je lui ai pas encore rapporté son bouquin, parce que j'ai pas eu l'occasion d'y retourner. N'empêche que le livre je l'ai lu trois fois, et *Peter Pan* je l'adore.

Je me suis dit qu'il faudrait vraiment que j'aille les voir aujourd'hui. Je pourrai pas encore leur ramener le livre, mais avec ce qui était arrivé à ma Mère sûrement qu'ils ne m'en voudraient pas.

En sortant du parc, je me suis mis à courir pour traverser le petit quartier pavillonnaire qui me séparait de la bibliothèque. Faut toujours que je courre. Surtout dans ces rues de pavillons, c'est trop moche et ça me donne envie d'aller vite. Le problème quand on court le ventre vide, c'est que ça file la nausée. C'est pour ça que quand j'ai sport, ma Mère me prépare toujours de quoi manger, comme des gâteaux ou un fruit, qu'elle glisse dans mon sac. Le pire c'est après la piscine. Oh j'ai faim après la piscine, je pourrais vous bouffer. Je sais pas si vous avez remarqué, mais la nourriture a pas le même goût quand vous sortez de l'eau. Tout est meilleur. Si j'avais un restaurant, je mettrais une piscine et je demanderais aux gens d'al-

6 **avoir l'occasion** (f.) **de faire qc:** die Gelegenheit haben, etwas zu tun.

18 **la nausée:** Übelkeit, Brechreiz.

21 **(faire) glisser qc dans:** etwas hineinschieben, hineingleiten lassen.

ler se baigner avant de passer à table. C'est sûr qu'ils adoreraient ma cuisine.

En arrivant devant la bibliothèque Marcel-Proust j'ai arrêté de courir. Je ne savais pas quoi faire alors je me suis assis sur les marches devant l'entrée. J'ai regardé le paysage et c'était la déprime. C'est un quartier neuf mais plus trop quand même. Pour vous dire, les immeubles et les arbres ont été plantés en même temps, mais les immeubles ont vieilli plus vite que les arbres ont poussé.

Autour de la bibliothèque il y a un grand parking, mais aucune voiture n'y était garée. C'est pas comme à la zone active ou devant le *Carrefour*, il y a jamais de place et faut se battre pour en trouver une. Sûrement que les gens mangent plus qu'ils lisent.

Je me suis levé et j'ai fait le tour de la bibliothèque. Je comprenais pas pourquoi le grand type du centre m'avait envoyé chercher mon frère ici. Peut-être qu'il s'était foutu de moi. Ou qu'il disait des choses sans raison.

Je suis retourné devant l'entrée et j'ai regardé à l'intérieur à travers la porte vitrée. Ça avait l'air aussi désert que le parking. Les deux seuls trucs qui bougeaient étaient un homme derrière un comptoir qui classait des livres, et au-dessus de sa tête, l'aiguille des secondes dans une grosse pendule à fond blanc.

9 **vieillir:** alt werden, altern.
24 **le comptoir:** Theke, Tresen, Ladentisch.
25 f. **une aiguille des secondes** (f.): Sekundenzeiger.
26 **à fond blanc:** völlig, ganz und gar weiß.

## Chapitre onze

# 12 h 15

Quand je suis entré dans la bibliothèque, l'homme derrière le comptoir n'a pas levé les yeux pour me regarder. C'est l'endroit qui veut ça. Les bibliothèques sont comme les églises, il y a un silence à respecter.

Je suis directement allé dans la pièce principale où il y a le plus de livres. Je voulais faire celui qui était habitué devant l'homme de l'entrée. C'est un employé de la mairie, et même si ces gars ont pas le pouvoir de vous arrêter, ils m'impressionnent comme des flics. Je me suis dit que s'il venait me demander pourquoi un gamin de mon âge traînait ici au lieu d'être à l'école, je lui répondrais que je ne mangeais pas à la cantine, et que je profitais de l'heure du déjeuner pour venir voir les bouquins tellement j'étais accro à la lecture.

Autour de la grande salle, il y a plein d'autres pièces plus petites, avec des tables pour que les gens puissent s'asseoir et étudier. Dans chaque salle on trouve un genre de livres. Les atlas d'histoire. De géographie. La politique. La médecine. La philosophie. La religion. Les sciences. Les bandes dessinées.

Je crois que c'est surtout les lycéens qui y viennent.

10 **le pouvoir:** Macht.
16 **être accro à qc** (fam.): süchtig nach etwas sein.
23 **la bande dessinée (BD):** Comic.

Il y a plusieurs lycées dans le coin. Blaise-Pascal. Victor-Hugo. Jacques-Prévert. Quand j'irai au lycée, j'irai à Prévert.

Dans la salle principale, il y a la littérature française et étrangère. Au moins un million de livres. C'est fou ce que les gens ont écrit. Je trouve ça bien, et aussi ça me déprime. J'ai essayé de calculer combien d'années il faudrait pour lire tous ces bouquins. Je ne suis pas arrivé au bout, mais je crois qu'une vie ne suffit pas. J'aimerais bien rencontrer le type qui a lu le plus de livres au monde. Il doit avoir une drôle de gueule, avec les yeux explosés et tout. C'est peut-être le père Roland. Je me suis dit qu'il fallait absolument que je lui demande quand je le verrais.

La dernière fois on est allés à la bibliothèque avec l'école, et notre directrice Boulin était là aussi.

Elle arrêtait pas de répéter:

– Vous n'aurez jamais autant de livres qu'il y en a ici …

Et ça lui plaisait vachement de dire ça tout le temps. Je voyais pas le rapport. Qu'est-ce que ça peut faire d'avoir plein de livres, ce qui compte c'est de les lire. Mon frère Henry qui était un sacré lecteur n'a jamais gardé un bouquin, fallait toujours qu'il les donne aux autres, et même aux gens qu'il connaissait pas. Il voyait quelqu'un dans la rue, et lui filait le livre en disant qu'il avait trouvé ça super. Mais bon, il est bizarre, Henry. En tout cas, il doit y avoir des types qui

1 **Pascal:** Blaise Pascal (1623–62), französischer Mathematiker, Schriftsteller und Philosoph.

23 **le lecteur / la lectrice:** Leser(in).

ont des grandes bibliothèques mais qui ont jamais ouvert un bouquin de leur vie. Moi la frime ça me déprime.

Je suis allé regarder les livres dans les étagères. Ils sont drôlement bien classés par ordre alphabétique des auteurs. Les *A* commencent tout en haut à gauche et faut monter sur une échelle pour les voir.

En face de moi, il y avait les *P* … Pagnol … Pascal … Péguy … Pennac … Perec … Perrault … Prévert … Proust … Et puis les *R* … Rabelais … Racine … Radiguet … Renart … Rimbaud … Je me suis arrêté sur Rimbaud. Il y avait trois livres. Deux petits, *Illuminations* et *Une saison en enfer*. Et un gros, *Œuvres complètes*. J'ai pris le premier petit, et je l'ai ouvert n'importe où. Je pourrais pas vous réciter ce que j'ai lu, mais je me rappelle une phrase quand même, et si vous connaissez Rimbaud, ça vous dira.

*Un pas de toi, c'est la levée des nouveaux hommes et leur en-marche.*

Quand je lis un bouquin ou un poème, j'aime bien me souvenir d'une phrase ou deux. C'est que j'y pense souvent après, quand je m'ennuie ou avant de m'endormir. Même si je comprends pas trop, je me dis qu'un jour, les choses seront claires dans ma tête.

14 **les œuvres complètes:** Gesamtausgabe, die gesammelten Werke (eines Künstlers).

18 **le pas:** Schritt.
**la levée:** Aufstand, heftiger Widerstand.

19 **une en-marche:** Vormarsch, Aufbruch.

Comme un cadeau que je garderais sans défaire le paquet.

J'avais encore envie de rester à lire Rimbaud, mais je voulais aussi retrouver Henry, et j'avais une de ces faims, qui me faisait plus penser normalement.

J'ai remis le bouquin en place et je me suis tiré. En partant, j'ai vu que l'homme était toujours de l'autre côté du comptoir et qu'il avait carrément disparu derrière une pile de livres. J'ai pensé au bouquin de Rimbaud, et au fait que ça m'avait vachement plu de le lire. Je suis retourné dans la grande salle et du côté des *R*. J'ai regardé les bouquins de Rimbaud, mais sans vraiment les voir, parce que je savais déjà que j'allais en prendre un. Mon cœur s'est mis à cogner, et mes jambes sont devenues molles. Et même si c'était pas la première fois que je volais un livre, ça a recommencé. C'est toujours comme ça, et si vous avez déjà piqué un truc, vous voyez ce que je veux dire.

Je me suis retourné vers l'entrée.

Ça avait l'air tranquille.

J'ai attrapé le deuxième livre.

Le plus petit.

J'ai regardé la couverture.

*Une saison en enfer*.

Je me suis encore retourné.

Personne.

J'ai glissé le bouquin dans mon pantalon, bien plaqué contre mon ventre et j'ai refermé mon blouson.

1 **défaire qc:** etwas aufmachen, auswickeln.
27 f. **bien plaqué contre mon ventre:** fest an meinen Bauch gepresst.

En sortant de la bibliothèque, j'ai continué tout droit, et je me suis mis à courir. Je sentais le livre contre mon ventre et les coins qui me rentraient dans la peau. Mais je ne voulais pas sortir le bouquin maintenant, et puis ça ne faisait pas si mal.

J'ai décidé d'aller jusqu'à Saint-Ex.

C'est un grand quartier à l'écart de la cité, où ils ont construit des immeubles de bureaux et des entrepôts. Mais personne n'a jamais voulu y travailler, alors c'est abandonné depuis le début. Les pelouses sont devenues des terrains vagues, et les immeubles des squats, jusqu'à ce que la mairie fasse détruire les escaliers et les planchers. Aujourd'hui, Saint-Ex ressemble à une ville fantôme. Et les immeubles font pitié. On dirait qu'ils sont une erreur de la nature, et qu'ils attendent qu'on les abatte. En tout cas, je crois que chaque gamin ici, a au moins une fois pété un carreau d'un des immeubles. C'est un peu notre participation.

L'autre fois où j'avais volé un livre, c'était avec Brice et Karim.

6 **Saint-Ex:** Antoine de Saint-Exupéry (1900–44), französischer Schriftsteller und Flieger, weltbekannt durch seine Erzählung *Le Petit Prince* (1943).
7 **être à l'écart de qc:** abseits liegen von etwas (*un écart:* Abstand; Unterschied, Abweichung).
12 **le squat** (angl.): besetztes Haus; Hausbesetzung.
13 **le plancher:** Fußboden.
16 **abattre:** abreißen, einreißen.
17 **péter qc** (fam.): etwas einschmeißen, kaputtmachen.
18f. **C'est un peu notre participation:** Wir waren daran nicht unwesentlich beteiligt (*la participation:* Beteiligung, Mitwirkung).

Pendant les vacances on était allés chez *Carrefour*, histoire de faire un truc. Ce qu'on préfère chez *Carrefour*, c'est les rayons des jeux vidéo. Téléphones portables. DVD. Bouquins. Et ce qui est bien fait, c'est qu'ils ont mis tout ça à l'entrée. On ne peut pas le rater quand on arrive. Brice nous a expliqué qu'ils faisaient exprès, qu'ils étudiaient les gens, et qu'après ils installaient leur magasin pour que tout le monde dépense le plus d'argent possible.

Ça me déprime.

L'autre rayon que j'aime bien, c'est celui des jouets. Celui-là aussi il est à l'entrée. Mais là je frime pas trop rapport c'est un peu la honte. J'ai passé l'âge si vous voyez ce que je veux dire. Mais faut toujours que j'aille y jeter un coup d'œil quand même.

Avant, ma Mère m'achetait toujours quelque chose quand on allait faire les courses. On commençait par ça, et ensuite j'étais pressé de rentrer pour ouvrir mon jouet. Avec le temps ça m'a passé. La dernière fois qu'elle m'en a acheté un, j'ai mis deux heures à me décider et rien ne me plaisait vraiment. Même moi j'en revenais pas. J'ai pris un truc au hasard, et j'ai à peine ouvert le paquet en rentrant. Ma Mère ça l'a tuée.

Avec Brice et Karim on est allés regarder les livres. Karim adore les BD. Il s'est assis dans le rayon pour lire un album bizarroïde de science-fiction. Brice a

3 **le rayon:** hier: Abteilung (im Kaufhaus).
11 **les jouets:** Spielzeug, Spielsachen.
18 **être pressé, e de faire qc:** es eilig haben, etwas zu tun.
22 **faire qc au hasard:** etwas aufs Geratewohl tun, etwas wahllos, planlos tun.

pris un guide de voyage, genre *Les plus beaux endroits du monde.* Moi j'ai mis du temps à trouver, et j'ai fini par choisir un bouquin de photos sur les gamins qui vivent dans des bidonvilles partout sur terre. Les photos elles étaient terribles. Et les gamins dessus ils avaient déjà l'air d'avoir cinquante ans. Ils regardaient droit dans l'objectif et ça faisait encore plus dur. On voyait la zone autour d'eux. Des rues en sable avec des baraques en bois pourri les unes sur les autres. Sur une photo, on pouvait voir un gamin chez lui. C'était grand comme des toilettes, sans fenêtres ni rien, avec un matelas dégueulasse pour toute la famille. Ce qui m'a retourné, c'est une série de photos sur une fille qui s'appelle Gina et qui vit en Colombie. On la voyait dans sa vie de tous les jours. Elle était vraiment belle, et sûrement que dans la cité elle aurait eu pas mal de succès. Elle ressemblait déjà à une femme alors que c'était sûr qu'elle devait pas avoir plus de douze ans. Gina aussi habitait une de ces petites baraques. Elle allait pas à l'école et aidait sa mère avec le ménage, le linge et tout. Y avait une photo où elle posait avec ses parents et ses dix mille frères et sœurs. Le pire, c'est que Gina passait ses après-midi à se prostituer avec des vieux types. Et elle faisait ça dans sa propre maison. Toute sa famille allait faire un tour, pendant que la petite couchait avec

1 **le guide de voyage** (m.): Reiseführer.
4 **le bidonville:** Elendsviertel, Slum(siedlung).
12 **le matelas:** Matratze.
14 f. **la Colombie:** Kolumbien.
24 **se prostituer:** auf den Strich gehen, sich prostituieren.

les vieux types. Et après on voyait une photo de la famille qui regardait tranquille la télé tous ensemble comme si de rien n'était. Et les vieux types étaient là eux aussi à regarder la télé.

Karim est venu vers Brice et moi. Il voulait qu'on parte. Je lui ai demandé s'il avait fini sa BD, il m'a répondu que non et qu'il la terminerait chez lui. C'est là que j'ai compris qu'il avait foutu la BD sous son tee-shirt, coincée dans son pantalon. Karim est un géant, il peut planquer une BD sous son tee-shirt. Moi si je devais faire ça, la BD ressortirait par les épaules et j'aurais l'air d'un poisson pané ou d'un écran plat. Brice s'est levé, et il a pris le guide de voyage. Le guide était drôlement épais, mais Brice est pas mince non plus, et puis il porte toujours des pantalons de dix tailles de trop.

Je me suis dit que mes copains lisaient ce qu'ils pouvaient voler.

Je pouvais pas emporter le livre de photos sur les pauvres gamins parce qu'il était énorme. Mais je voulais quand même prendre quelque chose. J'ai regardé vite fait dans le rayon, et j'ai vu une série de petits bouquins sur tout et n'importe quoi. Le bricolage. La cuisine. La météo. Le sport. Les fleurs. J'ai pris celui sur les fleurs en me disant que je l'offrirais à ma Mère qui adore ça.

12 **pané, e:** paniert.
**un écran plat:** Flachbildschirm.
14 **mince:** dünn, schlank.
23 **sur tout et n'importe quoi:** über alles und nichts.
**le bricolage:** Basteln, Bastelarbeit.

On est sortis du magasin, et même si le type de la sécurité à l'entrée nous regardait un peu, il nous a rien demandé.

En rentrant dans la cité, on s'est assis sur les marches devant l'immeuble. Karim et Brice ont sorti leurs livres pour continuer à lire. J'avais un peu l'air d'un con avec mon bouquin sur les fleurs. Et puis j'avais encore envie de lire celui sur les pauvres gamins. Ça fait chier d'être petit.

Le soir, j'ai offert le livre à ma Mère. Je l'ai mis dans une enveloppe avec écrit dessus *Pour Maman que j'aime.*

Je sais y faire pour être adorable.

Ma Mère était drôlement émue, elle a regardé le livre pendant trois heures.

– Tu l'as eu où?

Je pouvais pas lui dire que ça venait du *Carrefour*, et que je l'avais acheté et tout, j'ai jamais d'argent. J'étais tellement fier de faire un cadeau à ma mère, que j'avais pas pensé à trouver une histoire pour expliquer le bouquin.

Mais comme j'ai de l'imagination, je peux toujours m'en sortir:

– C'est Madame Sutter, notre prof de sciences qui me l'a donné, elle a trouvé que j'avais bien bossé alors elle m'a dit de choisir un livre dans son armoire, et j'ai

1f. **le type de la sécurité:** der Typ vom Aufsichtsdienst (*la sécurité:* Sicherheit, Sicherung, Sicherungswesen).
13 **savoir y faire** (fam.): wissen, wie man's macht.
**adorable:** sehr lieb, sehr nett, goldig, süß.
14 **ému, e:** gerührt, bewegt.

choisi celui-là pour toi … comme je sais que t'aimes bien les fleurs.

Ma Mère elle me croit toujours. Elle a pris le livre et l'enveloppe pour les mettre dans sa chambre.

Elle garde tout ce que je lui offre.

Même si je lui donne mon chocolat qu'ils filent à la fin du repas au restaurant japonais, elle le mangera pas, elle le mettra dans sa chambre avec l'enveloppe et le livre sur les fleurs.

Pour la fête des Mères, j'ai fabriqué beaucoup d'horreurs. Des vases dans des bouteilles d'eau coupées en deux et mal peintes. Des bols en terre cuite pleins de trous. Des colliers de perles de trente kilos. Des compositions bizarroïdes avec des macaronis et des grains de riz qui se décollent. Et un million de dessins plus moches les uns que les autres. Tout est dans la chambre. Et en entrant, si vous voyez que ça, vous aurez mal aux yeux.

Pour finir l'histoire avec le livre sur les fleurs, je croyais être tranquille. Mais le lendemain, en allant à l'école, je me suis souvenu qu'il devait y avoir une réunion parents-professeurs une semaine plus tard. Ma Mère verrait Madame Sutter, et elle lui parlerait du bouquin sur les fleurs. Ça m'a retourné, et je me suis mis à ne penser qu'à ça. En cours de sciences, j'ai

10 **la fête des Mères:** Muttertag.
**fabriquer:** hier (fam.): fabrizieren, treiben.
11 **une horreur:** hier: Abscheulichkeit, Scheußlichkeit.
12 **la terre cuite:** Terrakotta (*cuit, e:* gar, gekocht, gebraten; hier: gebrannt).
15 **le grain de riz:** Reiskorn.
22 **la réunion parents-professeurs:** Elternabend.

regardé dans l'armoire au cas où il y aurait une collection de bouquins de ce genre. J'aurais demandé à ma prof de me donner celui sur les fleurs.

Mais aucun livre dans l'armoire, juste des blouses, des éprouvettes et des dossiers.

Le jour de la réunion, j'étais drôlement angoissé. Les parents vont de classe en classe, chacun leur tour, et peuvent parler en particulier avec les profs. J'ai tout fait pour que ma Mère évite Madame Sutter. Je la traînais vers d'autres classes, lui faisais visiter la cour de récréation, le réfectoire, les couloirs. Le problème, c'est que Madame Sutter est une des profs les plus sympa du collège, elle est toujours en forme et de bonne humeur. Elle court dans tous les sens et on entend son rire à quatorze kilomètres. Ce que je veux dire, c'est qu'on ne peut pas la rater. Il y a des gens comme ça, ils attirent les autres tellement ils sont pleins de vie. Prenez Madame Hank, notre prof d'anglais, rien que de la voir, c'est à crever.

On était dans un autre bâtiment quand on a entendu Madame Sutter au bout du couloir:

– Madame Traoré … Madame Traoré …

On s'est retournés et on l'a vue courir vers nous.

– Ah bonjour Madame Traoré, je suis Madame Sutter, la professeur de sciences de Charly … Je vous

4 **la blouse:** (Arbeits-)Kittel.
5 **une éprouvette:** Reagenzglas.
**le dossier:** Akte, (Akten-)Ordner.
8 **en particulier:** hier: unter vier Augen, gesondert.
13f. **être de bonne humeur:** gut gelaunt, aufgelegt sein (*une humeur:* Stimmung, Laune).

cherchais, vous êtes la seule que je n'ai pas vue, et Madame Hank m'a dit que vous étiez là.

Salope de Hank.

J'ai laissé ma Mère et Madame Sutter entrer dans une classe pour parler de mon cas.

Je suis resté dans le couloir et j'avais mal au cœur.

Ma Mère est ressortie au bout d'un quart d'heure. Elle avait l'air normale et je crois qu'elle s'était bien entendue avec ma prof.

– Ç'a été maman?

– Très bien, pourquoi?

– Comme ça.

On est rentrés à la maison, et sur le chemin j'étais rassuré, parce qu'elle m'a acheté un Ice Tea.

En arrivant je suis allé direct dans ma chambre. Henry n'était pas là comme toujours.

J'ai commencé à jouer, mais ce qui m'a glacé, c'est quand j'ai entendu ma Mère m'appeler du salon:

– CHARLES!

Oh je vous jure, c'est jamais bon quand elle dit mon nom en entier.

Je suis allé dans le salon, et j'ai tout de suite compris en voyant le livre des fleurs posé sur la table basse devant ma Mère sur le canapé.

– Oui maman.

– Assieds-toi.

Je me suis mis sur le fauteuil en face.

– Où as-tu eu ce livre?

– Ben, c'est Madame Sutter comme je t'ai dit.

3 **Salope de Hank** (pop.): Die Hank, dieses Miststück (*le salaud / la salope*, pop.: Lump, Schweinehund / Miststück, Schlampe).

– Arrête tes mensonges … Madame Sutter t'a rien donné du tout … Je l'ai remerciée de t'avoir offert un livre … elle a rien compris … elle m'a dit qu'elle avait jamais offert de livre à un élève de sa vie … j'ai été obligée de faire comme si je m'étais trompée de personne … j'ai eu honte …

Même si c'est craignos, je peux compter sur ma Mère pour ne pas me trahir. On règle nos histoires entre nous.

– Charles … Où as-tu eu ce livre?

– Je l'ai volé.

– Quoi?

– Je l'ai volé.

– Où ça?

– Chez *Carrefour*.

Ma Mère a fait une drôle de tête, elle aurait pris un crochet ou un uppercut, ça aurait pas été pire. Je déteste faire de la peine à ma Mère. Je ne voudrais lui donner que du bonheur. La rendre fière toute sa vie.

– Charly … Pourquoi … Tu as pas besoin de voler … Surtout un livre …

– C'était pour te faire un cadeau.

– Tu crois que tu me fais un cadeau en volant?

Je suis vraiment le roi des menteurs. Et le pire, c'est que quand on s'en rend compte, je continue. J'avais pas volé le livre pour faire un cadeau, c'est l'autre que

1 **le mensonge:** Lüge, Unwahrheit (*le menteur / la menteuse:* Lügner(in).

8 **trahir qn:** jdn. verraten, jdm. die Treue brechen.

17 **le crochet:** Haken; hier: Kinnhaken.
**un uppercut** (angl.): Aufwärtshaken (Boxen).

je voulais, sur les pauvres gamins, et c'est celui que j'aurais piqué si j'avais pas été un nain.

Ma Mère s'est levée et on aurait dit qu'elle pesait une tonne tellement elle était triste. Elle est allée s'enfermer dans sa chambre en laissant le bouquin sur la table.

Je suis resté seul sans savoir quoi faire. J'aurais pu allumer la télé, mais je sentais que c'était pas l'ambiance.

Ça a duré des heures. Au bout d'un moment, mon frère Henry est rentré. Il est venu me voir dans le salon.

– Qu'est-ce qui se passe?

– J'ai piqué un livre.

– Quel livre?

– Celui-là.

J'ai montré le livre sur la table, Henry s'est marré.

– Un livre sur les fleurs! …. ben alors Charline!

Mon frère m'appelle Charline quand il veut m'énerver et me faire passer pour une fille. C'est un vieux truc qu'il fait.

– C'était pour faire un cadeau à maman.

– Elle est où?

– Dans sa chambre.

Henry est reparti, et je savais même pas pourquoi il était rentré. Des fois il fait huit mille allers-retours dans la journée. Il prend des machins dans notre chambre et il repart.

2 **le nain / la naine:** Zwerg(in); hier: Feigling.
4f. **s'enfermer:** sich einschließen.
26 **un aller-retour:** hier: ein Kommen und Gehen, ein Hin und Her.

Au bout de cinq heures ma Mère est sortie de sa chambre et elle est venue me voir. J'étais content de ne pas avoir bougé, ça faisait bien je participe au drame et tout. Ma Mère m'a demandé si j'avais faim, j'ai répondu que pas trop – alors que je crevais la dalle – mais elle a quand même voulu que je mange.

Je l'ai rejointe dans la cuisine et on a déjeuné l'un en face de l'autre. Elle disait rien et ne me regardait pas. Je déteste quand elle fait ça. C'est un pouvoir qu'elle a sur moi. Je préfère quand elle est dans sa chambre. Je ne la vois pas, et je peux toujours me dire qu'elle fait des choses et qu'elle est en train de me pardonner.

Comme je sentais que j'allais pas tarder à pleurer, j'ai laissé faire. Et même, j'ai forcé les larmes. Si je veux, je peux m'empêcher de chialer, devant Henry, ou des copains, mais ce coup-ci, valait mieux que ça sorte. La première larme a coulé, et c'était le plus dur. En général, après la première, c'est une cascade.

J'étais à pleurer devant ma Mère, qui essayait de résister un peu et de continuer à m'ignorer. Je la regardais. Je voulais qu'elle me voie, et aussi qu'elle me prenne dans ses bras, alors j'ai sorti mon pouvoir:

– Maman ... Je t'en supplie ...

Elle s'est levée pour venir vers moi. Elle m'a caressé la tête en la collant contre son ventre.

– Ça va Charly ... ça va ...

Elle a séché mes larmes, et c'est toujours bizarre

19 **la cascade:** Wasserfall, hier (fig.): Schwall, Flut.
23 **sortir son pouvoir:** etwa: seine Trumpfkarte ausspielen.
25 f. **caresser:** streicheln, liebkosen.

quand on a pleuré, c'est comme après la piscine, on a faim et rien n'a le même goût.

– Tu voleras plus?

– Non maman.

– Si tu veux un livre, tu me le demandes et je te l'achèterai.

– D'accord.

– Après le déjeuner on va rapporter celui sur les fleurs.

– Quoi?

Ma Mère voulait qu'on rapporte le bouquin chez *Carrefour*. J'ai failli rechialer rapport je me voyais pas m'expliquer avec le type de la sécurité. Mais en fait, elle voulait juste qu'on le remette à sa place, dans le rayon.

Quand on y est allés, j'ai encore regardé le livre sur les pauvres gamins. J'ai pas demandé à ma Mère de me l'acheter parce que le prix était craignos et que j'étais encore en conditionnelle. Mais quand je l'ai reposé, ma Mère m'a demandé si ce livre me plaisait, j'ai dit que vachement, alors elle l'a pris pour me l'offrir, et pour me faire comprendre que je n'avais pas besoin de voler de bouquin.

Le livre de Rimbaud, je n'avais pas vraiment l'impression de l'avoir volé. C'est pas pour trouver une excuse ou quoi. Mais comme c'est une bibliothèque, et que j'ai pas leur foutue carte, je pensais juste l'emprunter quelques jours et le rapporter quand j'aurais fini.

19 **en conditionnelle:** auf Bewährung.
27 **emprunter qc (à qn):** sich (von jdm.) etwas ausleihen.

Saint-Ex était aussi désert que Malraux, Berlioz ou Colette. Je commençais à me sentir seul à jamais croiser personne. Je suis resté devant un des immeubles abandonnés et je me suis assis sur une sorte de gros bloc en béton. Au-dessus de moi, il y avait d'énormes câbles électriques qui faisaient un bruit d'abeille. Dans les films ou les dessins animés, il y a toujours des oiseaux sur les câbles électriques. Pas ici. Les oiseaux sont partis en même temps que les étoiles. Et si j'avais le pouvoir de voler, sûrement que je ne resterais pas dans le coin.

J'ai ramassé des pierres par terre histoire de péter quelques carreaux. La première que j'ai lancée n'a même pas touché l'immeuble. Je n'avais pas assez de force en étant assis. Je me suis mis debout sur le bloc de béton et j'ai recommencé. Cette fois la pierre est allée taper contre le mur. J'ai fermé un œil pour viser. Je cherchais à toucher la fenêtre du rez-de-chaussée. J'ai pris mon souffle et j'ai lancé la pierre de toutes mes forces. C'était un sacré tir. Le carreau a éclaté en mille morceaux. Ça m'a fait peur. J'ai encore pris une pierre pour casser la fenêtre d'à côté. J'ai fermé mon œil pour viser, mais au moment de lancer, j'ai vu quelqu'un dans l'immeuble, derrière la première fenêtre que j'avais pétée.

Mon cœur s'est arrêté parce qu'on aurait cru un fantôme.

J'ai ouvert mon œil, et là je n'ai plus eu peur.

6 **une abeille:** Biene.
7 **le dessin animé:** Zeichentrickfilm.
20 **le tir:** Schuss, Wurf.

Je savais qui c'était.

– Henry!

– Charly!

– Oh Henry, je te cherchais partout.

– Mais qu'est-ce que tu fous là … T'es pas au collège?

– Non.

– Il est quelle heure?

## Chapitre douze
# 13 h 25

J'ai couru vers l'immeuble pour retrouver Henry qui était resté à la fenêtre. Il y avait du verre partout, mais je m'en foutais, j'étais trop content d'avoir trouvé mon frère.

– Henry ... je suis drôlement heureux de te voir ...

– Qu'est-ce qui se passe?

– C'est maman, les flics l'ont embarquée ce matin ...

Dès que j'ai dit ça, je me suis mis à pleurer. D'habitude j'évite de le faire devant Henry, mais j'étais trop lourd, et il pouvait bien se moquer, je m'en battais.

Henry est resté derrière la fenêtre à regarder au loin. C'était bizarre de le voir comme ça, on aurait dit ces vieux types dans la cité, qui passent leur journée à la fenêtre à regarder le paysage. Sauf que la fenêtre de mon frère était celle d'un immeuble abandonné au milieu de terrains vagues.

– C'était quand?

– Ce matin, quand je partais au collège.

Il a encore regardé au loin. Je me suis retourné pour voir. Il n'y avait rien. Alors je me suis dit que la conversation risquait d'être longue. Henry n'est pas très bavard, et il y a même des jours entiers où il ne dit rien. Ma Mère raconte que je parle pour mon frère et

12 **être lourd, e:** hier: bedrückt sein.
24 **bavard, e:** redselig, geschwätzig.

moi. Des fois, j'aimerais être plus silencieux, ça me donnerait un genre d'enfer, c'est sûr. Mais je peux pas m'empêcher de l'ouvrir, j'ai tout le temps un truc à dire.

J'ai essuyé mes larmes, et je lui ai expliqué ce qui était arrivé ce matin. Les flics. La bonne femme. La lettre. La tête de notre Mère. Le sac de sport. Mon sourire. Son regard. La camionnette des flics. Mon rêve. Malraux. Les grilles de l'école. Karim qui m'avait parlé de la mère de Mario Ferdine qui revendait la drogue de son fils en prison. La mère de Brice. Berlioz. Freddy Tanquin qui pensait que maman travaillait pour le gouvernement. Le centre noir. Le grand type qui m'avait serré le bras, et qui m'avait dit d'aller voir chez Proust. La bibliothèque. Et ici, Saint-Ex.

Henry m'avait regardé pendant que je le lui racontais. À la fin, il s'est un peu marré, et puis il a sauté de mon côté.

– Viens avec moi.

– Où ça Henry?

– Par là.

Il m'a montré une direction, mais ça ne me disait pas grand-chose, parce que tout se ressemblait, ou du moins, tout ressemblait à rien.

On a marché sur le parking autour des immeubles avant de rejoindre un terrain vague. Même si c'était dur de se repérer, Henry semblait connaître l'endroit

1 **silencieux, -euse:** leise, still, schweigsam.
10 **revendre:** weiterverkaufen, wieder verkaufen.
26 **rejoindre qc:** auf etwas stoßen.
27 **se repérer:** sich zurechtfinden.

comme sa poche. Le vent était fort et plus rien ne nous abritait. On l'entendait souffler, mélangé au bruit d'abeille des câbles électriques.

On est arrivés devant des montagnes de terre. Il y en avait une bonne dizaine et les plus grandes mesuraient trente mètres de haut. La terre était noire. C'était le contraire des vraies montagnes blanches de neige.

Nous sommes allés au pied de la plus haute.

– On va pas monter là-haut?

– Pourquoi ... T'as la trouille?

– Non.

J'ai suivi Henry quand il a commencé à grimper. C'était pas évident parce que la terre n'était pas très ferme. Nos pieds s'enfonçaient et on était obligés de s'aider avec les mains. À un moment j'ai failli tomber et dévaler jusqu'en bas, mais Henry m'a retenu par le bras, il m'a soulevé pour me mettre devant, et m'a poussé les fesses jusqu'au sommet.

En haut c'était plat, je veux dire que c'était pas un pic où on devait tenir en équilibre. C'était plat comme une place de parking ou un palier d'immeuble. Henry

2 **abriter:** hier: schützen, Schutz bieten.
3 **le bruit d'abeille:** Gebrumme, Gesumme.
11 **avoir la trouille** (fam.): Angst, Bammel, ‚Schiss' haben.
15 **ferme:** fest, sicher.
**s'enfoncer (dans):** ein-, versinken.
17 **dévaler:** hinunter-, hinabstürzen.
18 **soulever qn:** jdn. hochheben.
21 **le pic:** Bergspitze.
**(se) tenir en équilibre:** das Gleichgewicht halten (*un équilibre:* Gleichgewicht, Balance).

est allé au bord, et avec le vent qui était encore plus fort, j'ai eu du mal à le rejoindre.

On a regardé le paysage. C'était impressionnant et ça donnait le vertige. Déjà Saint-Ex est en hauteur, mais en plus sur la montagne, on se serait cru dans le ciel.

Toute la banlieue s'étendait devant nous et de chaque côté.

Des milliers de tours. De barres. De centres. De zones. D'usines. D'entrepôts. D'écoles. De terrains de foot. De terrains vagues. De néons. De fenêtres. De halls. D'antennes.

Je me suis demandé si le regard pouvait supporter autant de choses.

J'ai remarqué qu'Henry s'était allumé une cigarette.

Il fume au moins mille clopes par jour.

– Henry … Tu viens souvent ici?

– Ouais … Tous les jours.

Ça m'a paru bizarre de venir tous les jours. Il y avait quelque chose de triste en haut de cette montagne. Comme si le monde ne changerait jamais. Sûrement que le vent soufflait toujours aussi fort. Alors on restait perdu dans le ciel, à regarder la vie juste en bas. J'ai pensé au *Petit Prince* qu'on nous avait fait lire à l'école. Et en voyant Henry, en haut de cette montagne noire, je me suis dit qu'il était *le petit prince*. Et que le quartier de Saint-Ex était sa planète.

Là où il s'était perdu.

7 **s'étendre:** sich erstrecken, ausdehnen.
17 **la clope** (fam.): ‚Kippe', Glimmstängel, Zigarette.

– Charly, viens avec moi.

Je suis allé m'asseoir avec Henry au milieu du sommet. Il a pris de la terre dans ses mains et l'a fait glisser entre ses doigts. J'ai fait pareil.

– Tu sais Charly, maman est pas une dealeuse de drogue, et elle travaille pas pour le gouvernement.

– Ouais.

– Si les flics sont venus la chercher ce matin, c'est parce qu'elle a pas ses papiers.

– Quels papiers, Henry?

– Ses papiers français.

– Comme une carte d'identité?

– Ouais.

– Pourquoi?

– Parce qu'elle est malienne …

Quand Henry a dit *Parce qu'elle est malienne*, on aurait dit *Parce qu'elle est malade*.

– En arrivant en France, elle a réussi à avoir une carte de séjour, pour pouvoir vivre et travailler ici … C'est une carte provisoire, elle ne dure pas pour toujours, et au bout de quelque temps, il faut la renouveler … Quand papa est reparti au Mali, il a pris tous les papiers et même la carte de séjour de maman … Je sais pas pourquoi il a fait ça … Mais maman s'est retrouvée sans papiers … Elle ne s'est pas inquiétée parce qu'elle pensait qu'il reviendrait … Et puis, elle avait déjà son travail chez les Roland … Maman a es-

15 **le malien / la malienne:** Malier(in).
18 f. **la carte de séjour** (m.): Aufenthaltserlaubnis.
20 **provisoire:** provisorisch, vorläufig.
21 f. **renouveler (une pièce d'identité):** (einen Ausweis) verlängern.
24 f. **se retrouver sans papiers** (m.): ohne (Ausweis-)Papiere dastehen.

péré longtemps que papa revienne, et je crois qu'elle l'attend encore un peu ...

– Ah bon!

– Ouais ... Mais il reviendra jamais ...

Depuis que j'étais né, c'était seulement la deuxième fois qu'Henry me parlait de notre père.

– Il y a quelques mois, maman est allée à la préfecture pour essayer de refaire ses papiers ... Avec toutes les expulsions, elle a eu peur que ça lui arrive ... Elle est tombée sur une femme qui a ouvert un dossier ... Il n'y avait pas de trace de son ancienne carte de séjour, parce qu'à l'époque c'était pas informatisé ... Maman a raconté sa vie, et le fait que papa était parti avec sa carte, la femme lui a dit que c'était son problème ... Et elle a pas arrêté de lui demander si elle en avait pas une trace ou une photocopie ... Maman lui répondait que son mari était parti en emportant tout, mais la femme continuait de lui demander une trace ... Ce qu'il faut que tu saches Charly, c'est que les Roland ne déclarent pas maman ...

– Ça veut dire quoi?

– Ça veut dire qu'ils la payent au black.

7f. **la préfecture:** Präfektur (Behörde auf Département-Ebene, die u. a. für Ausländerfragen zuständig ist).
8 **refaire qc:** hier: etwas wieder in Ordnung bringen.
9 **une expulsion:** hier: Abschiebung.
12 **informatisé, e:** computerisiert, auf EDV umgestellt.
13 **le fait:** Tatsache, Faktum.
19 **la trace:** hier: Hinweis, Beleg.
20 **déclarer qn (à la Sécurité sociale):** jdn. (bei der Sozialversicherung) anmelden.
22 **payer qn au black** (angl., fam.): jdn. ‚schwarz' bezahlen.

– Parce qu'elle est black?

– Non, idiot … C'est une expression, ils la déclarent pas … Ils lui donnent de l'argent en liquide à la fin du mois … Si bien qu'elle a pas de preuve de son travail … Du moins, depuis qu'elle a perdu sa carte … Au début ils la déclaraient, mais ils peuvent plus maintenant … C'est comme le loyer de notre maison, c'est au nom de la fille des Roland …

– Nathalie.

– Ouais, Nathalie … Ce que je veux te dire, c'est que maman ne peut pas prouver son existence en France, ou le fait qu'elle travaille et qu'elle a une vie … Elle peut prouver les premières années, quand papa était encore là, mais plus maintenant …

– Mais … Elle a bien une vie … Plein de gens peuvent le dire … Les Roland, les gens du quartier … Mes profs à l'école …

– Oui … Mais c'est le papier qui compte … Et puis, maman est drôlement fière …

– C'est sûr!

– Écoute-moi … Devant la femme de la préfecture, elle a parlé de personne … Ni des Roland, ni des gens du quartier, et pas même de toi …

– Pourquoi?

– Parce qu'elle voulait faire de tort à personne.

3 **en liquide:** in bar (*le liquide:* Flüssigkeit; Bankmittel, flüssige Mittel).
4 **si bien que:** so … dass.
**la preuve:** Nachweis, Beweis.
7 f. **le loyer … c'est au nom de:** die Miete läuft auf den Namen von …
25 **(ne) faire de tort à personne:** niemandem, keinem schaden (*le tort:* Unrecht; Verschulden, Fehler).

– Mais elle a rien fait de mal.

– Oui, mais quand t'es en face de cette femme de la préfecture, tu te sens coupable … S'ils apprennent que les Roland ont employé maman comme ça, ils peuvent leur causer des ennuis …

J'ai rien dit pendant un moment, Henry continuait de faire glisser la terre. Ça allait vite dans ma tête.

– Mais Henry … Moi je suis une preuve de la vie de maman … j'ai ma carte d'identité, je l'ai vue dans sa coiffeuse.

– C'est vrai … Tu es né en France et en sortant de la clinique, maman a réussi à t'avoir tes papiers français …

– Pas toi?

– Je suis né au Mali, Charly … J'ai pas de papiers non plus.

– Alors toi aussi ils peuvent te renvoyer?

– Ouais.

Le monde s'est écroulé.

– Mais s'ils renvoient maman, et toi aussi, je vais rester seul?

– Je sais pas comment ça se passe, Charly … Peut-être qu'ils ne peuvent pas renvoyer une femme qui a un enfant français … Ou peut-être qu'ils renvoient la femme et l'enfant … Et peut-être qu'eux-mêmes en savent rien non plus … Ils finiront bien par apprendre que tu existes … Alors ils te chercheront.

3 **se sentir coupable:** sich schuldig fühlen.
5 **causer des ennuis** (m.) **à qn:** jdm. Ärger, Probleme machen, jdm. Ungelegenheiten bereiten.
17 **renvoyer qn:** hier: jdn. abschieben, ausweisen.

– Jamais je me laisserai prendre!

– Ah ouais?

– Tu parles, je connais la cité mieux que personne … Faudrait qu'ils soient dix mille pour me trouver.

– Et tu laisserais maman?

– Ben … Je sais pas.

– Elle te manquerait.

Je me suis mis à pleurer.

C'était maintenant qu'elle me manquait.

Oh comme j'aime ma Mère.

Ma petite maman chérie.

Je suis tellement heureux d'être ton fils.

Henry m'a pris dans ses bras. Il m'a embrassé la tête comme le fait ma Mère. C'était la première fois qu'il le faisait.

– Je veux voir maman, Henry, je veux voir maman …

– Tu peux la voir quand tu veux, Charly.

Je me suis redressé.

– Tu sais où elle est?

– Ouais.

J'ai essuyé mes larmes.

– Dis-moi.

– Ils ont dû l'emmener au centre de rétention.

– C'est quoi ce truc?

– C'est un endroit fermé, dans lequel ils placent les sans-papiers expulsables.

23 **le centre de rétention:** Abschiebehaftanstalt (*retenir qn:* jdn. gefangen halten).

25 f. **le/la sans-papiers:** illegale(r) Einwanderer / Einwanderin (ohne Ausweispapiere).

26 **expulsable:** jd. der/die ausgewiesen werden kann, dem die Abschiebung droht.

– C'est où?

– Le plus proche est derrière le nouveau quartier Louise-Michel, à la sortie de la cité …

– Tu crois que maman y est?

– Je pense … Ou encore au commissariat … En tout cas, elle ira forcément.

– Comment t'as dit que ça s'appelait, le centre de …

– Rétention.

Ce mot m'a fait peur. Il m'a fait penser à la guerre. N'empêche que je l'ai répété cent fois pour m'en souvenir. Rétention, rétention, rétention, rétention, rétention, rétention, rétention … Je ne comprenais pas ce que ça voulait dire, mais c'était pas loin de *retenir*. C'est bizarre pour un endroit où on met les gens qu'on veut renvoyer.

– Qu'est-ce que je dois faire, Henry?

– Je sais pas.

– Mais à ma place tu ferais quoi?

– J'irais retrouver maman.

– Pourquoi?

– Parce que t'es encore un bébé.

– Pauvre connard!

Henry s'est marré. Il est fort pour ça. Vous rendre dingue, et se marrer quand on l'insulte.

– Tu crois que je suis pas capable de me démerder seul?

– J'en sais rien.

– Ben tu vas bien voir … J'ai besoin de personne … Maman elle va peut-être me manquer, mais je peux

22 **le connard / la connasse** (vulg.): Vollidiot, Blödmann / blöde Kuh, Zimtzicke.

tenir sans elle … Et d'ailleurs si elle a fait semblant de pas me voir ce matin sur le palier, c'était pour me prévenir, comme pour dire adieu … Si elle avait voulu que je vienne, elle m'aurait emmené … J'ai pas peur, tu comprends Henry, j'ai pas peur … Y a pas que toi qui peux être seul … Moi aussi si je veux … Et des années entières, jusqu'à ce que je devienne un homme … Et là tu verras quelle star je serai … Peut-être bien une star de cinéma, ou un chanteur célèbre … Tu me verras dans des films et t'auras drôlement les boules de t'être foutu de ma gueule … J'ai pas peur Henry, j'ai peur de rien … Et maman, tu verras qu'ils la laisseront tranquille, ils verront quelle femme c'est … Ceux qu'ils renvoient c'est des connards … Les gens comme toi … Pas les gens bien … Ils ont trop besoin des gens bien … Ils ont trop besoin de maman … Et puis de toute façon ce que tu racontes c'est des conneries, c'est comme tes histoires de fantômes, ça existe pas … Ça existe pas … Oh je te jure, tu me prends vraiment pour un con … Tu croyais que j'allais gober … T'es qu'un pauvre défoncé, ils ont raison les autres … T'as qu'à rester sur ta petite montagne de terre, et me regarder vivre … Regarde-moi bien en bas … Regarde-moi aller au collège … Et au lycée après … Regarde-moi sur le terrain de foot … Tu vas voir comme je

1 **tenir:** hier: die Stellung halten.
8 **la star:** (Film-)Star.
15 f. **les gens bien:** die anständigen, achtbaren Leute.
21 **gober qc:** etwas austrinken, ausschlürfen; hier (fam.): etwas glauben, ‚schlucken'.

cours … Regarde-moi bien me marrer avec mes copains … On est une sacrée bande … Et puis regarde-moi avec Mélanie Renoir, ma fiancée, regarde comme elle m'aime, ça va te rendre dingue … Moi peut-être que des fois je lèverai la tête vers toi, si j'ai le temps, et j'aurai de la peine … pour ce pauvre connard d'Henry …

J'avais fini de parler, Henry me regardait. Il était pas énervé ni rien, et même le contraire, il semblait doux.

– Je te regarde souvent.

J'étais encore en colère, enfin pas vraiment, mais je voulais le rester. Alors j'ai répondu froidement:

– Quoi?

– Ça m'arrive de te regarder.

– D'ici?

– Non … Je vois rien d'ici … En bas, dans la cité … Je te vois passer, dans une rue, ou dans le centre, alors je te suis un peu, je regarde ce que tu fais, avec qui tu es … Des fois je viens te voir dans ton école, enfin cette année dans ton collège … Je vais aux grilles de la cour, et je te regarde pendant la récréation … Je suis venu le jour de ta rentrée … Je t'ai vu dans la cour, pendant qu'ils faisaient l'appel pour former les classes … T'étais drôlement inquiet … Maman t'avait mis la chemise jaune …

– Oh je la déteste cette chemise.

– Je sais qui est Mélanie Renoir.

– Comment tu peux savoir?

24 **faire l'appel** (m.): die Namen aufrufen.
25 **être inquiet, -ète:** unsicher, ängstlich; beunruhigt sein.

– Maman m'a dit que vous l'aviez vue au restaurant … Elle me l'a décrite …

– Y a un millier de filles dans mon école.

– Mais une seule des sixièmes qui met un foulard autour du cou …

Ça m'a tué.

– Je te vois jouer au foot aussi … J'aime bien venir au stade quand tu t'entraînes … Surtout l'hiver … quand ils sont obligés d'allumer leurs projecteurs … J'aime bien cette lumière …

– Pourquoi tu viens jamais me parler ou me dire que tu es là?

– Je veux pas t'emmerder.

– Ça me ferait plaisir … Des fois.

– Je suis tout le temps raide, Charly.

– Je m'en fous de ça.

– J'ai honte quand je vous vois maman et toi … Tu sais, Charly, tu as raison … Moi j'ai peur … J'ai honte et j'ai peur … Comme tous les camés …

– T'as qu'à décrocher.

– J'y arrive pas.

– Pourquoi?

– Parce que je suis ici.

– T'as qu'à te tirer.

– Ouais … Faudrait que je me tire …

Mon frère a baissé la tête, il a sifflоté quelque chose, c'était pas un vrai sifflement, mais comme un

9 **le projecteur:** Scheinwerfer.
19 **le camé / la camée** (fam.): Fixer(in).
20 **décrocher:** hier: aufhören.
26 **siffloter:** (leise) vor sich hin pfeifen.

souffle. Je ne pensais pas à ma Mère à ce moment-là, ni à ce qu'Henry m'avait raconté. Je pensais à mon frère. Il était en face de moi, à quelques centimètres, et je pensais à lui comme les soirs avant de m'endormir en regardant son lit vide. Les gens qui souffrent vous manquent même quand ils sont là.

Henry m'a regardé, et je me suis senti mal à l'aise. J'ai eu envie de lui dire que je l'aimais. Que je l'aimais plus que tout. Qu'il était mon homme préféré.

– Qu'est-ce que t'as, Charly?

– Rien ... T'as pas quelque chose à manger?

– Non ... T'as faim?

– Ouais, je crève.

Il a fouillé dans sa poche, pour sortir un billet de cinq euros froissé.

– Tiens, t'iras à la boulangerie.

Je n'avais pas envie de prendre son argent.

– Et toi, il t'en reste?

– T'inquiète ... Prends-le.

J'ai pris le billet et j'ai encore eu envie de pleurer.

Henry a mis sa tête entre ses genoux qui étaient repliés sur son ventre. Il s'est balancé en continuant de souffler son air. Je crois qu'il suivait le vent.

J'ai fait pareil.

J'ai réussi à être dans le noir complet. Mes genoux, et mes mains me protégeaient de la lumière. J'ai suivi le vent en soufflant un peu. C'était chaud. Et doux. Je

5 **souffrir:** leiden (*la souffrance:* Schmerz, Leid, Leiden).
7 **se sentir mal à l'aise** (f.): sich nicht wohl, sich unbehaglich fühlen.
15 **froissé, e:** zerknittert, zusammengeknüllt.
21 f. **replier:** anziehen, anwinkeln.
22 **se balancer:** (hin und her) schaukeln, wippen.

me sentais en sécurité, comme tout à l'heure dans la baraque électrique avec Freddy Tanquin. J'aurais pu … J'aurais voulu rester comme ça des années. Et me relever en étant un homme. Peut-être qu'Henry pensait la même chose. Il venait ici, et se mettait dans cette position comme dans une de ces machines à voyager dans le temps. Il voulait se relever différent. Ou ailleurs. Ou plus jeune. Je ne sais pas si vous avez remarqué, c'est la différence entre les gens, il y en a qui veulent être jeunes pour recommencer, et d'autres plus vieux pour pouvoir commencer.

Quand j'ai levé la tête, la lumière m'a ébloui. Henry était debout, il me regardait.

– Qu'est-ce que tu fais?

– Faut que je parte, Charly.

– Tu vas où?

– Faire un truc.

– Je peux venir avec toi?

– Non … Je peux pas t'emmener.

– D'accord … Tu crois qu'on se verra plus tard?

Henry s'est penché et m'a embrassé le haut de la tête.

– On se verra, on verra … Tu veux que je t'aide à descendre la montagne?

– Non c'est bon je vais me démerder.

Henry a remonté la fermeture de son blouson, et il a descendu la montagne en courant.

1 **tout à l'heure** (f.): (so)eben, vorhin; gleich.
12 **éblouir:** blenden.
21 **se pencher:** sich niederbeugen, bücken.
21 f. **le haut de la tête:** oben auf den Kopf.
26 **remonter la fermeture (éclair):** den (Reiß-)Verschluss hochziehen.

J'ai eu l'impression que le vent soufflait encore plus fort depuis qu'il était parti. C'était peut-être normal, et si j'avais eu un de ces savants comme ami, je lui aurais demandé une explication.

J'ai entendu Henry qui m'appelait. Je me suis levé pour regarder.

Henry était en bas, il avait ses mains autour de sa bouche pour parler plus fort.

– Eh Charly …

J'ai mis mes mains autour de ma bouche.

– Quoi?

– Tu sais la chemise jaune, c'était la mienne quand j'étais petit.

## Chapitre treize
## 15 h 40

Je suis resté sur la montagne après le départ d'Henry. J'avais peur qu'il me manque et ma Mère aussi. Ce qui a été bizarre, c'est qu'en descendant je n'y ai plus pensé. Sûrement que les choses vous tombent dessus après. Comme ces boules qui explosent dans le ventre. Le bonheur non plus des fois on s'en rend pas compte sur le moment, mais ce qui est dur, c'est que ça finit aussi par se transformer en tristesse.

J'ai quitté Saint-Ex pour aller à mon collège. Je devais retrouver mes copains à quatre heures et demie à la sortie. Je serais bien passé chez les Roland, mais je n'avais pas le temps maintenant. Il faut trois quarts d'heure pour aller chez eux.

C'est juste avant Paris.

Dès que je dis le mot Paris, j'ai un frisson qui me traverse.

Paris.

Oh vous voyez, j'ai un frisson.

Ce qui se passe, c'est que j'adore Paris.

J'y suis allé qu'une fois. Avec l'école. C'était un sacré événement.

On est allés au musée Picasso. Et c'était dingue à

17 **le frisson:** Schauder, Beben, Zittern.

cause de la cité qui s'appelle comme ça et qui est à côté de chez moi.

Dans le car, on venait juste de partir quand notre accompagnateur a dit:

– Les enfants, nous allons au musée Picasso.

Alors Yéyé a gueulé:

– Ben alors on peut descendre là!

Et on s'est tous marré, parce que c'était pile le moment où on passait devant la cité Picasso. Les blagues, quand elles sont bien balancées, c'est vraiment super.

Ça nous a fait quelque chose quand on s'est retrouvés à Paris devant le musée. Vous parlez d'une beauté. Et dans le car, on avait tellement l'air débiles à regarder ce bijou, qu'on aurait pu mettre une pancarte *handicapés* à l'arrière.

Parce que pour nous Picasso c'est une barre de béton gris, avec une pelouse pleine de trous et de merdes de chiens, des halls sales et sans lumières. Pour nous Picasso c'est moche. Alors quand on a vu le musée, ça nous a mis un coup.

Je sais pas si vous y êtes déjà allé, mais je vous le conseille.

Pour trouver c'est facile, ça ressemble à un château au milieu de Paris.

On était drôlement excités en descendant du car,

3 **le car:** (Reise-)Bus.
4 **un accompagnateur / une accompagnatrice:** Begleiter(in), Begleitperson.
15 **la pancarte:** Schild.
15 f. **le handicapé / la handicapée:** Behinderte(r).
23 **conseiller qc à qn:** jdm. zu etwas raten, jdm. etwas anraten.

on voulait entrer dans le musée, voir les tableaux et tout. Le problème c'est qu'on ressemblait à une bande de dingues sortis de l'asile. Alors les accompagnateurs ont passé leur temps à nous donner des ordres et nous humilier. C'est toujours comme ça. Et s'ils pouvaient nous mettre des laisses, ils le feraient.

On est restés deux heures à attendre à l'accueil qu'on prenne les places pour entrer. Il y avait plein de classes d'autres collèges, et franchement on gagnait la médaille des ploucs. Surtout quand Yéyé s'est mis à gueuler qu'il en avait marre d'attendre pour voir des croûtes. Oh la honte. Heureusement, dans chaque école du monde, il y a un Yéyé. Et ils se reconnaissent entre eux. Un autre gars a gueulé qu'il demandait à parler à ce Picasso. Et un autre Yéyé, d'une autre classe, qu'il connaissait personnellement Picasso qu'avait repeint les toilettes chez lui.

On s'est quand même marré.

Quand on est entrés, tout le monde l'a fermée et c'était drôlement impressionnant. Comme le silence dans la bibliothèque Proust. Fallait marcher un peu dans un couloir immense avant de trouver le premier tableau. Comme on était dans les derniers, on a pas pu le voir tout de suite. On aurait pu aller en regarder

3 **un asile:** hier (fam.): Irrenanstalt.
6 **la laisse:** Leine.
8 **un accueil:** hier: Eingang.
9 **les places** (f.): hier: Eintrittskarten.
13 **la croûte** (fam.): alter ‚Schinken', minderwertiges Gemälde.
14f. **se reconnaître:** sich erkennen, sich (in jdm.) wiedererkennen.
18 **repeindre:** (an)streichen.

un autre, mais les accompagnateurs voulaient qu'on reste en file d'attente.

J'avais très envie de voir le tableau. Quand ç'a été mon tour, j'ai senti mon cœur battre.

J'avais l'impression de rencontrer Picasso en personne.

C'était une grande toile avec un homme dessus. Un homme qui faisait peur. Ses yeux vous regardaient droit et ça vous glaçait. On aurait dit qu'il était vivant et pris au piège dans la peinture. L'homme était drôlement maigre. Et ça se voyait qu'il mangeait pas comme il faut. En tout cas il faisait pauvre. Et fatigué. Comme s'il avait longtemps voyagé, et traversé des montagnes et des forêts. Au bout d'un moment, quand on était habitué à le regarder, on se disait que c'était lui qui avait peur. C'est souvent comme ça, les gens qui ont la trouille vous la filent aussi. Comme Gaspard Hauser quand il est arrivé des bois.

J'ai pensé à mon frère Henry, parce qu'il ressemblait à l'homme du tableau. Et sûrement que Picasso aurait aimé peindre Henry s'il l'avait connu.

Ce qui était beau aussi, c'était les couleurs. Oh, elles étaient vraiment belles ces couleurs. J'en avais jamais vu des comme ça. Pourtant les couleurs, à un moment, on croit toutes les connaître. Une fois qu'on a vu du bleu, du rouge et du vert, on se dit qu'on est

2 **la file d'attente** (f.): Warteschlange (*la file:* Reihe; [Fahr-]Spur).
3 f. **quand ça a été mon tour:** als ich an der Reihe war.
10 **pris, e au piège:** in die Falle gelockt (*le piège:* Falle).
24 **des comme ça:** *des couleurs comme ça.*
24 f. **à un moment:** für einen (kurzen) Augenblick.

calé. Mais Picasso il en a inventé d'autres. Comme si celles de la nature ne lui suffisaient pas. Certaines de ces couleurs éclatent tellement qu'on peut penser que le tableau date d'hier, mais en fait c'est sacrément vieux, et les couleurs continuent d'éclater.

À côté du tableau, il y avait une petite étiquette avec marqué la date et le titre. Autoportrait. J'ai demandé à Brice ce que ça voulait dire, il m'a expliqué que c'était un portrait que Picasso avait fait de lui-même, et quand j'ai repensé au mot *Autoportrait*, je me suis dit que c'était le bon mot. Depuis, j'ai appris tous les mots qui commencent par *auto*. *Autochtone. Automate. Autodidacte. Autonome.* Il y en a que je connaissais déjà. *Automobile. Autodéfense. Autoradio.*

Ça m'a ouvert de savoir que le pauvre homme sur le tableau était Picasso. Vu la date, il l'avait peint dans sa jeunesse, et c'était triste de voir un homme se représenter comme ça. Et honnête aussi. Il n'y a pas beaucoup de gens qui disent vraiment ce qu'ils sont.

Si je devais faire mon autoportrait, je frimerais un peu, et j'aurais l'air d'un type super, qui se marre tout le temps.

3 **éclater:** hier: strahlen, explodieren (Farben).
4 **dater de:** stammen, datieren aus.
7 **avec marqué:** gekennzeichnet, beschriftet.
**un autoportrait:** Selbstbildnis.
12 **autochtone:** einheimisch, eingeboren.
13 **autodidacte:** autodidaktisch, der sich selbst weiterbildet.
**autonome:** unabhängig, selbstständig.
14 **une autodéfense:** Selbstverteidigung, Selbstschutz.
16 **vu la date:** angesichts, in Anbetracht des Datums.
18 **honnête:** ehrlich, korrekt, anständig.

Je suis resté avec Brice le temps de la visite, il était intéressé, et c'est normal, parce qu'il est tout le temps à dessiner.

On a vu des centaines de tableaux. Et des dessins. Des sculptures. De la poterie. Des assiettes. Picasso il a pas arrêté et il a peint sur tout ce qui traînait. Ça devait être drôlement coloré chez lui. S'il achetait une assiette blanche toute bête, il la peignait et ça devenait une assiette de Picasso.

Les tableaux qui nous ont le plus plu, c'est les cubiques. Oh, on les a adorés ces tableaux. C'est des portraits, comme celui du début, mais avec des formes bizarroïdes, plein de carrés et de rectangles. Il y en avait un avec deux femmes, une mère et sa fille. Vous auriez vu leurs tronches. Elles avaient l'air de sortir de l'hosto et tout. Un accompagnateur d'une autre classe a dit tout haut que le cubisme ça avait changé l'histoire de la peinture. Et je veux bien le croire parce qu'il faut vraiment être différent pour peindre comme ça. Quand on était devant le tableau des deux femmes, Karim a dit à Yéyé qu'il trouvait que la vieille ressemblait à sa mère. Et on s'est tous marré parce que la

5 **la sculpture:** Bildhauerei; Skulptur, Plastik.
**la poterie:** Töpferei; Töpferwaren.
6 **tout ce qui traîne:** alles, was so herumliegt.
7 **coloré, e:** bunt, farbenfroh; gefärbt.
8 **toute bête:** eigtl. *tout bête:* ganz einfach.
11 **les cubiques:** kubistische Gemälde (mit geometrischen Figuren und Formen).
13 **le rectangle:** Rechteck.
16 **un hosto** (fam.): *un hôpital.*
17 **le cubisme:** Kubismus.

mère de Yéyé elle est vachement cubique, surtout quand son mari lui cogne dessus. Depuis qu'on est allés au musée, *cubique*, c'est une expression qu'on utilise beaucoup entre nous.

Par exemple si deux gars parlent d'une fille:

– Tu la trouves comment?

– Cubique.

Ou alors quand on se lève et qu'on est crevé:

– Oh, je suis cubique ce matin.

Après Nicolas Gasser nous a dit que son père avait un Picasso.

– Il a pas de Picasso, ton père!

– Si … Et même que c'est une Citroën.

Ça nous a tués parce que c'est vrai que son père il a une Citroën Picasso. Mais surtout qu'en étant dans le musée, on a trouvé honteux d'appeler une voiture comme ça. C'est comme la cité. C'est pour faire croire que c'est beau.

En sortant du musée on est allés prendre un goûter dans un square à côté. Sur la place des Vosges. Là aussi on a eu un choc parce que la place et le square ils étaient terribles. Ça ressemblait au jardin du paradis et tout. Il y avait une grosse fontaine au milieu avec de l'eau qui sortait de la bouche de super statues. Et l'eau était pas dégueulasse ni rien. Des gens assis sur des bancs lisaient des livres, et des petits gamins jouaient à cache-cache derrière les arbres. On s'est

20 **le square:** (kleine) Grünanlage (inmitten eines Platzes).
**la place des Vosges:** einer der ältesten und schönsten Plätze in Paris, gelegen im Stadtteil Marais.

23 **la fontaine:** (Spring-)Brunnen.

posés sur une pelouse et je crois qu'on a un peu gâché le paradis. Surtout quand tout le monde a sorti son goûter enveloppé de papier alu.

Comme c'était l'hiver, la nuit est tombée tôt, et dans le car qui nous ramenait, Paris était encore plus magnifique. Je regardais les gens sur les trottoirs, et je pensais qu'ils avaient beaucoup de chance de pouvoir y vivre. Si vous habitez à Paris, vous devez savoir de quoi je parle. C'est comme d'habiter dans le musée Picasso et d'être entouré de ses tableaux.

Je voyais les immeubles. Les portes d'entrée. Les grands magasins. Les ponts. Les plaques de rues. Les lampadaires. Les jardins. Les cinémas. Les théâtres. Les cafés. Les restaurants. Et j'aurais voulu rester encore un peu pour en profiter.

Je ne sais pas ce que je veux faire plus tard, mais je sais où je veux vivre. À Paris. J'y resterais toute la journée. Dès le matin je sortirais pour marcher dans les rues. Et le soir j'irais sur les ponts voir la lumière tomber.

La nuit, Paris est orange. Et on a l'impression de voyager dans le temps. On croit entendre des bruits de chevaux et de calèches, et au même moment, des moteurs d'avions dans le ciel.

Le car a pris l'autoroute pour rejoindre notre banlieue.

J'ai pensé aux tableaux de Picasso.

3 **le papier alu (aluminium):** Alufolie.
5 **ramener qn:** jdn. zurückbringen.
13 **le lampadaire:** (Straßen-)Laterne, Straßenbeleuchtung.
23 **la calèche:** Kutsche, Kalesche.

Ils me manquaient.

Et je voulais vivre à Paris pour ne pas être loin d'eux.

Je suis arrivé devant la boulangerie près du collège. À l'intérieur, il y avait une femme que je connais de vue parce qu'elle est la mère d'un des élèves d'une autre sixième. Elle achetait un goûter à son fils pour la sortie. Ça m'a fait mal au cœur parce que j'ai pensé à ma Mère, et au nombre de fois où elle avait dû venir dans cette boulangerie m'acheter un goûter. Mais c'était surtout avant que je rentre en sixième, alors j'ai pas craqué.

Avec les cinq euros d'Henry, j'ai pris un Ice Tea, et un *Tout Choc*. C'est une sorte de double pain au chocolat. J'avais tellement faim que j'avais plus faim. Vous savez, quand on a trop attendu. Mais je me suis quand même enfilé le *Tout Choc*, en deux secondes.

Je suis allé devant les grilles de la sortie, mais un peu sur le côté. J'avais peur de tomber sur un surveillant ou un prof.

Comme j'ai une pendule dans la tête et que j'avais dix minutes devant moi, j'ai un peu travaillé ma conduite de balle. J'aurais pu lire le bouquin de Rimbaud, mais je ne voulais pas le faire dehors. Et puis, quand je commence à lire, j'aime bien savoir que j'ai du temps devant moi.

J'ai fait une boule avec le papier de la boulangerie,

5 **connaître qn de vue** (f.): jdn. vom Sehen kennen.
17 **s'enfiler qc** (fam.): sich etwas reinziehen, reinpfeifen.
19f. **un surveillant / une surveillante:** Aufsichtsperson.

et j'ai longé le bord du trottoir. J'ai pensé à un mot plus simple pour dire conduite de balle. J'ai trouvé *autoballe* et c'était pas terrible. En tout cas, j'étais en forme, et la balle elle restait droite. Ce qui était dommage, c'est que personne ne me voyait. Mais ça allait pas tarder.

Parce que la sonnerie est arrivée.

5 f. **ça allait pas tarder:** etwa: das sollte nicht lange auf sich warten lassen.

7 **la sonnerie:** (Pausen-)Klingel.

## Chapitre quatorze

# 16 h 30

C'était drôle d'être à la sortie de l'école, avec les autres mères. Y en avait au moins cinquante. Même si au collège il y en a moins. La plupart se connaissent, et même des fois, se claquent la bise et tout. C'est comme dans une classe. Il y a des mères qui sont de bonne humeur, parlent à tout le monde et veulent organiser un tas de trucs. C'est un peu des mères déléguées des mères. Il y a des mères pressées, qui arrivent en courant, attendent en tournant, et tirent leur gamin par le bras, pour repartir à fond. Il y a des mères timides, qui restent à trois kilomètres de la sortie, presque cachées derrière un Abribus. Il y a des mères qui se croient supérieures, qui viennent en robe de soirée et se plantent juste devant la sortie en faisant semblant de parler au téléphone.

Et il y a un père. C'est celui de Lucien Artel. Sa mère est morte quand il était petit, alors son père s'est arrangé pour s'en occuper. On l'a vu tous les jours devant la sortie. Et puis des fois, il a eu des femmes, alors les femmes venaient chercher Lucien. Et au bout

6 **se claquer la bise** (fam.): sich einen ‚Schmatz' aufdrücken *(la bise,* fam.: Küsschen, ‚Bussi').
9f. **les mères déléguées des mères:** die Mütter im Elternbeirat.
14 **un Abribus:** Wartehäuschen, überdachte Bushaltestelle.
16 **se planter devant qc** (fam.): sich vor etwas aufpflanzen, hinstellen.

d'un temps, on revoyait le père à la sortie, et ça voulait dire que son histoire d'amour était finie. N'empêche que Lucien il est vachement sympa, on est pas dans la même classe, mais quand on se croise, faut toujours qu'on cause un peu.

Les élèves ont commencé à sortir, et c'était pire que dans la cour de récréation, ils avaient l'air débiles, ou de revenir de l'enfer. Ça partait dans tous les sens. Et ce qui était bizarre, c'est que le gamin de la mère timide était déchaîné. Le gamin de la mère pressée avait tout son temps. Et celui de la mère supérieure, coincé comme un ascenseur.

La classe de Mélanie est sortie avant la nôtre.

Je me suis approché.

Quand je l'ai vue arriver, j'ai senti mon cœur.

Je suis resté à la regarder. D'habitude, je fais semblant de ne pas la voir. Mais cet après-midi, j'étais plus courageux, ou plus honnête, comme dans l'autoportrait de Picasso.

Les élèves sortaient et on se serait cru dans un film. Vous savez, ces scènes au cinéma qui ont l'air au ralenti. Avec un homme immobile au milieu de la foule qui lui fonce dessus. Et l'homme ne quitte pas des yeux une fille qui ne l'a pas encore vu. En général, je les déteste ces scènes. Mais cette fois, devant la sortie, j'étais l'homme.

5 **causer:** hier: plaudern, sich unterhalten.
10 **être déchaîné, e:** entfesselt, hemmungslos, außer Rand und Band sein.
11 **avoir tout son temps:** alle Zeit der Welt, viel Zeit haben.
21 f. **au ralenti:** in Zeitlupe (*ralentir:* verlangsamen, [ab]bremsen).

Au ralenti.

Mélanie est passée devant moi, et comme elle devait sentir que je la regardais, elle m'a juste jeté un petit coup d'œil, et elle m'a dit:

– Salut.

Et sans que je le veuille ou quoi, j'ai répondu:

– Salut.

C'était aussi fort que si on s'était embrassé. En même temps on s'était juste dit bonjour, alors s'embrasser, ça devait être la mort.

J'ai pas eu trop le temps d'y penser parce que la bande est arrivée. Karim. Brice. Yéyé. Nicolas.

Karim m'a pris par le bras, et m'a tout de suite entraîné pour qu'on s'en aille.

– Y a les flics qui sont venus …

– Quoi?

– Les flics, ils sont venus pendant qu'on était en cours de français.

– Qu'est-ce qu'ils voulaient?

– J'en sais rien, ils étaient avec Boulin, et la prof est sortie dans le couloir pour parler avec eux.

– Mais ils ont dit mon nom?

– Non … Ils sont juste sortis avec la prof … Quand elle est revenue dans la classe, on lui a demandé ce qu'il se passait, mais elle a pas voulu nous dire.

– C'était peut-être pas pour moi.

– Peut-être … Mais peut-être que si.

J'aurais dû trembler et imaginer le pire, mais je n'arrêtais pas de penser à Mélanie, et ça faisait comme un équilibre.

On a pris la direction du stade parce qu'il y avait entraînement. Je savais que je ne pourrais pas jouer, et que sans mes crampons, Monsieur Lorofi ne me laisserait jamais aller sur la pelouse.

– Qu'est-ce que vous avez fait en français?

– On a lu le poème sur Gaspard Hauser.

– Qui a été interrogé?

– Hélène Taroche.

– Elle a eu combien?

– 19.

Hélène Taroche est une bonne élève, mais faut toujours qu'elle ait un air terrible quand elle récite un poème. Elle en rajoute des tonnes, prend des pauses de cinq heures, et à la fin, elle est en larmes et tout. Y en a qui aiment bien. Moi je trouve ça ringard.

– Après on a fait une rédaction.

– Quel sujet?

– *Ce que j'ai de meilleur en moi.*

– *Ce que j'ai de meilleur en moi?*

– Ouais.

– Et alors?

– Ben j'ai parlé de mon pied droit, à cause du foot.

– Et toi Yéyé?

– Mon pied droit.

– Et toi Brice?

– J'ai parlé de ma curiosité.

Yéyé a dit:

– T'es pas tellement curieux, tu demandes jamais rien?

– Ça m'empêche pas de m'intéresser ... Je vous écoute ... Je fais même du foot parce que vous adorez ça, alors que je sais pas jouer.

5 **interroger qn:** hier: jdn. prüfen, abfragen.

Je me suis rappelé qu'une fois qu'on était chez lui, Brice m'avait dit que sa mère racontait que les meilleures qualités d'un homme étaient la curiosité et la patience. Et la mère de Brice, elle s'y connaît en types. Brice il a ces qualités. C'est vrai qu'il s'intéresse à plein de choses. Vous pouvez lui parler de musique, d'histoire, de politique ou de cinéma, il aura toujours un mot à dire.

Moi comme qualité, je rajouterai l'humour. Je trouve que c'est un truc qu'il faut avoir. Et quand je suis en forme, j'ai un sens de l'humour incroyable. Vous me verriez dans ces moments, vous auriez mal au ventre à force de vous tordre de rire. Je sais jamais quand ça va me prendre, il suffit que je me sente bien et tout coulos. Si je suis timide, gêné ou quoi, j'en sors pas une, et j'ai plutôt l'air d'un mort. Ou quand je suis en face de quelqu'un qui me met mal à l'aise, comme Madame Hank, notre prof d'anglais, ou même Mélanie. Ces gens ne peuvent pas imaginer à quel point je suis drôle. Mais si je suis avec la bande et que j'ai la rage, c'est un spectacle je vous jure. Je vais à cent à l'heure et c'est dur de me suivre.

Ce qui me déprime, c'est qu'une seule personne au

4 **s'y connaître en qc:** sich gut auskennen mit, viel von etwas verstehen.
5 **le type** (fam.): Kerl, ‚Macker', Typ.
9 **la qualité:** hier: positive Eigenschaft, Fähigkeit.
**un humour:** Humor.
19 **à quel point:** wie sehr, in welchem Maße.
20 f. **avoir la rage:** etwa: in Hochform sein, toben (*la rage:* Wut, Rage).
21 f. **aller à cent à l'heure** (f.): mit hundert Stundenkilometern fahren; hier (fam.): mit einem Affenzahn, Affentempo loslegen.

milieu de cinquante autres peut me rendre timide et muet comme un poisson.

Au collège, avec les profs, c'est la même histoire. Il y en a qui vous glacent le sang, et d'autres qui nous font croire qu'on est des génies. La pire c'est Madame Hank. Alors elle je l'adore pas. Déjà, elle est toujours à m'appeler Charles avec l'accent anglais:

– Tchaaaarlless …

Oh, je pourrais lui mettre une claque à chaque fois. Dès le premier jour de l'année, elle a collé toute la classe pour une heure, rapport ça nous a fait marrer quand elle a commencé à parler en anglais:

– Hello, my name is Miss Hank, I am your English teacher.

Quel fou rire. On a rien compris et tout. Ce qui était marrant, c'était l'accent. Et quand elle a dit Hello, elle a carrément eu une tête de cul. Elle a mis la bouche en avant pour bien faire le *o* de Hello.

Après nous avoir collés, elle a voulu qu'on dise Hello en chœur. Alors on l'a fait, et on a tous eu une tête de cul.

Et je crois qu'on ne peut pas avoir une autre tête en disant ce mot, et en forçant sur l'accent.

Allez-y, faites-le, vous allez voir.

Faites-le, j'attends.

4 **glacer le sang:** das Blut (in den Adern) erstarren lassen.
9 **la claque:** Ohrfeige.
10 **coller qn** (fam.): hier: jdn. nachsitzen lassen.
17 **avoir une tête de cul** (pop.): ein wahres Arschgesicht haben.
20 **en chœur** (m.): im Chor, gemeinsam, unisono.
23 **forcer sur qc:** mit etwas übertreiben, etwas überstrapazieren.

Alors, vous voyez, vous avez une tête de cul.

Ce qui est dommage avec Hank, c'est qu'on a fini par ne plus l'écouter, et fallait vraiment être motivé, ou Brice, pour continuer. À force de se faire coller, ou interdire de rire, on reste calme, mais on pense à autre chose, en se disant que l'anglais c'est pas marrant.

– Et toi Charly, t'as trouvé ton frère?

– Ouais, à Saint-Ex.

– Ça craint là-bas.

– Ouais.

– Et alors?

– Alors, rien.

Je n'avais pas envie de leur raconter ce que m'avait dit mon frère.

Je n'avais pas encore eu le temps d'y penser.

Je ressentais une sorte de honte. Et de peur. Comme Henry, parce qu'il était drogué. J'avais une boule en moi. Pas dans le ventre, mais plus haut, dans la gorge. Une boule qui allait sortir en larmes, en vomi, ou en cri. Et je ne voulais pas que ça arrive devant mes amis. Je préférais être seul. Ou avec ma Mère.

– Henry sait pas ce qui a pu se passer …

On est arrivés au stade et je suis allé dans le vestiaire avec les autres. À cette époque les entraînements sont très importants parce qu'il y a beaucoup de matchs à

16 **ressentir qc:** etwas empfinden, verspüren.
19f. **le vomi** (fam.): Erbrochenes, Kotze (*vomir:* erbrechen, sich übergeben).

jouer. Ceux du championnat. Des matchs de coupes. Et un tas de tournois auxquels on participe. Notre équipe est assez bonne. On est dans les cinq premiers du classement. C'est surtout grâce à Karim et Yéyé, qui marquent des buts à chaque rencontre. Nicolas Gasser joue arrière, et c'est une montagne à traverser. C'est pas qu'il soit costaud, mais c'est un type nerveux qui ne se laisse pas faire. Brice aussi joue à l'arrière. Mais la vérité, c'est qu'il ne joue pas souvent. L'entraîneur l'a mis à cette place parce qu'il est lourd et qu'il peut gêner les attaquants. Mais c'est surtout sur le banc qu'il passe le plus de temps. Ce qui est bien avec Brice, c'est qu'il nous félicite toujours après le match, et nous parle des actions et des buts qu'on a marqués.

Karim a été le premier changé. Il est venu s'asseoir à côté de moi sur le banc.

– T'es sûr que tu veux pas qu'on demande à Lorofi de te laisser jouer?

– Non, il voudra jamais … Et puis, j'ai pas tellement envie de toute façon.

– Qu'est-ce que tu vas faire?

– Je vais vous regarder, et puis j'irai peut-être faire un tour.

1 **la coupe:** Pokal.
4 **le classement:** hier: Ranglisten-, Tabellenplatz.
5 **la rencontre:** hier: (Spiel-)Begegnung.
7 **costaud, e** (fam.): stämmig, untersetzt; robust.
**nerveux, -euse:** hier: dynamisch, spritzig; kraftvoll.
8 **ne pas se laisser faire** (fam.): sich nichts gefallen lassen.
11 **un attaquant / une attaquante:** Angreifer(in); hier: Angriffsspieler(in), Stürmer.
15 **changer:** hier: auswechseln.

– Tu vas rentrer chez toi?

– Je crois pas … Vaut mieux que j'attende un peu.

– T'as raison … Si tu veux, pour dormir ce soir, y a la cave chez moi.

– Ça marche.

– Je pourrai rester un peu avec toi.

– Merci.

La cave de Karim est plutôt propre comparée aux autres. Des fois on y va pour se parler un peu. Il y a même un matelas, que le frère de Karim a récupéré à la décharge. Il la prête souvent à Riton Maroni, un type de l'immeuble, qui a cinq ans de plus que nous et qu'on aime bien. Riton est tout le temps à découcher, parce que sa mère, avec qui il vit seul, est toujours bourrée, et dans ces moments-là, elle ne reconnaît personne et n'ouvre pas la porte à son propre fils.

Riton a un peu arrangé la cave aussi. Il a collé deux trois posters de films, et il a mis une petite lampe qui n'a pas d'abat-jour mais qui éclaire comme il faut.

Les autres nous ont rejoints, et Yéyé a fait son numéro de claquettes sur le carrelage. C'est un truc qu'il fait toujours. Dès qu'il a ses crampons et qu'il est sur le carrelage du vestiaire, il fait des claquettes. Il y a des types têtus. Ils peuvent voir le soleil se lever tous

10 **récupérer qc:** hier (fam.): etwas auftreiben, ergattern.
11 **la décharge:** Schuttabladeplatz, Mülldeponie.
13 f. **découcher:** auswärts (nicht zu Hause) schlafen.
20 **un abat-jour:** Lampenschirm.
21 f. **faire des claquettes** (f., pl.): steppen, einen Stepptanz aufführen.
22 **le carrelage:** Platten-, Fliesenboden.
25 **têtu, e:** eigensinnig, starrköpfig, eigenwillig.

les jours, ou mettre des chaussures à crampons, ils feront chaque fois des claquettes.

Lorofi était déjà sur le terrain avec son sifflet à la bouche. Cet homme doit avoir un ballon à la place du cerveau.

Je suis allé m'asseoir dans les tribunes pendant que mes copains rejoignaient les autres joueurs sur la pelouse.

L'entraînement commence toujours par quelques tours de terrain, histoire de se chauffer un peu. Après on travaille la technique. Et puis des passes à une touche de balle. Les centres et les corners. Les coups francs. Les penaltys. Et on termine par un petit match entre nous.

D'être dans les tribunes m'a fait penser à Henry. Je n'arrivais pas à avoir un avis sur ce qu'il m'avait raconté. Ou je ne voulais pas y penser. Je ressentais juste des choses. Comme un frisson qui me traversait et remontait jusqu'au cœur.

La première fois où Henry m'avait parlé de notre père, c'était il y a un an.

3 **le sifflet:** Pfeife (Schiedsrichter).
10 **(faire) un tour de terrain** (m.): eine Runde auf dem Spielfeld drehen.
11 **travailler la technique:** etwa: an der (Spiel-)Technik arbeiten, die Technik ausfeilen.
**la passe:** Pass, Zuspiel.
12 **la touche de balle** (f.): hier: Einwurf (von der Seitenlinie).
**le corner** (angl.): Eckstoß, -ball, Ecke.
12f. **le coup franc:** Freistoß.
13 **le penalty** (angl.): Strafstoß, -schuss; Elfmeter.

On partage notre chambre avec mon frère, et nos lits superposés. Lui en haut, moi en bas. Ce qui est une erreur, parce qu'Henry rentre souvent au milieu de la nuit et m'écrase la tête plutôt que l'échelle pour monter.

Les rares fois où on se couche ensemble, Henry adore me mettre les boules en me racontant des histoires atroces d'horreur. Par exemple, il y a deux ans, on avait eu un voisin de palier angoissant. C'était un type seul, qui ne sortait jamais de chez lui et faisait encore moins de bruit. Ce qu'il faut savoir, c'est que dans notre immeuble, si un type du quatorzième étage va aux toilettes dans la nuit, celui du troisième sera au courant. Mais notre voisin était silencieux comme un mort. Et puis une nuit, on a commencé à entendre des choses bizarres. Comme une respiration très forte. Ça ressemblait au souffle d'un animal blessé. J'avais vu un chien dans cet état, après qu'il venait de se faire renverser par une voiture.

La respiration accélérait, et s'arrêtait. Et juste après, il y avait un choc, comme quelqu'un qui tombait à genoux.

– Henry … Henry …

2 **les lits superposés** (m., pl.): Etagen-, Stockbett (*superposé, e:* übereinander, aufeinander liegend).

4 **écraser qc à qn:** jdm. etwas zerdrücken, zertrampeln.

7 **mettre les boules** (f.) **à qn** (fam.): jdm. eine Heidenangst einjagen.

9 **le voisin / la voisine de palier** (m.): Flurnachbar(in).

13 f. **être au courant:** hier: Bescheid wissen.

18 f. **se faire renverser par une voiture:** unters Auto kommen, überfahren werden.

21 f. **tomber à genoux** (m.): auf die Knie fallen.

– Quoi?
– T'entends?
– Ouais.
– C'est quoi ces bruits?
– C'est le voisin.
– Je sais, mais qu'est-ce qu'il a?
– Il pleure.

J'ai écouté un peu, ça ressemblait bien à des sanglots.

– Pourquoi il pleure?
– Parce qu'il est triste de ce qu'il est.
– Qu'est-ce qu'il est?

Il y a des questions qu'il ne faudrait jamais poser aux tarés comme Henry.

– Un vampire.
– Quoi?
– Ce type est un vampire Charly, je savais pas comment te le dire, mais c'est la vérité …
– Tu dis n'importe quoi, ça existe pas.
– Tu l'as déjà vu notre voisin?
– Non.
– C'est normal, tu sors que la journée … Mais moi qui suis souvent dehors la nuit, je le croise parfois …
– Et alors?
– Alors, il cherche de la nourriture …
– Quelle nourriture?
– De la nourriture humaine …

J'ai entendu Henry se retourner dans le lit du haut, il a passé sa tête pour me parler.

8 **les sanglots:** Schluchzen (*le sanglot:* Schluchzer).
24 **la nourriture:** Nahrung, Essen, Verpflegung.
26 **humain, e:** menschlich.

– Eh Charly …

– Quoi?

– Ce type bouffe des gens.

– Arrête.

J'ai fermé les yeux pour faire semblant de dormir, Henry s'est rallongé dans son lit.

Il y a eu un silence.

Et un cri.

Un cri terrible. Mon cœur s'est arrêté, et je me suis redressé dans mon lit.

– Henry!

Mon frère qu'est un salaud, ronflait pour de faux.

– Henry … Henry merde …

– Quoi?

– Qu'est-ce qu'il a?

– Il souffre … Il s'en veut d'avoir croqué un petit môme.

– Il croque des petits mômes?

– Ouais … uniquement.

– Et pourquoi pas des grands?

– Parce qu'il aime la jeune chair, et le sang frais … Et surtout les Blacks!

– Pourquoi les Blacks?

– Paraît qu'ils sont plus fermes.

6 **se rallonger:** eigtl. *s'allonger*; hier (fig.): sich ausstrecken, sich ‚lang' machen.
12 **ronfler:** schnarchen, ‚sägen'; brummen.
**pour de faux:** so tun als ob, falsch.
18 **croquer:** hier (fam.): herzhaft hineinbeißen, anknabbern.
19 **uniquement:** hier: ausschließlich.
21 **la chair:** (menschliches) Fleisch.
24 **ferme:** hier: (biss)fest.

– J'ai peur Henry!

Henry a fait semblant de ronfler. Je me suis mis sur le côté pour essayer de dormir vite fait.

Ça a commencé à taper contre notre mur. Un bruit lourd, toutes les secondes.

Boum … Boum … Boum …

Je me suis encore redressé.

– Henry … T'entends …

– Ouais …

– C'est quoi?

– C'est le voisin … Je crois qu'il a faim.

– Mais il peut pas traverser le mur.

– C'est un vampire Charly, ces types ont tous les pouvoirs.

Le bruit augmentait et allait de plus en plus vite. J'étais pas rassuré parce que les murs de notre immeuble ne sont pas plus épais que le papier peint qu'on colle dessus.

– Henry, qu'est-ce qui se passe?

– Il arrive … Au revoir, Charly …

– Non … Non …

J'ai cru que mon cœur allait exploser. Le bruit était tellement fort que le mur bougeait. Dans la panique, je me suis levé d'un coup pour allumer la lumière. Peut-être que je voulais le voir traverser notre mur pour me bouffer.

Quand j'ai allumé, le bruit s'est arrêté direct. Ça m'a un peu calmé.

16 **être rassuré, e:** beruhigt sein, sich sicher fühlen.
17 **épais, se:** dick.
**le papier peint:** Tapete.

Je suis retourné au lit.

– Charly, éteins la lumière.

– Non.

– Éteins je te dis, je veux dormir.

– Je m'en fous, j'ai trop peur.

Henry a voulu descendre l'échelle.

– Qu'est-ce tu fais Henry?

– Je vais éteindre.

– Non … Si t'éteins je vais le dire à maman.

– Elle va te dire d'éteindre elle aussi.

– Pas si je lui dis tout ce que tu m'as raconté.

Henry a un peu peur de notre Mère, il s'est rallongé.

– T'es chiant Charly, j'arrive pas à dormir avec la lumière allumée.

– Et avec un mec qui traverse le mur pour me bouffer, t'arrives à dormir?

Henry s'est marré.

– Mais c'est des conneries … C'est moi qui faisais le bruit avec ma main.

– Quoi?

Henry a tapé contre le mur. Et c'était le même bruit. J'aurais pu le tuer.

– T'es vraiment un pauvre connard.

Je me suis levé.

– Fais pas la gueule Charly … Tu vas où?

– Je vais le dire à maman.

Je suis allé voir notre Mère qui était encore dans le salon, et je lui ai tout raconté. Elle est venue dans

2 **éteindre la lumière:** das Licht ausmachen.

notre chambre et Henry en a pris pour son compte. Ensuite, elle m'a couché en me faisant un câlin, et ce qui m'a tué, c'est qu'elle en a aussi fait un à Henry, alors que c'était le dernier des salauds.

On s'est retrouvés dans le noir.

– Charly?

– Quoi?

– T'es une petite balance.

– T'as qu'à pas me faire peur.

– C'est un truc de famille, faut que tu t'y fasses.

– Pourquoi?

– Quand j'étais petit, on me racontait beaucoup d'histoires comme ça, de sorciers au pays et tout.

Quand Henry disait *on*, ça voulait dire qu'il parlait de notre père. Ma Mère ne raconterait jamais d'histoires d'horreurs à ses enfants.

– Henry … Tu crois qu'il va revenir un jour papa?

– L'appelle pas papa.

– Pourquoi?

– Parce que c'est le mot pour ceux qui ont un père.

– Comment je l'appelle alors?

– L'appelle pas.

– Bon, alors tu crois qu'il va revenir un jour ou l'autre?

– Ta gueule.

1 **en prendre pour son compte** (fam.): gehörig eins aufs Dach, auf den Deckel bekommen.

2 **faire (un) câlin (à qn):** zärtlich, lieb sein (zu jdm.) (*le câlin:* Liebkosung, Zärtlichkeit).

8 **être une balance** (fam.): eine Petze sein.

10 **(il) faut s'y faire:** daran muss man sich gewöhnen.

13 **le sorcier / la sorcière:** Zauberer, Hexenmeister / Hexe.

Henry s'est retourné dans son lit et je l'ai fermée. Peut-être trente secondes après, il a encore dit:
– Dors bien, Charly.
Et ça voulait dire qu'il avait de la peine, mais qu'il ne voulait pas que j'en aie trop moi-même.

Il n'y a rien de plus chiant que de regarder des types courir autour d'un terrain. Et puis je n'arrêtais pas de penser à Mélanie et au fait qu'elle m'avait dit salut et tout. J'avais le cœur dans un drôle d'état. Comme coupé en deux. D'un côté, le poids de toutes ces histoires avec ma Mère, et de l'autre, le frisson de Mélanie qui ne me quittait pas. Ce qui est bizarre avec le cœur, c'est ce qu'il peut ressentir en même temps. On peut être triste, et heureux à la fois. Ce que je ressentais pour Mélanie m'empêchait sûrement de ne pas trop penser au reste. Et je voulais protéger ce frisson.
Je savais qu'il me rendait fort.

Je me suis levé pour aller faire un tour dans le quartier pavillonnaire où habite Mélanie. Jusqu'à son pavillon. Je savais que je n'oserais pas sonner. Mais l'idée d'y traîner me plaisait.
Et puis, mes copains étaient encore à courir autour du terrain, et c'était mortel à regarder.
Ils en avaient encore pour une heure et demie.

10 **couper en deux:** zerschneiden.
14 **à la fois:** gleichzeitig, zur gleichen Zeit.
15 **empêcher qn de faire qc:** jdn. (daran) hindern, etwas zu tun.
23 **mortel, le:** hier (fam.): sterbenslangweilig, tödlich.

## Chapitre quinze

# 16 h 50

*Ce que j'ai de meilleur en moi … Ce que j'ai de meilleur en moi … Ce que j'ai de meilleur en moi …*

Je trouvais rien. C'était pas évident comme sujet de rédaction. Pourtant les rédactions je m'y connais. Je me ramasse souvent la meilleure note. Surtout depuis mon 18 pour *Ma vie plus tard je l'imagine*. Ce qu'il faut, c'est pas paniquer. Une fois qu'on vous a refilé le sujet, si vous commencez à regarder votre montre et l'heure qui passe, vous êtes mort. Et puis les sujets sont juste là pour vous lancer. Comme un tremplin. *Ce que j'ai de meilleur en moi*, n'est pas forcément en moi. Le pied droit de Karim et Yéyé n'est pas ce qu'il y a de mieux en eux. Et quand on les voit marquer autant de buts, on ne se dit pas qu'ils ont un pied magique ou quoi. On pense qu'ils ont drôlement de rage et de désir. Ce qu'il y a de meilleur en eux, c'est d'être dehors, en train de jouer, avec des gens qui les regardent et qui les encouragent. Ce qu'il y a de meilleur en Karim et Yéyé, c'est leur générosité. Et leur envie.

5 f. **le sujet de rédaction** (f.): Aufsatzthema.
9 **paniquer:** in Panik geraten, die Nerven verlieren.
**refiler qc à qn** (fam.): jdm. etwas andrehen, geben.
12 **lancer qn:** hier: jdn. in Gang, in Schwung bringen.
**le tremplin:** Sprungbrett, -schanze.
20 **encourager qn:** jdn. ermuntern, ermutigen; anfeuern.

*Ce qu'il y a de meilleur en moi*, est peut-être ce qu'il y a de pire. Comme le cœur, qui s'excite pour des choses différentes. J'aime quand mon cœur accélère pour Mélanie. Je déteste qu'il le fasse quand ma Mère est entourée de flics et ignore mon sourire. Mais mon cœur n'est pas ce qu'il y a de meilleur en moi. Il fait juste ce que ma tête lui dit. Et ma tête, ce que mes yeux voient. Ou alors mes yeux voient comme ma tête leur dit de faire. La vache, je deviens dingue. J'ai trop d'imagination.

C'est ça.

*Ce que j'ai de meilleur en moi*, c'est mon imagination.

*Ce que j'ai de pire en moi*, c'est mon imagination.

J'étais heureux en allant chez Mélanie. J'avais un peu honte, parce que j'aurais dû être déprimé, mais je me sentais bien, et j'en profitais comme si je savais que ça n'allait pas durer.

Je marchais un peu vite, en passant même par le centre, alors que je l'avais évité ce matin. J'étais pressé d'arriver, et c'était débile parce que Mélanie ne m'attendait pas. Et personne ne m'attendait.

J'étais content tout seul.

Ce que je me demande souvent, c'est si Mélanie a déjà pensé à moi. Je veux dire, sans qu'on se voie ni rien. Quand elle est chez elle, dans sa chambre, ou avant de s'endormir. Et si je me dis que oui, alors je me demande ce qu'elle voit quand elle pense à moi. Il y a forcément une image qui lui arrive en premier. On a tous un classement d'images dans la tête. Moi quand je pense à elle, c'est toujours la même image qui arrive. Je la vois devant l'école, elle a son sac à dos, sa veste en jean, et son foulard autour du cou. Elle marche bien droite, la tête un peu relevée, et c'est une sacrée beauté. J'ai un million d'images de Mélanie, et pourtant, c'est celle-là qui arrive en premier.

Ma Mère, je la vois de dos, enfin de trois quarts. Elle est dans la cuisine, debout, devant la gazinière, en train de préparer à manger. Je vois sa nuque et sa joue douces. Dans l'image de ma Mère il y a aussi une musique. Peut-être parce que je la connais mieux. Elle chante. Ou plutôt elle murmure un air.

Pour mon frère, c'est autre chose, c'est une photo de lui que j'ai comme image. Une photo qui est dans le salon chez nous. Il doit avoir cinq ans, il est tout nu dans la baignoire, et il rigole comme un fou. La photo est un peu floue et les couleurs ont l'air anciennes. Je ne sais pas qui l'a prise, mon père ou ma Mère. Henry a l'air heureux sur cette photo, mais quand on la regarde aujourd'hui, il n'y a rien de plus triste.

Je me demande quelle image Mélanie a de moi. J'aimerais pas trop que ça soit aux moments où je fais le dingue dans la cour avec les autres. Ou alors avec mon short pendant le sport au gymnase. J'aimerais qu'elle me voie quand j'arrive à l'école. Oh je vous jure, je fais une super gueule quand j'arrive à l'école. Je fais le type un peu crevé qu'a pas dormi de la nuit,

1 f. **le sac à dos:** Rucksack.
7 **voir qn de dos:** jdn. von hinten sehen.
8 **la gazinière:** Gasherd.
17 **flou, e:** unscharf, verschwommen.

parce qu'il a vécu des histoires pas possibles. Une fois, je suis même arrivé en boitant. Je sais pas pourquoi j'ai fait ça, et je l'ai décidé seulement trois cents mètres avant le collège. Mais je trouvais que ça faisait bien de boiter. Ce que je peux vous dire, c'est que je suis un sacré frimeur. Et je pourrais me casser la gueule moi-même pour avoir des cicatrices et un truc à raconter.

Ce que j'ai pas fini de vous dire tout à l'heure, c'est comment se terminait l'histoire du *Vampire*. Parce qu'il y a une fin, et c'en est une terrible. Et ça parle aussi des gens qui pensent aux autres.

Après qu'Henry m'a foutu la trouille avec notre voisin, j'ai continué à avoir peur toute la journée. Même si je ne pouvais pas le croiser le jour, je me disais que la nuit finirait par tomber, et que je risquais de me faire bouffer.

Le soir, pendant le repas, j'ai commencé à tourner autour de ma Mère pour dormir dans son lit. Ma Mère ne veut plus que je dorme avec elle, rapport je suis trop grand et tout. Et même ce soir-là, j'avais beau insister, lui dire *je t'en supplie*, ça n'a pas marché. Je ne voulais pas lui dire pourquoi j'avais peur. Je savais à l'avance qu'elle m'expliquerait que c'était des his-

1 **vivre des histoires pas possibles** (f.): unglaubliche Geschichten erleben.

2 **boiter:** hinken.

7 **la cicatrice:** Narbe.

9 **Ce que j'ai pas fini de vous dire:** Was ich euch noch nicht ganz, noch nicht zu Ende erzählt habe.

23f. **à l'avance** (f.): im Voraus, im Vorhinein, vorher.

toires et que personne ne mangeait des petits Blacks dans mon genre. Ça me rassurerait deux minutes, mais au moment de m'endormir, la peur reviendrait. En tout cas, j'ai vraiment pris mon temps ce soir-là. Deux heures pour me laver les dents. Cinq pour mettre mon pyjama, et ma Mère qui devenait folle à me courir après.

Comme elle sentait que j'étais fragile, elle est restée plus longtemps avec moi quand je me suis mis au lit. Henry n'était pas là. Et quand la lumière s'est éteinte, je me suis retrouvé bien seul. Henry est toujours à me mettre les boules, mais sans lui, je les ai encore plus.

Je me suis mis direct sur le ventre pour m'endormir le plus vite possible. Mais j'étais vraiment pas crevé.

Je n'arrêtais pas d'écouter le silence.

Les bruits d'escaliers, de vide-ordures et de courants d'air.

Au bout d'un moment, j'ai entendu les respirations. Comme celles de la nuit d'avant. Je me suis redressé et j'ai retenu mon souffle pour mieux entendre. Ça ne s'arrêtait pas, et même ça augmentait. J'aurais aimé qu'Henry soit là. Il ne m'aurait sûrement pas calmé, mais je préférais me faire bouffer devant quelqu'un. La respiration était forte, mais plus espacée. Ça ressemblait vraiment à un animal. Comme un ours. Et puis, il a eu un cri. Le même que l'autre nuit. Plus fort

4 **prendre son temps (pour faire qc):** sich (mit etwas) Zeit lassen.
16 **le vide-ordures:** Müllschlucker (*les ordures*, f., pl.: Müll, Abfall, Unrat).
20 **retenir son souffle** (m.): den Atem, die Luft anhalten.
24 **espacé, e:** vereinzelt, sporadisch; hier: in größeren Abständen.
25 **un ours:** Bär.

encore peut-être. Je me suis levé comme un dingue pour courir dans la chambre de ma Mère. Elle dormait mais je l'ai réveillée sans problème. J'étais dans une de ces paniques. Ma Mère a cru que j'avais fait un cauchemar, mais je lui ai gueulé que non, et que notre voisin était un vampire, et qu'il sortait que la nuit, et qu'il pouvait traverser les murs, et qu'il ne bouffait que les petits Noirs.

Ma Mère s'est levée, elle m'a dit que j'étais fou, et qu'il fallait que je me calme.

J'étais d'accord, mais seulement si je dormais avec elle. Ça a marché. Je lui ai demandé d'aller écouter dans ma chambre, et qu'elle verrait d'elle-même.

Après deux minutes, elle est revenue se coucher avec moi.

– Maman, t'as entendu?

– Oui.

– Et alors?

– Alors, c'est quelqu'un qui pleure, et qui souffre.

– Tu vois!

– Ça veut pas dire que c'est un vampire, ça existe pas Charly.

– Pourquoi il pleure?

– J'en sais rien.

– Mais pourquoi il pleure que la nuit?

– Peut-être que c'est à ce moment qu'il est le plus malheureux.

– Et pourquoi il …

– Charly, dors maintenant.

Je l'ai fermée parce que je voulais pas retourner dans mon lit.

Le lendemain soir, après notre repas, ma Mère a attrapé une bouteille de vin dans le placard, et elle a mis sa veste.

– Tu vas où maman?

– Chez le voisin.

– Quoi … *Le Vampire*.

– C'est pas un vampire.

– Pourquoi tu vas chez lui?

– Pour lui offrir cette bouteille, et lui souhaiter la bienvenue dans l'immeuble … Il est peut-être seul … Et tu verras que c'est quelqu'un de normal.

– Pourquoi *tu* verras?

– Parce que tu viens avec moi.

– Oh maman je t'en supplie.

– Pas de *je t'en supplie* … Tu viens avec moi.

Quand ma Mère fait son regard, avec les yeux fixes et tout, c'est pas la peine de discuter. Et puis *je t'en supplie* marche de moins en moins, va falloir que je trouve autre chose.

On est sortis de chez nous pour aller à l'autre bout du palier. C'était pas une super sortie. Ma Mère a frappé, et on a tout de suite entendu un truc derrière la porte, comme un bruit de chaise.

Je fixais la serrure, et j'avais l'impression qu'il allait la traverser d'un coup pour me dévorer.

1 **le placard:** Wand-, Einbauschrank.
8 f. **souhaiter la bienvenue à qn:** jdn. willkommen heißen.
15 **les yeux fixes:** mit festem, entschlossenem Blick.
16 **c'est pas la peine de faire qc:** es ist nicht der Mühe wert, es lohnt sich nicht, etwas zu tun.
23 **fixer qc:** hier: etwas fixieren, anstarren.
**la serrure:** (Tür-)Schloss.
24 **dévorer qn:** jdn. verschlingen, (auf)fressen.

Ma Mère a encore frappé.

– Oui?

C'était le *vampire*. Il était déjà derrière la porte, et on l'avait pas vu venir. Ce type avait vraiment des pouvoirs.

– Bonjour monsieur, je suis Madame Joséphine Traoré, et c'est mon fils Charly … Nous voulions vous souhaiter la bienvenue dans l'immeuble … Et à notre étage … On vous a apporté une bouteille de vin … De bon vin, je crois.

– Ah bon.

Sa voix était plus triste que le portail de mon école. Et puis, il n'était pas bavard, ma Mère devait en rajouter.

– Vous voulez boire un verre, chez nous même, si vous préférez.

– C'est gentil madame Traoré … Mais je ne peux pas … Non … Vraiment, je ne peux pas ce soir … Je suis désolé …

J'ai tiré ma Mère par la manche.

– Viens maman, on y va.

Ma Mère a posé la bouteille devant la porte, et elle a dit:

– Alors, une autre fois j'espère, bonne soirée monsieur.

On est rentrés, et c'est seulement à ce moment que mon cœur s'est remis à battre et que j'ai respiré.

1 **frapper (à la porte):** anklopfen.
12 **le portail:** Portal, (großes) Tor.
18 f. **je suis désolé:** tut mir leid (*désolé, e:* tief betrübt, untröstlich).
20 **la manche:** hier: Ärmel.

Le lendemain matin, quand j'ai ouvert la porte pour partir à l'école, j'ai trouvé quelque chose sur notre paillasson.

Un papier enroulé avec une petite chaîne en or et une médaille.

Sur la médaille était gravée l'inscription:

*+ qu'hier et – que demain*

J'ai déroulé le papier, il n'y avait qu'une phrase d'écrite:

*Alice ne pense plus à moi, mais Madame Traoré et son fils Charly m'ont apporté du vin.*

J'ai regardé à l'autre bout du palier, la bouteille n'était plus devant la porte du *vampire*.

J'ai apporté le mot et la chaîne à ma Mère qui était en train de se préparer à sa coiffeuse pour aller travailler.

Elle a lu la phrase. Et sûrement plusieurs fois parce que ça a pris du temps, même pour quelqu'un qui ne lisait pas bien.

– Alors maman …

– Oui.

– Qu'est-ce que ça veut dire?

– Ce qu'il y a d'écrit … Cet homme a dû aimer une femme, qui ne l'aime plus et ça le rend triste … Mais il a été heureux qu'on lui apporte du vin.

– Et sur la chaîne?

3 **le paillasson:** Abtreter, Fußmatte.
4 **enrouler:** zusammenrollen.
6 **graver:** (ein)gravieren.

– Je t'aime plus qu'hier et moins que demain … Je t'aime tous les jours un peu plus …

– Mais pourquoi il nous a filé ça … C'est un bijou quand même!

– C'est sûrement cette Alice qui le lui a offert … Ou alors elle lui a rendu le cadeau qu'il lui avait fait … Et il veut s'en séparer … Pour ne plus y penser … Pour aller mieux …

Ça m'a tué.

Ma Mère a rangé la chaîne dans le tiroir de sa coiffeuse et elle a continué à se maquiller.

Depuis le *vampire* a déménagé. Mais n'empêche que je pense à lui chaque fois que je suis sur le palier.

*Plus qu'hier et moins que demain.*

J'aime bien ces petites phrases toutes pensées. Et j'aimerais en trouver une. Je la ferais graver sur une médaille et je la donnerais à Mélanie. J'ai essayé d'en inventer, mais c'était pas évident, et je revenais toujours à *plus qu'hier et moins que demain.*

Je suis vite arrivé dans le quartier pavillonnaire. J'avais marché à une de ces vitesses.

Devant le pavillon de Mélanie, j'ai fait comme d'habitude, je ne me suis pas arrêté. J'osais sacrément pas aller sonner, et je me disais que je tomberais peut-être sur elle directement si elle sortait ou quoi.

Je me suis assis sur le trottoir deux pavillons plus loin. Et juste de me mettre là m'a fait plaisir. Comme l'impression d'être dans sa vie. Dans le jardin en face, un vieux type était à couper un arbre. Enfin, il ne cou-

12 **déménager:** um-, ausziehen.

pait pas l'arbre, mais les branches qui étaient trop longues. Je ne sais pas comment on dit, il doit y avoir un mot pour ça. Vous avez remarqué, il y a un mot pour chaque chose. J'aimerais tous les connaître, mais je suis loin du compte. Ça doit être super de rencontrer un type qui connaît tous les mots. Il doit avoir une drôle de gueule. Sûrement que le père Roland en connaît un paquet. Faudra que je lui demande le mot pour dire qu'on coupe les branches trop longues d'un arbre.

Mon mot préféré au monde, c'est *autoportrait*, oh je l'adore ce mot, je voudrais le placer chaque fois que je parle, mais c'est pas évident. Et si on veut le dire, faut faire de sacrés détours dans la discussion.

Pendant que j'étais assis, j'ai essayé d'inventer un mot pour couper les branches, mais j'arrivais toujours au verbe *couper*. C'est dur d'inventer des mots, plus dur que des histoires entières ou des rédactions.

Finalement, j'en ai trouvé un qui m'a plu. *Débranché*. Bon, il existe déjà, et pour dire autre chose. Mais je trouve bien de dire qu'on *débranche* un arbre.

À un moment, la mère de Mélanie est sortie du pavillon du vieux type qui coupait son arbre. Ça m'a retourné de la voir. Elle a traversé le jardin, et puis elle a embrassé le vieux sur la joue. Je regardais tout ça comme un film au cinéma. Je sentais que Madame Renoir allait venir dans la rue, mais je n'osais pas bou-

5 **être loin du compte** (fig.): von der Wirklichkeit weit entfernt sein; sich verrechnet, vertan haben.

19f. **débrancher:** den Stecker herausziehen, ausschalten; hier: Äste entfernen, abschneiden.

ger. Et puis, j'étais juste un gamin comme un autre, il y avait peu de chances qu'elle me reconnaisse.

Quand elle est arrivée devant moi pour regagner son pavillon, j'ai un peu tourné la tête. Je ne voulais pas passer pour un type qui n'a rien d'autre à faire que de rester assis sur un trottoir à seulement deux mètres de la fille qu'il aime.

Ça faisait sadique.

– Tu es un copain de Mélanie?

Je pouvais pas jouer les faux derches plus longtemps, j'ai levé la tête vers la mère Renoir.

– Ah bonjour madame Renoir …

Je suis un type bien élevé quand je veux. Ma Mère m'a tellement bassiné avec les *bonjours*, *s'il vous plaît*, *merci*, que ça a fini par marcher.

– En fait on s'est déjà vus une fois, avec ma Mère, au restaurant japonais, en face du cinéma.

– Oui, je me souviens … Tu t'appelles …

– Charles … Charly!

Quand je suis gêné, faut toujours que je dise mon vrai nom.

– Oui, Charly … Et comment va ta mère?

– Très bien madame.

– Tu es venu voir Mélanie?

– Non, non … Enfin, je sais pas … J'étais à côté et, je suis venu dans le quartier.

Madame Renoir a fait un sourire. Ça m'a tué, parce

3f. **regagner son pavillon:** nach Hause zurückkehren.
8 **ça fait sadique:** etwa: das sieht nach Triebtäter aus.
10 **les faux derches** (fam.): Heuchler, falscher Fuffziger.

que j'ai pas compris si elle souriait comme ça, ou parce qu'elle avait capté.

– Mélanie est à la maison … Tu peux venir la voir si tu veux.

– Non, je veux pas l'embêter … Je la verrai au collège …

Quel con.

Il suffisait que je dise oui, ou même rien et que je me lève, et je me serais retrouvé chez Mélanie, le rêve de ma vie.

– Très bien … Tu donneras le bonjour à ta Mère.

– D'accord madame Renoir.

– Il faut que j'y aille, j'ai mis un gâteau au four et je sais pas l'heure.

– Il est cinq heures vingt, madame.

– Comment tu sais?

– Je sais toujours l'heure qu'il est.

5 **embêter qn:** jdm. auf die Nerven gehen, jdm. auf den Geist gehen.
13f. **ne pas savoir l'heure:** nicht wissen, wie spät es ist.

## Chapitre seize

# 17 h 20

Quand Madame Renoir m'a laissé pour rentrer chez elle, je me suis senti triste. J'aurais aimé qu'on parle encore un peu. Elle me rendait timide et tout, mais je me sentais bien avec elle. Comme avec un bout de Mélanie.

Son bout le plus proche.

Je suis resté sur le trottoir. Je ne voulais pas me lever. Cette rue est pas belle, mais je m'y trouvais en sécurité. Comme dans la baraque électrique avec Freddy Tanquin, ou quand je coince ma tête dans mes genoux pour faire le noir complet.

J'ai ramené mes genoux vers moi et foutu ma tête dedans. Il n'y avait pas de vent comme tout à l'heure, avec Henry sur la montagne. Mais j'ai quand même soufflé l'air.

– Salut.

J'ai relevé la tête.

Mélanie était debout devant moi.

– Ma mère m'a dit que t'étais là.

– Oui, je … Je suis dans le quartier.

– Qu'est-ce que tu fais?

– Rien … j'étais à côté, et je suis passé par là pour rentrer chez moi … J'ai fait une pause.

13 **faire le noir complet:** völlige Dunkelheit, Finsternis herstellen.

Comme je suis le roi des hypocrites, j'ai demandé à Mélanie:

– T'habites là?

– Ouais … Dans cette maison.

Elle m'a montré le pavillon que je connaissais par cœur, et pour aller au bout de ma connerie, je me suis levé, histoire de mieux le voir.

– Elle est belle, ta maison.

– J'y ai toujours habité … Et j'ai mon grand-père qui vit là.

Elle m'a montré le pavillon en face, mais j'avais déjà compris que le vieux type était de sa famille.

– Oui, je l'ai vu tout à l'heure qui coupait les branches de l'arbre.

J'ai pas osé dire *débrancher*.

– Ça doit être super d'avoir son grand-père qui habite en face de chez soi.

– Oui … mais il est très vieux maintenant.

Ça a eu l'air de la rendre triste. Sûrement qu'elle l'aime beaucoup.

– Moi j'ai personne de ma famille qui vit près de chez moi … Enfin, mon frère et ma Mère, mais on vit ensemble.

– Moi je vis avec ma mère et ma sœur …

– T'as pas de père?

– Non … Enfin, si … Mais il est parti il y a longtemps.

– Le mien aussi, il est parti il y a longtemps … Tu t'entends bien avec ta sœur?

1 **un/une hypocrite:** Heuchler(in), Scheinheilige(r).

6 **aller (jusqu')au bout de qc:** etwas auf die Spitze treiben, etwas konsequent zu Ende führen.

– Pas trop … Elle est plus vieille, alors elle pense que ça lui donne tous les droits.

– Moi c'est pareil, mon frère est toujours à me rabaisser.

– C'est nul.

– Ouais.

Je me rendais compte que Mélanie était vraiment super. Comme je l'avais imaginé.

C'est que je suis souvent déçu. Je me fais tout un film des gens, et quand je parle avec eux cinq minutes, je me rends compte que c'est juste de la télévision.

Mais Mélanie est différente. Et rare. Surtout quand elle m'a dit:

– Pourquoi t'es pas venu au collège aujourd'hui?

Ça-m'a-tué.

– Parce que … Comment tu sais que je suis pas venu?

– Je t'ai pas vu à la cantine, avec tes copains.

C'est vrai qu'on s'assoit toujours aux mêmes places avec les autres. Mais c'était beau qu'elle remarque mon absence.

J'ai eu envie de lui demander si elle me regardait souvent à la cantine. Si elle pensait à moi dans la journée. Et quelle image lui arrivait en premier.

– J'ai eu un problème ce matin, j'ai pas pu aller au collège.

Mélanie a regardé son grand-père qui sortait de son pavillon avec un arrosoir. Ça doit être super d'avoir

3f. **rabaisser (l'orgueil de) qn:** jds. Stolz einen Schlag versetzen, jdn. herabsetzen, schlechtmachen.
9 **être déçu, e (de):** enttäuscht sein (von).
27 **un arrosoir:** Gießkanne.

son grand-père en face de chez soi. C'est comme dans le bouquin qu'on nous avait fait lire, où le gamin partait à la campagne et devenait dingue des poules, du vieux, et tout.

– C'est pas grave, j'espère.

Je n'ai pas eu envie de lui raconter ce qui était arrivé. Il se passait beaucoup de choses dans mon cœur. Et je ne voulais pas que ça se mélange. Tout devait rester à sa place.

– Non, c'est rien.

– Tu veux aller faire un tour?

– Ouais, si tu veux.

Je me suis approché et on a marché un peu dans la rue. La plus belle balade de ma vie si vous voyez ce que je veux dire. Surtout qu'on marchait très lentement. Je me suis rendu compte que je n'avais jamais été debout, si près de Mélanie. Les fois où on s'était parlé, on avait été assis. Mélanie fait ma taille mais avec un ou deux centimètres de plus. La plupart des types supportent pas. Mais moi je trouve ça mieux.

– Je vais faire une fête pour mon anniversaire dans deux semaines … C'est un samedi … Tu peux venir si tu veux.

– Ouais, je viendrai …

On a croisé une bonne femme qui rentrait chez elle.

– Bonjour Mélanie.

– Bonjour madame Levanter.

J'ai dit bonjour aussi.

Et Mélanie:

– Charly … Madame Levanter.

J'ai failli m'évanouir quand elle a dit mon nom. Et

comme il fallait en plus. De passer un moment avec Mélanie me donnait l'impression d'être dans sa vie. Que ça resterait pour l'infini.

On est allés jusqu'à une petite place que je ne connaissais pas. C'était pas la place des Vosges, mais elle était quand même drôlement belle comparée aux autres.

On s'est assis sur un banc.

Comme j'avais envie que ça dure pour toujours, et que j'ai un problème à jamais être dans le présent, il a fallu que je lui demande:

– T'as le droit de sortir comme tu veux?

– Non, pas trop, surtout quand il y a cours le lendemain.

– Tu peux rester un peu avec moi?

– Un peu mais il va falloir que je rentre dans pas longtemps.

Ça m'a fait de la peine. Et je m'en suis voulu de lui avoir demandé. Faut toujours que je pose ce genre de questions débiles.

– Et toi, ta mère te laisse rester dehors?

– Ça va … Mais pas trop non plus.

C'était terrible, parce qu'en disant ça, je savais que je ne pouvais pas rentrer chez moi. Sûrement que j'allais passer la nuit dehors. Peut-être la semaine. Mon enfance entière.

En plus, j'avais menti, ma Mère ne veut pas que je

1 **comme il faut:** so, wie es sich gehört, wie es sein muss.
3 **pour l'infini:** *à l'infini:* bis in alle Ewigkeit, immer und ewig (*un infini:* Unendlichkeit).
16f. **dans pas longtemps** (fam.): bald, in Kürze.

reste à traîner une seule minute après l'école, elle est toujours à me programmer mes journées.

Comme Mélanie devait rentrer, et que je déteste parler avec quelqu'un en sachant qu'on doit se séparer, j'ai un peu frimé pour rattraper les questions débiles que je lui avais posées:

– On y va si tu veux?

– Ouais.

On s'est levés du banc pour repartir vers son pavillon.

J'étais moins heureux, je pensais que dans quelques minutes elle ne serait plus là. Je marcherais sûrement dans cette rue, et peut-être que je retournerais seul sur la place.

Même si elle m'avait invité à sa fête, ça me paraissait dans mille ans. Je voulais la quitter le cœur rempli. Plein de nouvelles images et de choses qu'on se serait dites.

Il ne restait que quelques mètres avant d'arriver chez elle. Alors j'ai pensé à ma Mère. Pour être triste. Pour avoir du courage. Le chagrin rend fort. Autrement je ne serais jamais allé chez Mélanie ce soir.

– T'as un copain?

Elle a souri un peu. Comme si elle savait que j'allais lui demander.

– Un copain comment?

– Un fiancé.

– Non.

4 **en sachant que:** wohl wissend, dass.
7 **on y va?:** gehen wir?, sollen wir weiter?
16f. **le cœur rempli (de joie):** mit einem Herz voll Freude.

– Y a personne qui te plaît?

– Pourquoi tu me demandes ça?

– Pour savoir.

– J'ai pas envie de te répondre.

Je n'ai plus rien dit, parce qu'une question de plus c'était trop. Et j'avais aimé sa réponse. C'était pas oui, c'était pas non.

– Et toi?

– Quoi?

– T'as une fiancée?

– Non.

– Et il y en a une qui te plaît.

– J'ai pas envie de te répondre.

La vache, je suis un vrai connard par moments.

– C'est facile!

– De quoi?

– De dire comme moi.

– Et pourquoi je répondrais si toi tu le fais pas.

– T'as raison.

Mélanie a cinquante ans de plus que moi. Elle ne demande jamais rien, ou seulement après que je lui demande.

On est arrivés chez elle et on est restés devant les grilles de son pavillon.

On s'est regardés un peu, j'ai remarqué que ses joues n'avaient jamais été aussi roses.

– Bon, ben je vais rentrer.

– Ouais.

On s'est fait la bise. Nos joues étaient chaudes.

– Salut.

– Salut.

Elle allait pour partir:

– Mélanie …

– Oui …

– Tu sais, tout à l’heure quand on parlait … Ben … il y a quelqu’un qui me plaît.

Elle a souri.

– Moi aussi … Il y a quelqu’un qui me plaît.

Et j’ai su que c’était moi.

Et j’ai su que c’était moi.

Et j’ai su que c’était moi.

## Chapitre dix-sept

# 18 h 10

Quand Mélanie est rentrée chez elle, je suis parti d'un côté de la rue. Mais je ne savais pas où. Je n'étais pas sur la même planète que vous. J'avais envie de crier. De faire des cadeaux aux gens. De rencontrer le type le plus malheureux au monde et de lui remonter le moral.

Oh, j'étais heureux.

La direction que j'avais prise n'allait nulle part, ou vers chez moi. Et je n'avais aucune raison d'y aller. Mes copains étaient à l'entraînement, et je ne pouvais tomber que sur des voisins à qui je n'avais pas envie de parler, ou des flics qui me cherchaient.

J'ai fait demi-tour pour partir dans l'autre sens.

Je suis encore passé devant le pavillon du grand-père de Mélanie. Il était toujours dehors à s'occuper de son arbre. Le jardinage c'est une passion. Y a qu'à voir ma Mère avec ses fleurs.

Je suis resté un peu derrière les grilles de son pavillon à le regarder faire. Il s'appliquait drôlement et

7f. **remonter le moral à qn:** jdm. wieder Mut machen, jdn. aufmuntern (*le moral:* geistige, seelische, innere Verfassung, Stimmung).
10 **(ne) nulle part:** nirgendwohin, nirgends.
15 **faire demi-tour:** umkehren, umdrehen, wenden.
18 **le jardinage:** Gartenarbeit.
21 **s'appliquer (à qc):** sich mit Eifer, Fleiß einer Sache widmen, hingeben.

zieutait les branches deux heures avant de les couper. Au bout d'un moment, il m'a vu derrière la grille. Il m'a fait un geste de la main, comme les soldats dans l'armée.

Je lui ai fait le même geste, et ça m'a fait marrer.

– Monsieur … C'est quoi le mot quand on coupe les branches d'un arbre?

– On élague mon gars … On élague …

– Élague.

– Élaguer … Il y en a qui disent la taille aussi … Ça dépend …

– Tout à l'heure, je vous regardais faire, et j'ai trouvé un autre mot.

Le grand-père s'est approché de moi.

– Dis-moi le mot que tu as trouvé?

– Débranché.

Il a vachement réfléchi.

– Ça me plaît … Je dirai ça, maintenant.

Il est reparti vers l'arbre.

Je suis resté un peu, et j'aimais bien le voir faire. Des fois, il me jetait un coup d'œil en me lançant des saluts de soldat. Je trouvais ce vieux super. Il m'a fait penser au père Roland.

Je me suis dit qu'il était temps que j'aille les voir avec sa femme.

J'ai dit au revoir au grand-père:

– Salut mon général!

1 **zieuter** (fam.): angucken, anglotzen, begaffen.
8 **élaguer:** ausschneiden, auslichten (Bäume).
21 f. **lancer des saluts de soldat** (m.): etwa: militärische Grüße, Ehrenbezeugungen erbringen.

– Salut mon capitaine!

Et je me suis tiré en direction de la gare.

J'ai couru un peu rapport c'est un truc que je fais souvent. Oh, je me sentais léger comme un oiseau. Et pour une fois, ce n'était pas la peur qui me faisait aller vite. Je suis repassé devant la place et le banc où on s'était assis avec Mélanie. Je n'ai pas été triste ou en manque. Au contraire, je trouvais cet endroit plein de nous. Et le plus beau, c'est que j'étais pratiquement sûr que Mélanie pensait à moi à ce moment.

Je suis monté dans le bus 89 en direction de la gare. Je n'avais pas de billet ni d'argent pour en acheter. Mais je savais que ce n'était pas grave, les contrôleurs ne viennent plus sur les lignes qui traversent la cité.

Ça m'arrive souvent de prendre seul ce bus quand je rejoins ma Mère au cinéma, ou des copains à la patinoire.

Pour aller jusqu'à la gare, il y a quatre stations. Je les connais par cœur. *Lilas. Cézanne. Gide.* Et *Gare.* Ensuite, il faut prendre la direction de Paris, mais s'arrêter deux stations avant, à *Ambroise-Paré.* Ma

1 **le capitaine:** Hauptmann (Militär).
7 f. **être en (état de) manque** (m.): Entzugserscheinungen haben; hier: Heimweh verspüren.
17 f. **la patinoire:** Schlittschuh-, Eisbahn.
20 **Cézanne:** Paul Cézanne (1839–1906), französischer Maler des Impressionismus.
**Gide:** André Gide (1869–1951), französischer Schriftsteller.
22 **Paré:** Ambroise Paré (1510–90), französischer Chirurg, der als Wegbereiter der modernen Chirurgie gilt.

Mère m'a dit que c'était un grand médecin. Je crois qu'il y a beaucoup de médecins qui ont leur nom dans les rues des villes près de Paris. Ça doit être pour rassurer les vieux qui y vivent. À Paris, c'est surtout des militaires et des hommes politiques. Comme *Charles de Gaulle*, ou *Pompidou*. J'ai regardé sur un plan, et rien que *Charles de Gaulle* a une place, une station de RER, une station de métro, un pont et un aéroport.

J'ai vu que Victor Hugo aussi avait plein de choses à son nom dans Paris, mais c'est peut-être parce qu'il faisait de la politique.

Je n'étais jamais allé si loin de la maison tout seul. Je n'avais pas vraiment peur. La tristesse rend courageux, mais le bonheur donne de la force. Et moi, j'avais les deux. Je me suis assis dans un wagon en face d'un type qui avait l'air de rentrer du travail. Il lisait un bouquin, et en me penchant un peu, j'ai pu voir la couverture. *Le Maître de Ballantrae*. De *R. L. Stevenson*. J'étais drôlement content parce que je connais *Stevenson*. L'été dernier, j'ai lu *L'île au Trésor*. Et je

6 **de Gaulle:** Charles de Gaulle (1890–1970), französischer General und Staatsmann, Begründer des Gaullismus und erster Präsident der Fünften Republik.
**Pompidou:** Georges Pompidou (1911–74), französischer Politiker und zweiter Präsident der Fünften Republik.

8 **RER:** Abkürzung für ***R****éseau* ***E****xpress* ***R****égional d'Île-de-France* (Schnellbahnnetz [S-Bahn] im Großraum Paris und der Île-de-France).

19f. **Stevenson:** Robert Louis Stevenson (1850–94), schottischer Schriftsteller, der vor allem bekannt wurde durch den Jugendbuchklassiker *Die Schatzinsel* (*L'Île au Trésor*).

me suis régalé. J'ai toujours le livre près de mon lit, et c'est souvent que je me retape un ou deux passages avant de dormir. J'ai eu envie de parler un peu de *Stevenson* avec le type en face de moi, mais il était à fond dans son bouquin, et y a rien de plus chiant que d'être dérangé quand on lit tranquille. J'étais aussi vachement crevé et je me serais bien endormi un peu, mais je ne voulais pas rater ma station et me retrouver au bout du monde.

Ma plus grande panique, c'est de me perdre. J'ai fait un million de cauchemars là-dessus. Je suis à marcher dans la cité avec un copain, et d'un seul coup, je ne reconnais plus rien. Et mon copain n'est plus là, ou alors remplacé par un homme que je n'ai jamais vu de ma vie. Je les déteste ces rêves, et quand j'en fais un, je mets des semaines à m'en remettre.

Une fois, quand j'étais petit, je me suis perdu. Je devais avoir quatre ans, et j'étais allé avec ma Mère dans une sorte de grand marché aux meubles. C'était dans une autre banlieue, et on avait dû prendre trois bus pour s'y rendre. Ma Mère voulait trouver un canapé pour chez nous. Je m'ennuyais comme un mort, mais elle n'arrêtait pas de me dire que le canapé était pour moi aussi, et que je serais drôlement content de

1 **se régaler (en faisant qc):** es genießen (etwas zu tun) (*le régal:* Genuss, Gaumenfreude; Augenweide).
2 **se retaper qc** (fam.): hier: sich etwas reinziehen, lesen.
4 **être à fond dans qc:** ganz, völlig in etwas vertieft, versunken sein.
8f. **au bout du monde:** am Ende der Welt.
10 **se perdre:** sich verlaufen.
19 **le (grand) marché aux meubles** (m.): Möbelmarkt, -messe.

m'asseoir dessus. On allait de stand en stand, et on essayait des canapés, juste en s'asseyant comme des débiles en plein air. On a fini par en trouver un, et ma Mère est allée discuter du prix avec le vendeur.

Juste en face, un type avait une collection de petits soldats dans une vitrine. Je suis allé les regarder, et quand j'en ai eu marre, je suis quand même resté devant la vitrine, histoire que ma Mère vienne me retrouver et me paie un de ces soldats.

Au bout de dix minutes, je me suis retourné vers les canapés, et j'ai vu que ma Mère n'y était plus. J'ai foncé vers le vendeur pour lui demander où était la femme avec qui il parlait. Il m'a dit qu'elle était partie. J'ai été pris de panique, je me suis mis à courir comme un fou dans les allées. Je trouvais ça terrible, comme la fin du monde, ou la fin de la vie. Il y avait des milliers de personnes qui marchaient dans tous les sens, et ça me faisait peur. C'était pire d'être seul au milieu des gens.

Je me suis assis sur un banc et j'ai pleuré. Un des vendeurs est venu me voir et m'a demandé ce qui m'arrivait. J'ai répondu que j'avais perdu ma Mère. Le type a appelé une femme qui devait être la sienne, pour qu'elle me garde pendant qu'il cherchait ma Mère. La femme était gentille, elle essayait de me rassurer, mais j'étais inconsolable.

1 **le stand:** (Ausstellungs-, Messe-)Stand.
4 **discuter du prix:** eigtl. *discuter le prix:* über den Preis verhandeln.
15 **une allée:** hier: Gang.
16 **la fin du monde:** Weltuntergang, das Ende der Welt.
26 **être inconsolable:** untröstlich sein.

Ça a pas pris longtemps avant que le vendeur retrouve ma Mère. Quand je l'ai vue, j'ai foncé vers elle et dans ses bras. C'était de sacrées retrouvailles, comme si on s'était pas vus depuis dix ans.

Ce qui m'a marqué, c'est que ma Mère n'avait pas l'air inquiète. Elle souriait même un peu.

Comme j'en avais gros sur le cœur, elle m'a acheté un petit soldat.

J'ai eu le droit à un capitaine et on s'est tiré, sans le canapé.

Je me souvenais vaguement de la rue dans laquelle se trouvait la maison des Roland. En sortant de la gare, c'était tout droit sur l'avenue principale, et il fallait juste prendre une petite rue sur la droite à un moment.

Ça m'a fait drôle de voir que la nuit était tombée. Comme tout à l'heure, en sortant du centre avec Freddy Tanquin, quand le soleil s'était levé.

Les rues se ressemblaient, et toutes celles qui tournaient à droite étaient les mêmes. Comme je marchais depuis longtemps, j'ai décidé de tourner dans la première, sans savoir où j'allais. Les maisons étaient drôlement belles, et en même temps, elles avaient

3 **les retrouvailles** (f., pl.): (großes) Wiedersehen.

5 **Ce qui m'a marqué c'est …:** etwa: Das, was mir (unangenehm) aufgefallen ist, war …

7 **en avoir gros sur le cœur** (fam.): großen Kummer haben, tiefbetrübt sein.

9 **avoir le droit à qc:** ein (An-)Recht auf etwas haben; etwas tun dürfen.

14 f. **à un moment:** *au bon moment.*

quelque chose de triste. En tout cas, elles étaient dix fois plus grandes que celles des quartiers pavillonnaires de la cité.

Il y a rien de plus chiant que de raconter le chemin qu'on fait pour trouver quelque chose. Et dans les films, ils montrent jamais ça. Et dans les bouquins non plus. Et dans l'histoire sur le gars Gaspard Hauser, on a pas à se taper tout le parcours dans les bois avant qu'il arrive en ville. Alors pour faire court, disons que la nuit était tombée depuis deux semaines quand j'ai fini par trouver la maison des Roland. Dès que je l'ai vue, j'ai pas eu de doute. Leur jardin est le plus beau du coin. Un vrai paradis, et même qu'à leur place, je foutrais une fontaine au milieu, avec des statues qui crachent de l'eau, comme dans le jardin de la place des Vosges.

J'ai hésité un peu avant de sonner. Ils étaient peut-être déjà couchés. Mais je me voyais mal faire demi-tour.

J'ai attendu un peu, et ce qui a été bien, c'est qu'à l'intérieur, les lumières se sont allumées.

9 **pour faire court:** um es kurz zu machen.
12 **ne pas avoir de doute(s)** (m.): keine Zweifel haben, keinen Zweifel hegen.
14 **la statue:** Standbild, Statue.
15 **cracher:** (aus)spucken, ausstoßen.
18f. **je me voyais mal faire demi-tour:** ich konnte nun nicht mehr zurück.

## Chapitre dix-huit

# 19 h 20

C'est le père Roland qui m'a ouvert.

Il m'a pas tout de suite reconnu et ça m'a tué.

J'ai été obligé de lui dire:

– Bonjour monsieur Roland … Je suis Charly … Le fils de Joséphine.

La vache, ça lui a mis un coup. Il s'est excusé et tout. Je lui ai dit que c'était pas grave, et que sûrement qu'à son âge je reconnaîtrais personne non plus.

Il m'a fait entrer, et on est allés dans le salon. Madame Roland était sur le canapé à regarder la télé. Le père Roland, il a tout de suite gueulé à sa femme que j'étais là.

– Le petit Charly est ici … Le fils de Joséphine.

Sûrement qu'il lui a dit vite fait, parce qu'elle m'aurait pas reconnu non plus. En tout cas, la mère Roland doit être sourde comme un pot pour que son mari lui parle aussi fort.

Elle a été drôlement contente de me voir, et le père Roland aussi il était content. Vous les auriez vus, ils étaient tout excités, on aurait cru que je revenais de la guerre et ces machins dans les films.

Ils m'ont demandé ce que je voulais boire, et j'ai répondu rien, parce que je sais que c'est un truc qu'il

18 **être sourd, e comme un pot** (fam.): stocktaub sein (*le pot:* Topf; Krug, Kanne).

faut dire, pour pas être plouc. Mais le père Roland il insistait tellement que j'ai fini par lui demander un verre d'eau histoire qu'il me lâche. Il a pas eu à aller dans la cuisine, parce que sur la table basse, il y avait une carafe posée sur un plateau, avec des verres tout propres. J'ai trouvé ça coulos d'avoir de l'eau à portée de main. Comme une façon de bien savoir vivre. Il m'en a versé un verre immense, et aussi un pour sa femme. Après ça, le père Roland m'a dit de m'asseoir, mais je savais pas trop où me foutre, parce qu'il y a deux mille fauteuils chez eux. Il s'est assis à côté de sa femme, alors j'ai choisi le fauteuil qu'était pile en face d'eux. Ensuite, la mère Roland elle a coupé le son de la télé, et j'ai pensé qu'elle connaissait drôlement bien la télécommande pour trouver si vite le bouton qui coupe le son. Chez moi, je mets toujours deux plombes à le trouver. En tout cas, y a eu un de ces silences, on se serait cru dans une salle d'attente. Les Roland me regardaient en souriant, et ça me glaçait un peu, c'est pas toujours évident de se sentir à l'aise.

– Vous allez bien madame Roland?

– Oh oui Charly, je te remercie.

– Tant mieux.

Ils continuaient de me regarder en souriant et tout.

– Et vous aussi monsieur Roland vous allez bien?

– Très bien … Et toi, Charly?

3 **lâcher qn:** hier (fig.): jdn. in Ruhe, in Frieden lassen.
6f. **à portée de (la) main:** griffbereit, in Reichweite, zum Greifen nahe.
8 **verser (de l'eau):** einschenken, eingießen.
13 **couper le son:** den Ton ab-, ausschalten.
15 **le bouton:** (Bedienungs-)Knopf.

– Ça peut aller … C'est pas toujours la fête, mais pour le reste on peut pas dire, la vie est belle.

– Et l'école?

– L'école ça va pas mal … Je me suis ramassé un 18 en rédaction.

– Félicitations.

– Tu aimes les rédactions?

– La vache, j'adore, vous me filez n'importe quel sujet et je vous tartine dix pages.

– C'est bien.

– Et en mathématiques?

– En maths, franchement c'est pas l'éclate … Le truc c'est qu'il y a qu'en cours qu'on me parle de fractions et tout, je veux dire, dans la vie, j'entends jamais parler de ces machins … J'ai pas l'impression que ça me servira plus tard.

– Tu sais ce que tu as envie de faire?

– Pas encore, mais je vous jure, je pense qu'à ça … Je crois que ça sera plutôt un machin en rapport avec les rédactions.

– Alors tu as raison de te concentrer sur le français.

– Ouais.

J'ai bu un peu d'eau, juste une gorgée, je voulais pas descendre le verre d'un trait comme un sauvage.

2 **pour le reste:** ansonsten, im Übrigen.
9 **tartiner dix pages** (fam.): ganze Romane schreiben (*tartiner:* bestreichen, schmieren).
12 **c'est pas l'éclate** (fam.): etwa: das ist nicht berauschend.
13 f. **la fraction:** Bruch(zahl).
23 **la gorgée:** Schluck.
24 **descendre le verre:** das Glas hinunterstürzen.
**d'un trait:** auf einmal, in einem Zug.

– Tu es venu nous donner des nouvelles de ta maman?

D'entendre le père Roland me dire ça m'a retourné le cœur. Je me suis senti incapable de parler. J'avais un poids sur les épaules. Comme le poids du monde.

Heureusement, la mère Roland a enchaîné.

– Oui, elle n'est pas venue aujourd'hui, on est inquiets … C'est la première fois, et ce n'est pas son genre de ne pas prévenir … J'espère qu'il n'y a rien de grave?

– Non … C'est juste que … Elle est malade … Voilà … Elle est vachement malade … Elle est au lit avec au moins cinquante de fièvre.

– Vous avez appelé un médecin?

– Oui, même qu'il est venu.

– Et alors?

– Alors il dit qu'elle en tient une bonne … Une sorte de grippe très rare … Qui l'empêche de parler … Et de téléphoner, quoi …

– La pauvre!

– Ouais … Elle a juste ouvert les yeux cinq secondes, et elle m'a dit «Charly … Mon fils … Va chez les Roland … Préviens-les … Et sois gentil avec eux … Ils sont très très vieux …».

Oh les Roland ont fait une drôle de gueule quand j'ai dit ça. Faut toujours que j'en rajoute une couche, je peux pas m'en empêcher.

– C'est gentil de nous avoir prévenus, Charly.

6 **enchaîner:** fortfahren (zu sprechen).
8f. **ce n'est pas son genre:** das entspricht (so) gar nicht ihrer/seiner Art.

– C'est rien ... Dès qu'elle ira mieux, elle reviendra, ou en tout cas, elle vous passera un coup de fil.

– Dis-lui de notre part de bien se soigner.

– D'accord ... Et vous allez faire comment en attendant?

– Notre fille va nous trouver quelqu'un.

– Moi je peux vous aider ce soir, si vous voulez.

– Non, ne t'inquiète pas, on va se débrouiller.

– Ça me dérange pas ... Je peux vous faire à manger, je cuisine comme un chef.

Le père Roland s'est marré, je sais que ce type m'a à la bonne.

– Et qu'est-ce que tu sais cuisiner?

– Toutes sortes de choses monsieur Roland ... Ma Mère m'a souvent montré.

– Eh bien ... Si tu veux préparer un dîner, c'est d'accord, mais à une seule condition.

– C'est quoi?

– Tu restes manger avec nous.

– Je veux bien.

Les Roland ont eu l'air drôlement contents que je reste pour dîner avec eux. C'était pas que je fasse à manger qui leur faisait plaisir. Ils trouvaient juste super qu'un môme de mon âge prenne soin d'eux au moment où sa Mère ne pouvait pas.

3 **de notre part:** von uns.
**se soigner:** auf seine Gesundheit achten, sich pflegen.
4f. **en attendant:** inzwischen, unterdessen, währenddessen.
10 **comme un chef** (fam.): fabelhaft.
12 **avoir qn à la bonne:** jdn. gern haben, gut leiden können.
24 **prendre soin de qn:** für jdn. Sorge tragen, jdn. versorgen (*le soin:* Sorgfalt, Gewissenhaftigkeit; Pflege).

Madame Roland a remis le son de la télé, et son mari m'a emmené dans la cuisine histoire que je m'y mette.

– Alors Charly, il y a des choses dans ces placards et dans le frigidaire.

– D'accord.

– Si tu veux mettre un tablier pour ne pas te salir, il y en a accrochés dans le cellier.

Je ne savais pas ce qu'était un cellier, mais j'ai compris qu'il parlait de la petite pièce qui donnait au bout de la cuisine. J'ai pris un tablier, et je l'ai mis comme je pouvais parce qu'il était deux fois trop grand.

– Je vais aller à la cave chercher du vin, Charly.

– Vous voulez que j'y aille, monsieur Roland?

– Tu es gentil, mais c'est une chose que j'adore faire.

– Je comprends!

– Qu'est-ce que tu aimes comme vin?

Ça m'a tué, parce que du vin j'en avais jamais bu, et qu'il devait être franchement à la masse pour demander ça à un gamin de mon âge. En même temps, je voulais pas passer pour un plouc, alors je lui ai répondu:

– Ce que vous voulez, moi j'aime tout.

Je me suis retrouvé seul en cuisine. Ce qui craignait, c'était le baratin que je leur avais servi sur le fait que

5 **le frigidaire:** Kühlschrank
7 **le tablier:** Schürze, Kittel.
8 **le cellier:** Vorratsraum, Speisekammer.
20 **être à la masse** (fam.): nicht ganz dicht sein, durchgeknallt, daneben sein.

je savais cuisiner et tout. La vérité, c'est que j'y connais rien. Et pour tout vous dire, je suis même pas capable de mettre le lait dans mes céréales.

J'ai ouvert les placards pour trouver quelque chose. J'ai pris une boîte de pâtes et une autre de riz. Ça avait pas l'air compliqué, et tout était écrit dessus. Il fallait juste faire bouillir de l'eau, mettre un peu de sel si on voulait, foutre les pâtes et le riz dans la flotte, et attendre quelques minutes que ça cuise. Après on pouvait rajouter du fromage, des tomates, et un tas de trucs comme ils conseillaient sur les boîtes.

Y a rien de plus chiant que d'attendre que l'eau boue.

Je n'avais pas réussi à dire aux Roland ce qui était vraiment arrivé à ma Mère. Pareil avec mes copains. Et Mélanie. Je comprenais ce que m'avait raconté Henry tout à l'heure sur la montagne. La peur et la honte. C'est ce que je ressentais. Comme une écharde plantée dans ma peau, qui ne me dérangerait pas en permanence, mais que je sentirais toujours. J'avais la peur au ventre, et la honte au cœur. Et chaque battement envoyait un peu de cette honte au reste de mon corps.

Mélanie avait un peu endormi la douleur, elle était

7 **faire bouillir qc:** etwas aufkochen lassen, zum Sieden bringen (Flüssigkeit).
8 **la pâte:** Nudel.
**la flotte** (fam.): Wasser; Regen.
9 **que ça cuise:** *jusqu'à ce que ça cuise:* bis es kocht (*cuire:* kochen, backen, braten, garen).
18 **une écharde:** Splitter.
21 f. **le battement:** Schlag, Schlagen, Pochen, Pulsieren.

comme mon vaccin. J'ai pensé qu'il fallait que je trouve un mot pour dire quand quelqu'un vous apaise.

L'autre chose, c'est que ma Mère n'avait parlé de personne à la femme de la préfecture. Elle est fière comme dit Henry. Et sur le canapé des Roland, je n'avais pas eu envie de la trahir. Ou je n'avais pas eu le courage de le faire. Et peut-être qu'elle sortirait du centre de rétention demain, ou dans quelques jours.

Juste le temps de soigner cette mauvaise grippe.

J'ai mis les pâtes et le riz dans l'eau qui bouillait. J'ai tout de suite regretté en me rendant compte que ce n'était pas le même temps de cuisson pour les deux. Je me suis demandé comment faire. C'était pas évident de sortir le riz en premier. J'allais pas me taper d'enlever les grains un par un. J'ai décidé de couper la poire, et de prendre une durée entre les deux. Comme je n'avais pas de montre ni rien, j'ai compté dans ma tête. C'est un truc que je fais souvent. Je regarde une pendule, et je me raccorde avec l'aiguille des secondes. Ensuite je ferme les yeux et je compte pendant une minute, je les ouvre au bout de cinquante-neuf secondes, et je vois si j'arrive en même temps

1 **le vaccin:** Impfstoff.

3 **apaiser qn:** jdn. beruhigen, besänftigen, beschwichtigen.

14 **le temps de cuisson:** Garzeit (*la cuisson:* Kochen, Braten, Schmoren, Backen).

17f. **couper la poire:** eigtl. *couper la poire en deux* (loc.): halbe-halbe machen; hier: den Mittelweg wählen (*la poire:* Birne).

21 **se raccorder avec qc:** sich mit etwas verbinden; hier: sich gleichschalten (mit dem Lauf des Sekundenzeigers).

que l'aiguille. La plupart du temps, je suis décalé de deux ou trois secondes. Mais quand ça tombe pile, j'adore.

Je suis allé dans le salon, où Madame Roland était toujours devant la télé qui passait les infos.

– Excusez-moi madame Roland, où est-ce que je mets la table?

– Ici Charly, les couverts sont juste dans le buffet.

– D'accord.

Je continuais à compter dans ma tête.

– Tu veux de l'aide?

– Non bougez pas, je vais le faire.

J'ai pris trois assiettes, les couverts, les serviettes, et trois verres.

– Ça va être prêt dans deux minutes.

– Ah très bien Charly, je vais appeler Georges, on se met à table.

Je suis reparti dans la cuisine, surveiller les pâtes. Je continuais à compter, mais c'était pas évident de rester concentré, parce que je venais d'apprendre que Monsieur Roland s'appelle Georges, et que j'avais envie d'y penser.

Dans le frigo, j'ai pris un sachet de fromage râpé et deux tomates. J'ai coupé les tomates en quatre.

1f. **décalé de deux ou trois secondes:** um zwei oder drei Sekunden daneben liegen.
2 **quand ça tombe pile:** wenn es exakt (die Sekunde) trifft.
7 **mettre la table:** den Tisch decken.
8 **les couverts** (m.): Besteck(teile).
23 **le frigo** (fam.): *le frigidaire.*
**le sachet:** Beutel, Tütchen, Säckchen.
**râpé, e:** gerieben (Käse).

Quand j'ai arrêté de compter, j'ai eu l'impression de m'être trompé d'une minute. Ça devait être sept, mais je ne savais plus si j'étais allé jusqu'à six. Ou huit. J'ai décidé de laisser cuire encore trente secondes pour couper la poire.

Monsieur Roland est entré dans la cuisine chercher un tire-bouchon pour sa super bouteille.

– Alors, que mange-t-on, Charly?

– Vous allez voir, c'est un régal, une de mes spécialités …

Faut toujours que j'en rajoute.

Je cherchais le machin pour égoutter les pâtes.

– Monsieur Roland, où est-ce que vous rangez l'égoutteur?

– L'égoutteur … Tu veux dire l'égouttoir?

– Ouais, c'est ça.

– Dans ce placard.

J'ai attrapé l'égouttoir que j'ai mis dans l'évier et j'ai foutu les pâtes et le riz dedans. Ce qui m'a pas plu, c'est quand tout s'est mélangé. Ça ressemblait plus à une grosse purée épaisse qu'à ce que j'imaginais en le faisant. J'ai pris un plat qui me paraissait joli dans le buffet, et j'ai été obligé d'y étaler la bouffe pour pas qu'elle reste une grosse boule au milieu. Le pire, ç'a été quand j'ai rajouté le fromage râpé. La

7 **le tire-bouchon:** Korkenzieher.
12 **égoutter qc:** etwas abtropfen lassen.
14 **un égoutteur:** gemeint ist *un égouttoir:* Abtropfständer, -gestell.
18 **un évier:** Spüle, Spülbecken.
22 **le plat:** hier: Platte, (flache) Schüssel.
23 **étaler qc:** hier: etwas verteilen, ausbreiten.
**la bouffe** (fam.): Essen.

boule s'est reformée, et elle avait carrément l'air méchante. J'ai planté les quatre morceaux de tomate dedans, et je suis allé dans le salon.

Les Roland étaient déjà à table, ils se sont excités en me voyant arriver avec le plat.

– Ah, notre petit chef …

– Je sens qu'on va se régaler.

Quand j'ai posé le plat sur la table, ça les a calmés. Je crois qu'ils se demandaient ce que c'était. Alors je leur ai dit tout de suite.

– C'est des pâtes au riz …

Il a suffi que je le dise à haute voix pour comprendre que ça allait être dégueulasse. J'ai pensé qu'il fallait que je trouve un nom pour mon plat. Vous savez comment marchent les choses, vous trouvez un super nom, et tout le monde adore, juste parce que le nom est super. J'ai pas eu trop de mal à en trouver un.

– Ça s'appelle le *Patri* …

– *Le Patri?* …. En rapport avec *La Patrie?*

– Ouais voilà, *La Patrie* … C'est très à la mode en ce moment, les gens mangent que ça.

J'ai servi les Roland, et je leur ai donné une tomate chacun. Je me suis servi aussi, mais un peu moins, histoire qu'il en reste dans le plat. Le père Roland a versé du vin à sa femme, et ce qui m'a tué, c'est qu'il m'en a servi un verre à moi.

La mère Roland aussi ça l'a étonnée:

– Tu crois pas qu'il est trop jeune pour boire du vin?

1 **se reformer:** sich wieder bilden, wieder zustande kommen.
12 **à haute voix:** laut, mit lauter Stimme (*à voix basse:* leise).
20 **C'est très à la mode:** Das liegt voll im Trend, das ist topaktuell.

– Un verre fait toujours du bien.

J'ai pas voulu me dégonfler.

– Vous inquiétez pas madame Roland, ça m'arrive souvent de boire un verre comme ça.

– À son âge, je buvais tous les soirs …

– Georges!

– … Et c'est souvent que je me couchais rond comme un ballon!

– Tu es encore rond comme un ballon à ton âge!

Oh les Roland ils étaient morts de rire. Vous auriez été là, vous vous seriez marré aussi.

Ils ont commencé à manger, je les regardais un peu en coin pour voir si ça leur plaisait. Ils ont pas eu l'air dégoûtés ni rien. Ça m'a un peu rassuré. J'ai pris une bouchée, et là, je me suis dit que ces gens étaient les plus sympas de la terre. Parce que c'était vraiment à gerber. Comme de manger du plastique mou avec du sel et une tomate. J'ai vu que les Roland buvaient un peu de vin après chaque bouchée. J'ai fait ça moi aussi, histoire de faire passer le plastique. Franchement j'avais honte, et je me suis dit que j'allais empoisonner ces pauvres vieux.

Au bout d'un moment, le père Roland s'est mis à tousser. Il s'arrêtait plus, alors sa femme lui a dit de

2 **se dégonfler** (fam.): ein Schlappschwanz sein, kneifen.
7f. **être rond, e comme un ballon** (fam.): sternhagelvoll, sturzbesoffen sein.
12f. **regarder qn en coin:** jdn. verstohlen, aus den Augenwinkeln betrachten.
14 **dégoûté, e:** angeekelt, angewidert.
15 **la bouchée:** Bissen, Mundvoll.
24 **tousser:** husten (*la toux:* Husten).

boire de l'eau, mais il continuait à tousser, et ses yeux se sont remplis de larmes. C'était drôlement impressionnant. Et puis, de la toux, c'est passé au rire. La vache, il était mort de rire. Et puis Madame Roland aussi elle s'est mise à rire. Ça a duré deux bonnes minutes, si bien que moi-même je me suis marré. Vous savez comment c'est, quand les autres ont un fou rire, c'est souvent qu'ils vous le refilent.

Monsieur Roland essayait de me dire quelque chose:

– Mon petit Charly ... Je ne serais ... Je ne serais pas ... Ton ami ... Si je ne t'avouais pas ... Que ... Que ce plat ... est ... dégueulasse ...

Et ils se sont encore plus marrés.

Et la mère Roland a continué.

– C'est ... Infect ...

Et ils crevaient de rire.

Je rigolais aussi, et je commençais à sentir les larmes monter. Je voyais qu'ils ne m'en voulaient pas, et que même ça leur plaisait que j'aie raté la bouffe à ce point. Ils devaient pas se tordre tous les jours, alors ce coup-ci ils y allaient franco.

La mère Roland s'est levée, et elle se marrait encore.

– Je vais aller chercher du fromage.

Et le père Roland il a ajouté:

2 **se remplir:** sich füllen.
12 **avouer qc à qn:** jdm. etwas gestehen.
16 **infect, e:** widerlich, scheußlich, übel.
20f. **à ce point:** derart, so sehr.
21 **se tordre (de rire):** sich schieflachen.
22 **y aller franco** (fam.): etwas hemmungslos, ohne Scheu tun.

– Et n'oublie pas de prendre du riz avec!

Oh ils ont un de ces humours, faut pas être susceptible.

On a terminé le dîner, et on s'est quand même régalés parce que le fromage était drôlement bon. Le père Roland se le fait venir d'une ferme en Normandie. Ce que j'aime c'est le chèvre. La vache, quand il est crémeux comme il faut, je peux en manger une tonne.

Ensuite, je suis allé à la cuisine chercher des fruits. Il y avait une pleine corbeille. Avec des oranges. Des bananes. Des pommes. Des poires. Et des clémentines. Les fruits étaient drôlement bons aussi. Sucrés comme des bonbons. Pourtant les fruits ç'est pas mon truc comme dessert. Je préfère les gâteaux, les crêpes, ou un yaourt. Mais j'ai remarqué que les vieux ou les parents mangent souvent des fruits après le repas. Et peut-être qu'un jour j'en mangerai aussi.

La mère Roland a préparé du café, et ils ont sorti un super service du buffet. Avec une forêt miniature peinte sur chaque tasse. C'était drôlement bien fait, et on se demandait comment le type avait réussi à peindre des feuilles aussi petites. Monsieur Roland a insisté pour que je boive du café. Sa femme voulait pas trop, mais il lui a dit qu'à mon âge, il en buvait un

2f. **faut pas être susceptible:** etwa: da darf man nicht allzu zartbesaitet sein.
7 **le (fromage de) chèvre** (f.): Ziegenkäse.
7f. **crémeux, -euse:** sahnig (*la crème:* Sahne).
10 **la corbeille:** Korb, Körbchen.
11f. **la clémentine:** Klementine (Kreuzung zwischen Mandarine und Orange).
19 **(en) miniature:** im Kleinen, in verkleinertem Maßstab.

litre par jour. Je crois que ça l'éclatait de me voir picoler des trucs d'adultes.

– Il va pas boire du café, il a déjà pris du vin.

– Justement, ça va lui redonner un coup de fouet.

– Vous inquiétez pas madame Roland, j'aime bien ça le café.

En plus, c'est vrai que je commençais à sentir le vin. J'avais la tête qui tournait un peu, et je pouvais pas m'empêcher de fixer la forêt qu'était peinte sur la tasse et de penser à Gaspard Hauser.

Les Roland ont commencé à parler de ce qu'ils allaient voir à la télé. Madame Roland était pour un vieux film qui passait sur la cinq. Et le père Roland pour un reportage sur les baleines qui passait sur la trois. Oh ils se sont bien engueulés. Le père Roland voulait pas voir le film, rapport il l'avait déjà vu cent fois, et la mère Roland cognait rien aux baleines et tous l'univers de la poiscaille.

Ils se sont mis d'accord sur le vieux film, et le père Roland a un peu fait la gueule mais pas trop. Ensuite il m'a demandé si je voulais regarder le film avec eux. Mais sa femme a dit qu'il était tard et que ma Mère allait s'inquiéter. J'ai répondu qu'elle était dans le col-

4 **redonner un coup de fouet à qn** (fig.): jdn. wieder in Schwung, auf Trab bringen; jdn. aufputschen (*le coup de fouet:* Peitschenhieb).
13 **la cinq:** *France 5:* öffentlich-rechtlicher Fernsehsender Frankreichs.
14 **la baleine:** Wal(fisch).
14 f. **la trois:** *France 3.*
17 **ne rien cogner à qc** (fam.): mit etwas nichts am Hut haben, sich einen Dreck um etwas scheren.
18 **la poiscaille** (fam.): *les poissons:* Fisch(e).
19 **se mettre d'accord:** sich einigen.

tar, et que je pouvais rester encore un peu, et que j'aimais bien mater un de ces vieux films de temps en temps.

Ils se sont installés sur le canapé, et j'ai débarrassé la table. Ils en revenaient pas de ce que j'étais sympa. Et même moi j'en revenais pas. Et je pense que si on avait mis des gradins remplis de tous les gens que je connaissais, avec ma Mère au premier rang, on m'aurait applaudi et tout.

Quand je suis retourné dans le salon, ils avaient éteint les lumières et on se serait cru au cinéma. Ils avaient l'air habitués à ce genre de soirée. Le père Roland dans son fauteuil, et sa femme à moitié allongée sur le canapé, avec une couverture en laine.

Le film avait commencé, et je pourrais pas vous dire le titre parce qu'il était déjà passé. C'était en noir et blanc, et ça semblait se dérouler y a un siècle. En gros, ça racontait l'histoire d'une femme qu'était mariée à un militaire et qui tombait amoureuse d'un baron italien. Mais leur amour était impossible rapport le militaire avait vachement de pouvoir et qu'en ce temps, ces gars de l'armée étaient de vraies stars.

Le militaire voulait se faire le baron, et le baron y tenait pas trop. Soi-disant qu'il était pacifiste mais je

4f. **débarrasser la table:** den Tisch abräumen (*débarrasser:* befreien, frei machen, [aus]räumen).
7 **les gradins** (m.): (Zuschauer-)Ränge, Sitzreihen.
14 **la laine:** Wolle.
17 **en gros:** im Wesentlichen, im Großen und Ganzen.
23 **se faire qn** (fam.): sich jdn. vornehmen, ‚vorknöpfen'.
24 **tenir à qc:** auf etwas Wert legen.
**le/la pacifiste:** Pazifist(in).

crois surtout qu'il était faux derche. En tout cas il repartait dans son pays.

À la fin, la femme crève de tristesse, et ça nous fout un peu les boules quand même.

Franchement le film était super, j'aurais eu un peu honte de le voir devant mes copains, mais je suis sûr qu'ils auraient aimé aussi.

Quand ça s'est fini, le père Roland a rallumé la lumière, et on a vu que Madame Roland s'était endormie sur le canapé.

– Vous croyez qu'elle dort depuis longtemps?

– Oh depuis le début ... elle aime bien s'endormir ici ... Tu peux m'aider à l'emmener dans la chambre?

Je me suis levé pour filer un coup de main au père Roland. Je voyais pas trop comment on allait s'y prendre pour la porter. Je nous voyais pas l'attraper par les jambes et les bras de chaque côté.

– Je vais la porter, et toi Charly, tu m'ouvres les portes.

– D'accord.

Monsieur Roland a soulevé sa femme, et j'en revenais pas qu'il puisse faire ça à son âge. Et même si elle n'était pas lourde, il devait avoir une sacrée force. Je me suis mis devant eux, et Monsieur Roland me chuchotait d'aller à gauche ou à droite pour que je lui ouvre les portes.

Arrivé dans la chambre, j'ai allumé une petite lumière sur la table de nuit.

– Ouvre les draps, Charly.

15 f. **s'y prendre (à faire qc):** etwas schaffen, etwas bewerkstelligen.
24 f. **chuchoter qc à qn:** jdm. etwas zuflüstern.

Le père Roland a posé sa femme tout doucement dans le lit. On voyait bien qu'il faisait ça souvent. Il l'a recouverte avec les draps et lui a donné un petit baiser sur le front. Je me suis dit qu'il valait mieux que je les laisse.

J'ai voulu sortir, mais la mère Roland a murmuré:

– Charly …

J'ai murmuré moi aussi.

– Oui madame Roland?

– Prends une rose pour Joséphine, il y en a sous la véranda.

– D'accord … Bonne nuit.

Je suis sorti de la chambre, mais je suis resté un peu dans le couloir pour regarder le père Roland et sa femme.

Il lui caressait la joue et continuait de lui donner des petits baisers sur le front.

De les regarder m'a fait penser à ma Mère et aux moments où elle me couche le soir. J'ai toujours droit à un câlin. Avant, ma Mère me racontait des histoires. C'étaient des contes qu'elle avait entendus au Mali quand elle était petite et qu'elle transformait pour que ça se passe dans la cité. La plupart racontaient l'histoire d'un petit garçon qui devait sauver sa famille contre un homme cruel.

Et puis, en grandissant, on s'est mis à parler de nos vies, de la journée du lendemain, ou des films qu'on irait voir le samedi suivant. Ce qui se passe, c'est que ma Mère a entendu un homme à la télé qui expliquait qu'il fallait toujours dire quelque chose de positif aux

25 **cruel, le:** grausam.

enfants avant qu'ils s'endorment, et un autre truc positif quand ils se réveillent. Je bénis cet homme, parce que même si j'ai été dur, et que ma Mère m'en a voulu toute la journée, je sais que le soir, elle me dira toujours quelque chose de beau.

Et c'est vrai, il y a toujours quelque chose de beau qui nous attend le lendemain.

Le père Roland est sorti de la chambre en fermant doucement la porte.

– Viens Charly …

On est retournés dans le salon. Il s'est assis sur son fauteuil et j'ai repris ma place en face.

– Il est pas trop tard pour rentrer?

– Oh non, vous inquiétez pas, y a des trains jusqu'à minuit.

– C'est bien de savoir se débrouiller quand on est jeune, le plus tôt est le mieux.

– Vous étiez débrouillard à mon âge monsieur Roland?

– Quand j'avais ton âge, c'était la guerre … Paris était occupé … Valait mieux être dégourdi …

– Et vous connaissiez déjà Madame Roland?

– Non, mais je l'ai rencontrée pas longtemps après.

– À quel âge?

– À seize ans … Ça fait cinquante-huit ans.

J'ai essayé de calculer l'âge qu'il a aujourd'hui, mais on était en pleine discussion et c'était pas évident.

2 **bénir qn:** jdn. segnen; hier: jdm. ewig dankbar sein.
3 **dur, e:** hier: unartig.
18 **être débrouillard, e:** sich zu helfen wissen.
21 **dégourdi, e:** aufgeweckt, gewitzt, gewandt.
27 **être en pleine discussion:** sich mitten im Gespräch befinden.

– Et vous l'avez tout de suite aimée?

– Ah ça oui … Elle arrivait de la campagne, sa tante habitait notre immeuble, et elle venait passer les vacances chez elle et ses deux cousines … Le problème, c'est que ses cousines ne m'aimaient pas beaucoup …

– Pourquoi?

– Disons que j'avais eu une petite aventure avec elles.

– Avec les deux?

– Eh oui.

– Ça alors monsieur Roland, vous étiez chaud!

– Mais je te jure que dès que j'ai vu Sonia, je n'ai plus été la même personne.

– Ah je vous comprends.

Le père Roland s'est penché et m'a attrapé la main.

– Tu sais, Charly, il faut aimer … Il faut aimer dans la vie, beaucoup. Ne jamais avoir peur de trop aimer. C'est ça le courage … Ne sois jamais égoïste avec ton cœur. S'il est rempli d'amour alors montre-le. Sors-le de toi, et montre-le au monde … Il n'y a pas assez de cœurs courageux … Il n'y a pas assez de cœurs en dehors … C'est de ton bonheur dont je te parle … Pour que ta vie sois belle, aime le plus possible. Et n'aie jamais peur de souffrir. Et méprise ceux qui te mettront en garde. Ils seront moins heureux que toi. Ceux qui redoutent la souffrance ne croient pas en la vie …

11 **ça alors** (fam.): na, so was!; das ist ja ein starkes Stück!
**être chaud, e:** hier (fig.): heißblütig, leidenschaftlich sein.
24 **mépriser qn:** jdn. verachten, geringschätzen.
24f. **mettre qn en garde (contre qc):** jdn. (vor etwas) warnen (*la garde:* Bewachung, Beaufsichtigung; Wache).
26 **redouter qc:** etwas fürchten, sich vor etwas fürchten.

Mais si tu croises un cœur amoureux, suis-le, fais-en ton ami, inspire-t'en pour remplir ton propre cœur … Tu comprends, Charly … Quoi qu'il t'arrive, garde ton cœur plein … Garde ton cœur …

– D'accord monsieur Roland.

Il s'est levé.

– Il vaut mieux que tu rentres.

– Ouais, je vais y aller.

Je me suis levé aussi.

– Va prendre une rose pour ta Mère dans la véranda, je t'attends dans l'entrée pour fermer derrière toi.

Je suis allé dans la véranda, y avait au moins cinq mille roses, et de toutes les couleurs.

J'ai choisi la plus rouge.

J'ai rejoint le père Roland dans l'entrée, il n'y avait plus que la lumière de cette pièce qui était allumée.

– Au revoir, Charly.

– Au revoir monsieur Roland.

– Dis à Joséphine de bien se soigner.

– D'accord.

– Tu es sûr qu'il y a encore des trains?

– Sûr.

– Je peux te raccompagner, tu sais.

– Non, vous dérangez pas, c'est même pas la guerre.

2 **s'inspirer de qc:** sich von etwas anregen lassen; sich an etwas orientieren.

3 **quoi qu'il t'arrive:** was immer dir auch widerfährt, mit dir geschieht.

23 **raccompagner qn:** hier: jdn. heimbringen, nach Hause bringen.

24 **ne pas se déranger (pour qn):** sich (wegen jdm.) keine Umstände machen.

## Chapitre dix-neuf

# 22 h 50

Quand je suis arrivé à l'immeuble, je suis directement descendu aux caves. Karim était dans la sienne à m'attendre. Ça m'a surpris parce qu'il était tard, et je pensais l'avoir raté.

– T'es encore là?

– Ouais mais j'allais partir … Qu'est-ce tu foutais?

– J'étais chez les patrons de ma Mère.

– Pourquoi?

– Je leur ai filé un coup de main, et puis on a regardé un film.

– Quel film?

– Un vieux truc, laisse tomber.

Je me suis assis sur le matelas à côté de Karim.

– Et toi?

– Rien … J'étais à l'entraînement, je suis un peu resté avec Brice et Yéyé, et je suis rentré.

– Tes parents savent que t'es là?

– T'es dingue!

– Comment t'as fait pour sortir?

– J'ai dit que j'allais me coucher, je suis resté vingt minutes au lit, et je me suis tiré discrétos.

– Riton dort pas dans ta cave ce soir?

14 **laisse tomber** (fam.): vergiss es!
23 **discrétos** (fam.): *discrètement.*

– Faut croire que non, sa mère doit être nette.

Riton avait rajouté des choses dans la cave. Un nouveau poster. Une sorte de petite table de nuit recouverte d'un tissu. Un cendrier. Un réchaud. En fait, il déménageait au fur à mesure ses affaires de chez lui à ici.

Riton devait se sentir seul. J'ai pensé que si je ne me sentais jamais seul, c'était grâce à ma Mère. Pourtant, je ne suis pas toujours avec elle, et c'est souvent que je rentre de l'école pour aller m'enfermer direct dans ma chambre, et ne la retrouver que pour le dîner.

Mais sa présence, de la savoir là, jamais loin, ne me donne pas l'impression de solitude.

Je sais que c'est facile d'être seul quand on est aimé.

– Qu'est-ce tu fous avec cette fleur?

J'avais la rose de Madame Roland dans la main. Avec le livre que j'avais volé chez *Carrefour*, Karim devait penser que j'étais accro au jardinage.

– C'est pour ma Mère.

– Tu devrais la foutre dans l'eau, elle va crever.

Karim s'est levé, il est allé dans le couloir. J'ai entendu qu'il ouvrait le robinet qui sert à tout le monde dans les caves.

Il est revenu avec une bouteille de bière à moitié remplie d'eau.

– T'as qu'à la mettre là-dedans.

1 **être net, nette:** hier (fam.): ‚sauber', nüchtern sein.
4 **le cendrier:** Aschenbecher.
**le réchaud:** Kocher, Kochplatte.
5 **au fur (et) à mesure:** nach und nach.
22 **le robinet:** Wasserhahn.

J'ai mis la rose dans la bouteille de bière.

Karim s'est assis à côté de moi.

– Karim, tu crois qu'on sera toujours amis?

– Ben … Pourquoi tu demandes … Ouais.

– Mais tu penses qu'on est amis parce qu'on se voit tout le temps, qu'on habite la même tour et tout, ou on est amis parce qu'on l'a décidé?

Karim est sacrément calme, et quand il réfléchit, il l'est encore plus. Ce que j'aime aussi, c'est qu'il met souvent une heure à donner une réponse, et ça veut dire qu'il prend soin de la question que vous lui avez posée.

– Je crois qu'on est devenus amis parce qu'on habite la même tour, mais que maintenant, on a plus besoin de ça pour rester amis.

– Ouais … T'as raison Karim.

– Tu vas déménager?

– J'en sais rien … Mais peut-être.

– Tu pourras quand même passer nous voir?

– J'en sais rien.

– Alors on viendra, nous.

– J'espère.

Karim s'est levé, il est allé toucher le bouton du réchaud.

– Faut que je remonte.

– T'es crevé?

– Pas trop, mais si Leila vient dans mon lit et que j'y suis pas, elle va aller réveiller mes vieux pour leur dire.

Leila est la petite sœur de Karim. Elle a cinq ans de

11 **prendre soin** (m.) **de qc:** hier: sorgfältig über etwas nachdenken.

moins, et voit son frère comme un héros. Elle est tout le temps à lui faire des dessins, et lui écrire des mots d'amour. Et quand elle fait un cauchemar, c'est dans le lit de Karim qu'elle va se réfugier.

– T'as besoin de rien, Charly?

– Non, c'est bon.

– Tu vas pouvoir dormir?

– Ouais, je suis nase.

Il est allé jusqu'à la porte, et il s'est retourné.

– Tu sais, si tu déménages, et qu'on se recroise dans vingt ans, on saura quels amis on a été.

Karim est parti.

Je me suis tout de suite activé, à cause de ces histoires de manque, et je ne voulais pas rester assis sur le matelas, avec la lumière, comme quand Karim était là deux secondes avant.

J'ai enlevé le bouquin de Rimbaud de mon pantalon pour le poser sur la table près du matelas. J'ai aussi posé la bouteille de bière avec la rose.

Je me suis allongé et foutu sous le duvet de Riton, et j'ai éteint la lampe. Il faisait drôlement noir, et en même temps c'était bien, parce qu'on ne voyait pas qu'on se trouvait dans une cave pourrie.

Si hier, on m'avait dit que je passerais la nuit ici, sûrement que j'aurais tremblé de partout et imaginé la mort. Mais finalement je n'avais pas si peur.

J'étais comme ailleurs.

4 **se réfugier dans qc:** in etwas flüchten, Schutz suchen.
8 **être nase** (fam.): hinüber, kaputt, ‚im Eimer' sein.
13 **s'activer:** geschäftig hin und her sausen, sich körperlich betätigen.
20 **le duvet:** (Daunen-)Schlafsack.

Le corps dans la cave, mais la tête transportée et flottante six étages plus haut.

Chez moi.

Je me promène dans ma maison. Il n'y a pas de lumière. Juste celle qui arrive du dehors. Les lampadaires. Les néons. Un peu de la lune voilée. Et le ciel qui ressemble à un plafond électrique, comme celui de la patinoire. Je suis dans l'entrée. De là, je peux voir toutes les pièces. La cuisine en face. Et le carrelage du sol qui brille comme chaque fois après que ma Mère a fait à manger et passé la serpillière. Il y a aussi, posé sur la table, la brillance d'un papier aluminium recouvrant une assiette et le reste d'un gâteau que nous gardons pour le petit déjeuner. C'est une pièce en longueur. Au bout, je vois la fenêtre. Les rideaux ne couvrent que la moitié des carreaux. Ma Mère a vu ça dans un film, elle a trouvé joli ce genre de demi-rideau dans une pièce qui n'a pas besoin du noir complet. J'entends le frigo. Il fait toujours du bruit. Et tous les frigos de la cité font le même bruit. Et la nuit, on les entend crier ensemble. Le frigo ressemble à un type. Comme celui du centre de la cité Berlioz. Au-dessus du frigo, il y a le micro-ondes, et on dirait sa tête. L'heure affichée sur le micro-ondes

6 **voilé, e:** verschleiert.

10 **briller:** glänzen, schimmern (*la brillance:* Glanz, Schimmer).

11 **passer la serpillière:** feucht (auf)wischen (*la serpillière:* Scheuertuch, Putzlappen).

14 f. **une pièce en longueur** (f.): ein länglicher, langgestreckter Raum.

23 **le micro-ondes:** Mikrowelle(nherd) (*une onde:* Welle).

24 f. **L'heure affichée … n'est bonne que …:** Die angezeigte Uhrzeit stimmt nur …

n'est bonne que six mois par an. L'heure d'hiver. Le reste du temps, il faut en enlever une. J'y arrive facilement. Mais ma Mère se plante, et faut toujours qu'elle aille vérifier sur le DVD qu'est à la bonne heure. Même l'hiver, elle va vérifier. Je regarde vers le salon. Les portes sont fermées. Il y a une vitre sur chaque porte, mais on voit mal au travers. Les vitres sont comme des vitraux d'église, en moche. Quand la télé est allumée, on voit les lumières changer derrière les vitres. Les soirs de Noël, on reste de ce côté avec Henry, on voit l'ombre de notre Mère installer les cadeaux sous le sapin, et les guirlandes de lumière clignoter, et les vitres deviennent jaunes, rouges ou vertes.

Tout est plus grand ce soir. Ou c'est la nuit qui me rend plus petit.

J'ai la tête qui flotte, et je ne sais plus qui je suis.

Où je suis.

Est-ce que ma Mère est là?

Et Henry?

Il ne faut pas avoir peur Charly. Regarder la salle de bain, et nos affaires posées sur la tablette sous le miroir. Je dois me rappeler chaque affaire posée. Deux verres. Celui de ma Mère à gauche, avec sa

1 **l'heure d'hiver:** Winterzeit.
2 **en enlever une:** eine (Stunde) abziehen.
3 **se planter (dans qc)** (fam.): danebengreifen, sich vertun, sich irren.
8 **en moche** (fam.): ‚in hässlich', der hässlichen Art.
12 **le sapin:** Tanne(nbaum).
12 f. **clignoter:** blinken, flackern.
17 **j'ai la tête qui flotte** (fam.): mir dreht sich der Kopf.
22 **la tablette:** (Ablage-)Platte (im Badezimmer).

brosse à dents. Celui d'Henry et moi à droite, avec nos brosses à dents.

Est-ce que ma Mère est dans sa chambre?

Un savon. Une éponge. Une boîte de Kleenex.

La porte de ma Mère est fermée.

Un déodorant. Un peigne. Une brosse.

Elle ne la ferme jamais complètement.

Est-ce que je l'ai fermée ce matin en partant?

Je voudrais l'ouvrir. Voir ma Mère endormie dans le lit et m'allonger près d'elle. Je trouverais quelque chose à lui dire pour qu'elle me garde.

J'avance vers la porte. Doucement. Je m'en approche très près. Je sens mon souffle contre la porte. Un moment, je ne sais plus derrière quelle porte je suis. Celle de ma Mère. De Madame Roland. De la baraque électrique. Je tourne la poignée. Je sens mon cœur qui accélère. La porte s'ouvre mais je ne vois rien. Il fait très noir là-dedans. Ça ressemble au centre de la cité Berlioz. Il faut que j'avance pour savoir dans quelle chambre je suis. Oh j'aimerais entendre Freddy Tanquin siffler un coup. Mais c'est le silence à part le bruit du frigo.

Je fais un pas.

Mes yeux s'habituent.

Je vois des formes. Les plus grosses. Il n'y a pas de lit à droite comme dans la chambre de ma Mère. C'est une autre pièce.

Je fais un pas. Mes yeux s'habituent.

4 **une éponge:** Schwamm.
**le Kleenex** (angl.): Papiertaschentuch (Produkt- und Markenname; wie deutsch *Tempo*).

Sur la gauche, je reconnais une armoire. Celle d'Henry et moi. Quand ma Mère l'avait achetée, on l'avait trouvée moche. Elle l'avait peinte en bleu. Et on l'avait trouvée mieux. Je touche l'armoire. De sentir le bois me rassure. J'avance et ma main glisse sur le bois. Mes yeux s'habituent. Je passe devant mon bureau. Mes livres d'école. Mes classeurs. Le verre avec mes stylos. L'année prochaine, j'aurai mon ordinateur. Henry a pas intérêt à y toucher.

Sur le mur au-dessus de mon bureau, il y a une photo. Je ne la vois pas bien. Mais je sais qu'elle est là et ce qu'il y a dessus. Yéyé, Karim, Brice et moi, un jour qu'on était allés à la mer en car avec la mairie. On pose comme des débiles sur la plage avec la mer derrière. Et on se tient par le bras pour montrer qu'on est les meilleurs amis du monde.

Je fais des pas.

Mes yeux sont habitués.

Je ne verrai pas mieux ce soir.

Je suis très fatigué, j'ai les jambes en compote, il faut que je me couche.

Les lits superposés sont juste là. Ils prennent la moitié de la place dans notre chambre. Peut-être qu'Henry est en haut, dans le sien. Je voudrais l'entendre bouger. Je suis devant l'échelle. Je n'ai pas le courage de monter. Ce n'est pas le courage de la fatigue. C'est

9 **ne pas avoir intérêt à y toucher:** kein Interesse haben, ihn (den Computer) zu benutzen.

14 **poser:** hier: sich in Szene setzen, posieren.

20 **j'ai les jambes en compote** (fam.): etwa: meine Beine tun scheußlich weh (*en compote*, fam.: ‚kaputt', zerschlagen, wie Brei).

celui de la peur qui m'empêche. Je vais faire comme si Henry était là. Comme si ma Mère était là. Comme si j'étais chez moi. Dans ma chambre. Devant mon lit. Comme si je me couchais.

Je m'allonge.

La couette est douce et chaude.

Je suis sur le côté.

Je sens le sommeil venir.

Je ferme les yeux.

6 **la couette:** Federbett, Steppdecke.

## Chapitre vingt

# 23 h 40

Je me suis redressé d'un coup.

Je ne savais plus où j'étais, et j'ai mis dix bonnes secondes à reconnaître la cave. Je ne croyais pas avoir dormi, mais je m'étais réveillé comme d'un cauchemar.

Je me suis levé pour rester debout à rien faire.

Je voulais voir ma Mère.

Tout ça était impossible.

Je ne pouvais pas me trouver là, et elle ailleurs.

J'ai pensé que je pourrais aller au centre de rétention.

La voir derrière les grilles comme mes copains dans la cour de récréation.

Juste la voir, de loin. Lui faire un signe. Un sourire.

J'ai remis le bouquin de Rimbaud dans mon pantalon, j'ai pris la rose dans la bouteille de bière, et je me suis tiré.

Personne n'était à traîner. Dans le hall, devant l'immeuble, ou même dans les rues. C'était désert, et j'avais encore l'impression d'être dans un rêve.

La nuit est l'ombre du jour.

On reconnaît les choses, mais elles sont étrangères. Les tours, les pelouses, les parkings, ont l'air de bien s'entendre avec la nuit. La journée, le quartier est à nous, la nuit, il n'appartient à personne.

Je suis allé en direction de Louise-Michel.

J'ai traversé la cité jusqu'à la zone active. Ça faisait quelque chose de ne voir aucune voiture garée sur le parking. Juste les caddies encastrés les uns dans les autres. L'énorme néon bleu *Carrefour* éclairait le sol, et on aurait cru la mer.

Je me suis mis à courir.

Derrière le *Carrefour*. Il y a d'autres entrepôts. Des usines. Des bâtiments. Et chaque fois que j'y vais, il y en a de nouveaux.

J'ai couru au milieu de la rue. J'allais vite. Sûrement que je n'étais jamais allé aussi vite. Mes poings étaient serrés et ma poitrine me brûlait. Je voulais sentir le vent. Courir assez vite et fabriquer une tempête. J'aurais aimé qu'il pleuve. Enlever mon maillot, et courir à toute vitesse sous la pluie.

Le quartier Louise-Michel est en construction. Il y a des grues un peu partout, et des immeubles pas finis qui ressemblent à des squelettes.

J'ai vu des lumières, comme celle des projecteurs du stade. J'ai couru vers les lumières.

Jusqu'au centre de rétention.

Il n'y avait pas de grille comme au collège. Juste des murs. Des murs d'au moins cent mètres de haut. Au milieu, un escalier allait jusqu'à la porte d'entrée. Une grande porte en fer.

Je me suis assis sur les marches. Mon cœur battait vite et je n'arrivais pas à reprendre mon souffle.

3 **encastrer:** einbauen, einpassen, ineinanderschieben.
17 **la grue:** Kran.
27 **reprendre son souffle:** verschnaufen.

Je voulais voir ma Mère.

Elle était peut-être là, dans mon dos.

J'ai regardé la cité devant moi.

Comme un tableau.

J'ai pensé à mes copains. Je les ai vus, endormis chacun dans leur chambre. J'ai pensé au grand type du centre de la cité Berlioz. Je l'ai vu couché dans un coin sale. J'ai pensé au père Roland. Je l'ai vu assis sur son lit à caresser le front de sa femme. J'ai pensé à Mélanie. À ses joues roses. À ses jolies mains fines. Je l'ai vue m'embrasser. J'ai pensé à Henry. Sur sa montagne noire, faire glisser la terre entre ses doigts. Je l'ai vu me voir. Alors j'ai levé la tête comme pour lui faire un signe.

J'ai pensé à ma Mère. Et même si elle était dans mon dos, j'ai pensé à elle en regardant devant. Je l'ai vue me sourire. M'embrasser. Me tenir. Me laver. Me sourire. Me parler. Me coiffer. M'endormir. Me chercher. Je l'ai vue à la sortie de l'école. Au cinéma. Au restaurant. Dans le bus. À la fenêtre de sa chambre. À sa coiffeuse. Dans son lit. Dans son bain. Je l'ai vue marcher. Cuisiner. S'endormir. Et sourire. Me sourire.

Encore.

J'ai sorti le bouquin de Rimbaud.

En l'ouvrant, la fiche de la bibliothèque est tombée.

Je l'ai ramassée.

Henry Traoré – Juillet 2003

Mon frère avait emprunté ce livre.

25 **la fiche de la bibliothèque:** Buchentleihschein.

J'ai posé la rose sur une marche, près de moi.

J'ai ouvert le livre à la première page.
J'ai commencé:

*Jadis, si je me souviens bien, ma vie était un festin où s'ouvraient tous les cœurs, où tous les vins coulaient.*
*Un soir, j'ai assis la beauté sur mes genoux. – Et je l'ai trouvée amère. – Et je l'ai injuriée.*
*Je me suis armé contre la justice.*
*Je me suis enfui. Ô sorcières, ô misères, ô haine, c'est à vous que mon trésor a été confié!*

4 **jadis:** früher (einmal), einst, ehemals.
**le festin:** Festessen, Festschmaus.
7 **amer, amère:** bitter, herb.
**injurier qn:** jdn. beschimpfen, beleidigen.
8 **s'armer contre qc:** sich gegen etwas bewaffnen, aufrüsten.

# Editorische Notiz

Der französische Text folgt der Ausgabe: Samuel Benchetrit, *Le cœur en dehors*, Paris: Grasset, 2009. – Das Glossar enthält alle Wörter, die im *Thematischen Grund- und Aufbauwortschatz Französisch* von Wolfgang Fischer und Anne-Marie Le Plouhinec (Stuttgart: Klett, 2000) nicht zum Grundwortschatz zählen. Allerdings wurde bei auch im Deutschen verständlichen und geläufigen Begriffen auf eine Erklärung verzichtet.

*Im Glossar verwendete französische Abkürzungen*

| | |
|---|---|
| angl. | anglais, anglicisme |
| arg. | argot (Slang) |
| f. | féminin |
| fam. | familier (umgangssprachlich) |
| ind. | indicatif |
| m. | masculin |
| pl. | pluriel |
| pop. | populaire (salopp, derb) |
| qc | quelque chose |
| qn | quelqu'un |
| vulg. | vulgaire (vulgär) |

## Sprachliche Besonderheiten

Samuel Benchetrit lässt seinen Protagonisten Charly seine Erlebnisse, Abenteuer und Reflexionen in der Umgangssprache (langue parlée) schildern. Durch diesen erzähltechnischen Kunstgriff gelingt es ihm, die Leserschaft spontan in das Erzählgeschehen einzubeziehen und sie zu Freunden und Mitwissern seiner Überlegungen zu machen.

Um Wiederholungen im Glossar des Romans zu vermeiden und die Lernmotivation der Schülerinnen und Schüler zu erhöhen, sind einige in vielfältiger Differenzierung vorkommende Ausdrücke und Redensarten der Umgangssprache hier aufgelistet.

**Wort- und Satzverkürzungen** kommen in der langue parlée immer häufiger vor: Y a plein d'histoires. – Y a pas d'étoiles. – Y a des trucs (für *il y a*).

Die Negation ***ne*** bei *ne pas*, *ne rien*, *ne plus*, *ne que* wird meistens weggelassen: (ne) l'appelle pas papa. – J'en sais rien. – Il s'arrête plus. – Il pleure que la nuit. Ausgelassen wird auch der Vokal *u* beim Personalpronomen ***tu***: Comment t'as fait? – T'as qu'à pas me faire peur.

Das Relativpronomen **QUI** wird oft apostrophiert zu *que*: mon frère qu'est …

Häufig setzt sich die langue parlée über die Regeln der Grammatik und Syntax der Schriftsprache (langue écrite) hinweg. So steht bei der Frageform das **Fragepronomen** oft am Ende des Satzes: Et lui c'est qui? – Tu l'as vu où? – Elle en a combien? – Das eine Frage einleitende ***est-ce que*** bzw. die Inversion entfallen ganz: T'es le frère à Henri? – C'est quoi ce truc? – Tu sais pas qui j'ai vu?

Die **1. Person Plural** wird häufig durch die Singularform ***on*** ersetzt: Tu penses qu'on est ami. – On habite la même tour. – On s'en fout.

Im **Fluch- und Schimpfwörterrepertoire** spielt alles, was mit **MERDE** (pop.) ›Scheiße‹ zusammenhängt, eine große Rolle: ***emmerder qn*** ›jdn. nerven, verärgern, ankotzen‹, ***un emmerdeur / une emmerdeuse*** ›Nervensäge‹, ***un emmerdement*** ›Mordsärger, Schererei‹, ***je t'emmerde*** ›leck mich am Arsch!‹, ***se démerder*** ›sich zu helfen wissen, einen Ausweg finden‹. Dazu kommt **CHIER** (pop.) ›scheißen‹ in den Wendungen ***faire chier qn*** ›jdn. verärgern, den Nerv töten‹, ***se faire chier*** ›sich langweilen, sich mopsen‹, ***c'est chiant*** ›das kotzt mich an, das stinkt mir‹.

Auch Wendungen mit **CUL** (pop.) ›Hintern, Arsch‹ gehören dieser Kategorie an: ***en avoir plein le cul*** (pop.) ›die Schnauze voll haben‹, ***en tomber sur le cul*** ›baff sein, aus den Latschen kippen‹, ***les trucs du cul*** ›Sexgeschichten‹, auch ›Schweinereien‹, ***le faux-cul*** ›Heuchler‹, ***faire cul sec*** ›ein Glas in einem Zug leeren‹, ***se faire enculer*** ›reingelegt werden‹.

**LE CON** (pop.) ›Möse‹ kann zunächst ›Blödmann, Schwachkopf, Dussel, Arschloch‹ heißen. ***la conne*** ist die ›dumme Ziege, blöde Kuh‹, ***con, conne*** bedeutet ›saublöd, doof‹, ***à la con*** ›bescheuert‹, ***le roi des cons*** ›der Größte aller Deppen‹, ***le connard*** ›Idiot, Depp‹, ***la connerie*** ›Blödsinn, Quatsch‹, ***déconner*** bedeutet ›Mist reden‹ oder ›Scheiße bauen‹.

**LA GUEULE** ist ›das Maul‹ oder ›die Schnauze‹ von Tieren und bedeutet auf Menschen übertragen (fam.) ›Fresse, Schnauze‹, ***faire la gueule*** bedeutet ›schmollen, eingeschnappt sein, maulen‹, ***gueuler*** heißt ›brüllen, schreien‹, ***engueuler*** ›anschnauzen‹, ***se faire engueuler*** ›ausgeschimpft werden‹, ***une engueulade*** ›ein deftiger Anschiss‹, ***casser la gueule à qn*** (pop.) ›jdm. in die Fresse hauen‹, ***se foutre de la gueule de qn*** ›jdn. übervorteilen, verarschen‹, ***dégueulasse*** (pop.) ›saumäßig, zum Kotzen‹, ***dégueulasser*** ›versauen‹, ***ta gueule!*** oder ***vos gueules!*** ›halt(et) die Klappe!, Schnauze!‹, ***le ventre qui gueule*** ›der knurrende Magen‹.

**SE MARRER** (fam.) ist ›sich schieflachen‹, ***faire marrer*** ›zum Lachen bringen‹, dazu ***marrant, e*** ›ulkig, spaßig‹, auch ›seltsam, komisch‹, ***en avoir marre*** (fam.) ›es satt haben, die Nase voll haben‹.

Die Grundbedeutung von **CREVER** ist ›platzen lassen, zum Bersten bringen‹ und umgangssprachlich ›kaputtmachen, erledigen‹. ***crever de rire*** (fam.) ›sich totlachen‹, ***être crevé, e*** ›total erschöpft sein‹, ***crever de faim*** ›vor Hunger vergehen, sterben‹, ***crever les yeux à qn*** ›jdm. die Augen ausstechen‹, ***il est crevé*** ›er hat eine Reifenpanne, einen Platten‹, ***une chaleur à crever*** ›eine Bullenhitze‹, ***c'est à crever*** ›es ist zum Kotzen‹.

Auch **FOUTRE** hat ein breites Bedeutungsspektrum: die ursprüngliche Bedeutung ist (vulg.) ›ficken‹, von da abgeleitet kann *foutre* (pop.) ›machen, tun‹, dann, übertragen, ›schmeißen, feuern‹ bedeuten, etwa in ***foutre qn à la porte*** ›jdn. rausschmeißen‹, ***qu'est-ce que tu fous là?*** ›Was tust denn du da?‹, ***je m'en fous*** ›das ist mir schnuppe, scheißegal‹, ***se foutre de qn*** oder ***se foutre de la gueule de qn*** ›jdn. auslachen, verarschen‹, ***foutre le camp*** ›abhauen, verduften‹, ***foutre la paix à qn*** ›jdn. in Ruhe lassen‹, ***aller se faire foutre*** ›sich zum Teufel scheren‹, ***foutre les jetons à qn*** ›jdn. in Schrecken versetzen‹, ***foutre la trouille à qn*** ›jdm. Angst einjagen‹, ***où me foutre?*** ›wohin soll ich mich setzen?‹, ***le foutu prof*** ›der verflixte Lehrer‹.

Sehr häufig wird in dem Jugendroman **FILER** benutzt. Die Grundbedeutung ›(ver)spinnen‹ hat zahlreiche Ableitungen erfahren, allen voran (fam.) ›sich verziehen, verduften‹, ***filer les uns après les autres*** ›nacheinander verschwinden‹, ***filer à l'anglaise*** ›unauffällig verschwinden, sich auf Französisch empfehlen‹, ***filer doux*** ›sich fügen, klein beigeben‹, ***filer une gifle à qn*** ›jdm. eine Ohrfeige verpassen‹, ***filer un coup de main*** ›mit Hand anlegen‹, ***filer des cours de maths*** ›Mathestunden verpassen‹, ***(re)filer du fric à qn*** ›jdm. Moneten, Mäuse unterjubeln‹, ***filer un coup de barre à qn*** ›jdn. ganz schön fertig machen‹, ***refiler un fou rire*** ›ansteckend, schallend lachen‹.

Sehr beliebt ist **DINGUE** bzw. **DINGO** (fam.) ›wahnsinnig‹ in verschiedenen Varianten: ***devenir dingue de qc*** ›sehr auf etwas versessen sein‹, ***faire le dingue*** ›den Verrückten spielen‹, ***une histoire complètement dingue*** ›eine aberwitzige Geschichte‹, ***battre les dingues*** ›Wahnsinn simulieren‹, ***la maison des dingues*** ›Irrenhaus, Klapsmühle‹.

Sehr häufig wird **VACHEMENT** (fam.) sowohl als Adverb als auch als Mengebegriff verwandt: ***il plaît vachement*** ›er gefällt enorm‹, ***il est vachement sympa*** ›er ist ungeheuer sympathisch‹, ***il est vachement malade*** ›er ist schwer krank‹, ***il y a vachement de types*** ›es gibt eine Menge Kerle‹.

Gelegentlich gibt Benchetrit umgangssprachliche Aussprache durch **besondere Schreibung** wieder: ***ben*** für *bien*, ***ouais*** für *oui*, ***steplaît*** für *s'il te plaît.*

Eine eigentlich falsche, aber im vorliegenden Text häufig gebrauchte Wendung ist auch ***je m'en rappelle***.

Seltener vorkommende Ausdrücke und Besonderheiten der Umgangssprache sind im Glossar des Romans erklärt.

# Nachwort

Samuel Benchetrit wird 1973 als Sohn einer französischen Mutter und eines ukrainisch-marokkanischen Vaters in Champigny-sur-Marne geboren. Er stammt aus bescheidenen Verhältnissen, sein Vater ist Schlosser. Mit 15 Jahren verlässt er die Schule und verdingt sich als Gelegenheitsarbeiter in verschiedenen Branchen: als Gehilfe bei einem Fotografen, als Installateur, Pizzalieferant, Autoverkäufer, Platzanweiser im Kino. Seine Kindheit verbringt er in einer der Pariser Vorstädte, wo Entsagungen, Demütigungen und Armut an der Tagesordnung sind, was sich auch später in seinen Büchern niederschlägt und seine Weltsicht entscheidend geprägt hat. Um den desillusionierenden Eindrücken der Betontürme zu entkommen, sucht er Zuflucht in Büchern, im Theater und in Filmen. Die Faszination der Bühne, der Welt der Literatur und des Films wird ihn in seinem zukünftigen Leben inspirieren als Romancier, Bühnen- und Drehbuchautor, Regisseur und Schauspieler.

Mit 18 Jahren beginnt er, Kurzfilme zu drehen. Mit dem Kurzfilm *Nouvelle de la Tour L* gewinnt er den Prix du Public beim Filmfestival in Amiens 2000 und macht dabei die Bekanntschaft des Schauspielers Jean-Louis Trintignant, der ihm auch heute noch als Berater zur Seite steht. Mit 25 Jahren heiratet er dessen Tochter Marie, mit der er einen Sohn, Jules, hat, der das Vorbild für den Protagonisten Charly in seinem Roman *Le Cœur en dehors* geworden ist. Marie bekommt eine Hauptrolle in seinem 2003 gedrehten abendfüllenden Debütfilm *Janis et John*. Es ist ihr letzter Film, sie stirbt bei den Dreharbeiten an den Folgen einer tätlichen Auseinandersetzung mit ihrem brutalen Freund Bertrand Cantar. In der Filmkomödie geht es um einen raffinierten Finanzschwindel, bei dem alle Beteiligten trotz einfallsreicher Ränkespiele erbärmlich scheitern.

2008 schreibt Benchetrit das Drehbuch zu einem Film, den

er später selbst inszeniert: *J'ai toujours rêvé d'être un gangster*. Es sind vier abenteuerliche Episoden, die auf höchst skurrilen Einfällen beruhen: Ein harmloser Möchtegern-Gangster versucht, eine Kellnerin auszurauben, die selbst Bankräuberin ist. – Zwei Arbeitslose wollen einen reichen Banker erpressen, indem sie seine Tochter höchst laienhaft zu kidnappen versuchen. – Ein Sänger im Inspirationsstau klaut einem Kollegen seine letzten Kompositionen. – Fünf siebzigjährige Ex-Gangster schwelgen in Erinnerungen an ihre alten Gaunereien und planen einen neuen Coup, den sie vom Altersheim aus landen wollen.

Als Filmschauspieler kann Samuel Benchetrit bemerkenswerte Erfolge in seinen Filmen *Janis et John* (2003), *Backstage* (2005) und *Chez Gino* (2011) verbuchen. In *Backstage* bekommt ein Teenager die Chance, einen ihrer angebeteten Stars in einer Fernsehsendung zu treffen. Die Begegnung mit ihrem Idol hat turbulente Rückwirkungen auf das Leben des jungen Mädchens. In der Komödie *Chez Gino* bekommt der Pizzaverkäfer Gino in Brüssel einen Schock, als er vom Tod seines schwerreichen Onkels erfährt. Der Gangsterboss vermacht Gino sein ganzes Vermögen, sofern dieser schwer lösbare mafiose Bedingungen erfüllt.

Mit 27 Jahren schreibt Benchetrit seinen ersten Roman *Récit d'un Branleur*. Es ist die Geschichte von Roman Stern, der zum Berater und Vertrauten aller Depressiven und vom Schicksal Benachteiligten wird, die ihre Ängste, Sorgen und Enttäuschungen bei ihm abladen. Als geduldiger Ratgeber gründet er eine »Société des Plaintes«, wo er zum Ansprechpartner aller Lebensmüden wird. Durch sein Engagement entsteht aus der »malédiction« der Randfiguren der Gesellschaft hoffnungsvolles, neues Leben, das auch sein eigenes von Grund auf verändert.

Mit 33 Jahren veröffentlicht Benchetrit (2005) den ersten Teil seiner fünfbändigen Autobiographie *Les Chroniques de l'Asphalte*, von der bisher drei Bände erschienen sind (2005, 2007, 2010). Hier schildert der Autor das triste Alltagsleben in der trostlosen Banlieue von Champigny-sur-Marne, das seine Kindheit und Jugend geprägt hat. Seine Erinnerungen sind eine Mischung aus Realität und Fiktion, die zwischen überbordendem Humor und bissiger Satire angesiedelt ist.

Die vielfältigen Interessen des Multitalents Samuel Benchetrit lassen ihn schon früh Kontakte mit dem Theater aufnehmen. Hier hat er herausragende Erfolge als Theaterautor, Regisseur und als Schauspieler. 2001 schreibt er ein bizarres Theaterstück, die *Comédie sur un quai de gare*: drei Personen treffen nachts auf einem Bahnsteig aufeinander, ein älterer Herr, ein junges Mädchen und ein junger Mann, der begehrliche Blicke auf das Mädchen wirft. Die Frage, welche Beziehungen bzw. Bindungen sich in den kommenden Stunden unter den drei Nachtschwärmern ergeben, wird vom Autor in humorvoll angelegten Szenen beantwortet.

Nicht minder skurril ist Benchetrits Tragikomödie *Moins deux*, die er 2005 herausbringt. Es ist die Geschichte zweier Senioren, die sich in einer Klinik im selben Krankenzimmer befinden. Beide haben nur noch wenige Wochen zu leben, der eine hat Nieren-, der andere Lungenkrebs. Anstatt die letzten Wochen im Krankenhaus zu verbringen, beschließen sie abzuhauen, um sich zu vergewissern, ob man sie draußen noch braucht. Hier beginnt eine Reihe von Abenteuern, die ihre Vergangenheit wieder erstehen lassen. Der Autor stellt in diesem makabren Stück die Frage: Kann man in Freundschaft leben, wenn man weiß, dass man bald sterben muss? Er schneidet das delikate Thema, das bisweilen ans Absurde grenzt, mit viel Humor und unterschwelliger Ironie an.

Da Theaterproben und Dreharbeiten sehr kräftezehrend sind, begibt sich Benchetrit danach gern in Klausur, um sich wieder der Literatur zuzuwenden. Er fühlt sich wohl dabei, in der Einsamkeit unterzutauchen nach dem Trubel, der bei seinen aufwendigen Inszenierungen nicht zu vermeiden ist. Er ist gern allein, wenn er seine Ideen für ein neues Buch verwirklicht. In seiner Phantasie kehrt er immer wieder in das Milieu seiner Kindheit und Jugend zurück, in das triste Vorstadtviertel, wo er viel Leid erfahren musste, aber auch sehr glücklich war. Gerade diese intensiv erlebten Glücksmomente fängt er ein in seinem 2009 veröffentlichten Roman *Le Cœur en dehors*. Hier malt er ein poetisches, heiteres Bild der Banlieue, das eigentlich überhaupt nicht zu den Horror-Berichten der Massenmedien passt.

## »Le Cœur en dehors«

Samuel Benchetrit gewährt höchst selten Einblicke in sein Privatleben und seine Familie. Mit seiner zweiten Lebensgefährtin Anna Mouglalis und seinen beiden Kindern, der vierjährigen Saül und dem elfjährigen Jules, lebt er oft zurückgezogen in einem kleinen Dorf in der Nähe von Avignon. Fernseher und Computer benutzt er selten, sogar das Handy verursacht ihm Probleme. »Überhaupt scheint die moderne Wirklichkeit Samuel Benchetrit eher zu verängstigen als zu verzücken. ›Alles geht viel zu schnell‹, sagt er, ›und die Leute lesen weniger und weniger. Die alte Welt ist dabei einzustürzen.‹ Benchetrit ist kein Prophet des Untergangs und kein Moralapostel, nur ein Zeuge aus der Banlieue, der versucht, mit seiner Arbeit die Welt ein klein wenig besser zu machen«[1].

Wenn Samuel Benchetrit in Paris ist, dann meistens wenn er wichtige Termine für seine Dreharbeiten, Theaterproben oder Absprachen mit seinen Verlegern hat. Oft begleitet er auch Anna zu Dreharbeiten oder ins Atelier von Karl Lagerfeld, wo sie zeitweise als Model arbeitet. Beide sind eng befreundet mit dem Modezar.

Als sein Roman *Le Cœur en dehors* 2009 erscheint, setzt er sich sofort an die Spitze der Bestsellerliste und wird mit dem Prix Populiste 2009 ausgezeichnet. Der 1929 kreierte Preis wird verliehen »pour récompenser une œuvre romanesque

1 Irene Binal: Samuel Benchetrit – Ein Junge aus der Banlieue. In: Buchjournal. 24.2.2011. www.buchjournal.de/420152

qui préfère les gens du peuple comme personnages et les milieux populaires comme décors à condition qu'il s'en dégage une authentique humanité«. Samuel Benchetrit erfüllt diese Bedingungen in seinem Jugendroman in vielfältiger Weise. Er verliert sich nicht in der satirischen Schilderung der Unruhen und blutigen Demonstrationen der Pariser Banlieues, wo man nur Bilder brennender Autos und heruntergekommener Hochhäuser sieht, sondern wählt einen subtileren Weg, indem er zwar die verwahrlosten Zustände in den Elendsvierteln der französischen Metropole erwähnt, aber vor allem die alltäglichen Freuden und heiteren Erlebnisse betont. Dabei verschweigt er keinesfalls die Probleme zahlreicher in Frankreich geduldeter Menschen mit Migrationshintergrund.

In einem Interview befragt ihn Dorothy Glaiman, wie er über die allgemeine Entwicklung der Banlieues im Vergleich zu seiner Kindheit denke. Seine Antwort aus dem Jahr 2006 ist noch höchst pessimistisch: »Ce sont les banlieues qui ont vingt ans de plus, qui sont dégradés de vingt ans, il n'y a pas eu vraiment d'efforts de fait concernant l'emploi et l'éducation. À un moment ça explose forcément parce que ça devient vraiment invivable. Je pense que ça a évolué dans le pire«[2].

Von dieser negativen Einschätzung ist in *Le Cœur en dehors* wenig zu spüren. Bewusst stellt Benchetrit Glücksmomente und erfreuliche Ereignisse in den Vordergrund, obwohl der Anstoß der Handlung nachdenklich stimmt. Der Roman beginnt mit einem einschneidenden Erlebnis des Protagonisten Charly Taoré, eines zehnjährigen Jungen aus Mali, der in den folgenden 16 Stunden seine Abenteuer auf der Suche nach seinem Bruder Henry in einer der verkommenen Satellitenstädte von Paris erzählt.

Charly ist ein ungemein intelligenter, lernfähiger, pfiffiger Schuljunge, der, was Lebensklugheit und geistiges Potential

2 Interview de Samuel Benchetrit: Un Troubadour des Temps modernes. Propos recueillis par Dorothy Glaiman. Evène.fr. Janvier 2006.

betrifft, weit über seinen Freunden und Altersgenossen steht, so dass sein Alter eine untergeordnete Rolle spielt.

Der Roman ist im Grunde ein Bildungserlebnis des Protagonisten im Zeitraffer von 16 Stunden, wo sich Freude, Traurigkeit, Humor und Poesie abwechseln. Charly ist am Ende des Romans nicht mehr derselbe wie am Anfang. Er ist reifer geworden. Zuerst hält er Rimbaud nur für den Namen eines Betonturms in einem Pariser Vorstadtviertel, am Ende weiß er, dass Arthur Rimbaud ein bekannter Dichter ist, dessen Gedichte er sehr schätzt, weil sie entscheidende Phasen seines Lebens und das seines Bruders widerspiegeln.

Der Roman enthält – wie schon angedeutet – keine ausführliche Schilderung des Elends und der Nöte unterprivilegierter Banlieue-Bewohner, sondern beschreibt das bescheidene, einfache und glückliche Leben von Joséphine Traoré aus Mali mit ihren beiden Söhnen Henry und Charly. Dieses optimistische Ambiente wird jäh unterbrochen durch ein unerwartetes Ereignis: Charly sieht eines Morgens, wie seine Mutter von einer Dame und zwei Polizisten abgeholt wird, ohne dass er eine plausible Erklärung für ihre Verhaftung finden kann. Dieses Schlüsselerlebnis durchzieht den ganzen Roman wie ein roter Faden und beherrscht und beeinflusst Charlys Gedanken, Gefühle, Entschlüsse und Aktivitäten.

Auf seiner Odyssee durch die Banlieue, wo überall Gefahren lauern, begleiten wir den sympathischen Jungen bei der abenteuerlichen Suche nach seinem drogenabhängigen Bruder Henry, mit dem er über die Verhaftung ihrer Mutter reden möchte: er schwänzt die Schule, spielt Fußball, er trifft auf Gauner und Ganoven, sucht Hilfe und Ratschläge bei seinen Freunden und Kumpels, verliert sich in Träumen und Albträumen, er begegnet seiner geliebten Mélanie und besucht stellvertretend für seine Mutter ihre bejahrten Arbeitgeber, von denen er inhaltsreiche Lebensweisheiten erfährt.

In übersprudelnder Freude am Erzählen berichtet er alles, was ihm auf seinen Irrungen auffällt. Aus Spaß an der Sprache schweift er oft dabei ab, spart nicht mit Eigenlob und verliert sich bisweilen in haarsträubenden Übertreibungen. Manchmal sieht es so aus, als wolle er seine Ungewissheit über das Schicksal seiner Mutter durch seine überbordende Erzählfreude verdrängen oder ersticken. Er lacht gern und erzählt oft lustige Begebenheiten, um nicht weinen zu müssen. Unvergesslich ist seine humorvoll-makabre Schilderung der Szene, als Henry versucht, ihm mit dem Nachbarn als Vampir Angst zu machen, oder Freddys verunglückter Vortrag eines Baudelaire-Gedichtes vor der versammelten Schulgemeinde.

Charlys Lust am Rollenspiel zeigt sich, als er sich bei den Arbeitgebern seiner Mutter als unbedarfter Küchenheld aufspielt und ein »plat dégueulasse« serviert, das den alten Herrschaften schallendes Gelächter entlockt. Bei dieser Begegnung gibt ihm der bejahrte Monsieur Roland eine weise (titelprägende) Erkenntnis auf seinen Lebensweg mit: »Il faut aimer dans la vie, beaucoup. Ne jamais avoir peur de trop aimer. C'est ça le courage ... Ne sois jamais égoïste avec ton cœur. S'il est rempli d'amour alors montre-le. Sors-le de toi, et montre-le au monde ... Il n'y a pas assez de cœurs courageux ... Il n'y a pas assez de cœurs en dehors ...« (S. 258).

Einer der bewegendsten Momente auf Charlys Odyssee ist die Begegnung mit seinem Bruder Henry, mit dem er in Hassliebe verbunden ist. Trotz des gespenstischen Ortes in dem verrufenen Viertel – sie klettern zusammen auf einen schwarzen Erdhügel – malt er sich den Aufenthaltsort Henrys poetisch aus: Er vergleicht den schwarzen Berg, Henrys Reich, mit der Welt des kleinen Prinzen aus Saint-Exupérys Roman *Le petit Prince*. Hier kann Henry seinen Planeten, die Cité Saint-Exupéry, überblicken, wie es der kleine Prinz auf dem Planeten Erde tut.

Nachdem Charly von seinem Bruder erfahren hat, wo sich seine Mutter aufhält und welche Probleme auf sie zukommen, erklärt er, dass er seinen Weg durchs Leben auch allein finden und ohne Hilfe seiner Mutter zum Mann werden wolle: »J'ai pas peur, tu comprends Henry, j'ai pas peur ... Y a pas que toi qui peux être seul ... Moi aussi si je veux ... Et des années entières, jusqu'à ce que je devienne un homme ... Et là tu verras quelle star je serai ...« (S. 177). Dabei entdeckt er sein Mitgefühl und seine tiefe Liebe für seinen Bruder, die unter seiner Verachtung wegen dessen Drogenhörigkeit verborgen war. Aus dem verhassten »pauvre connard« wird »mon homme préféré«. »J'ai eu envie de lui dire que je l'aimais. Que je l'aimais plus que tout. Qu'il était mon homme préféré« (S. 180). Auch bei Henry bricht unter dem Zwang der Umstände die Bruderliebe durch: er umarmt Charly und beichtet ihm, dass er trotz aller Streitereien sehr an ihm hänge und ihn schon häufig bei seinen Aktivitäten beobachtet habe. Auf Charlys Frage, warum er sich immer verstecke, antwortet Henry beschämt, dass er nicht von der Droge loskomme: »J'ai honte quand je vous vois maman et toi ... Tu sais, Charly, tu as raison ... Moi j'ai peur ... J'ai honte et j'ai peur ... Comme tous les camés ...« (S. 179).

Was bei Charlys Gedanken und Gefühlen immer wieder anklingt, ist seine starke Bindung an seine Mutter Joséphine, die von ihrem Mann verlassen wurde, als Charly noch ein Baby war. Er schätzt und bewundert ihre Schönheit, ihre Anmut und gleichbleibende Güte. Sie ist Mutter, Vertraute, Freundin und Vorbild zugleich. Sie kennt seine Schwächen und Stärken und ahnt seine Verliebtheit in Mélanie, ehe er sich dessen bewusst ist. Sie weist ihn in seine Schranken, wenn seine Fantasie mit ihm durchzugehen droht (»faut toujours que j'en rajoute une couche«), und befreit ihn von seinen Albträumen und seinem Vampir-Trauma.

Am Ende des Romans verliert Charly die Orientierung im Keller seines Freundes Karim. In einer traumhaften Vision sieht er seine Mutter in ihrer Wohnung wie gewohnt hantieren. Eine ungeahnte Sehnsucht nach ihr erfasst ihn und holt ihn in den Bereich der Realität zurück. Mitten in der Nacht eilt er durch die gespenstische Stadt zu dem Abschiebegefängnis, um ihr in der Ausnahmesituation der Haft ganz nahe zu sein. In einer bewegenden Rückschau auf sein Leben stellt er sich die geliebte Mutter vor, wie sie ihm jederzeit hilfreich zur Seite stand: »J'ai pensé à ma Mère. Et même si elle était dans mon dos, j'ai pensé à elle en regardant devant. Je l'ai vue me sourire. M'embrasser. Me tenir. Me laver. Me sourire. Me parler. Me coiffer. M'endormir. Me chercher« (S. 271). Durch die Wiederholung der Pronomina »je« und »me« wird die Inbrunst der ihn überwältigenden Emotionen nachhaltig verstärkt.

Danach nimmt er den gestohlenen Gedichtband von Arthur Rimbaud aus seiner Tasche. Ob er in den letzten Zeilen des Gedichts aus *Une Saison en enfer* wohl Trost findet? »Ô sorcières, ô misères, ô haine, c'est à vous que mon trésor a été confié!«

*Helmut Keil*

# Inhalt